GISELA STELLY AUGSTEIN

DER FANG DES TAGES

ROMAN

Mehr über unsere AutorInnen und Bücher:
www.edition-w.de

Die Deutsche Nationalbibliothek verzeichnet diese Publikation in
der Deutschen Nationalbibliografie; detaillierte bibliografische Daten
sind im Internet über http://dnb.d-nb.de abrufbar.

ISBN 978-3-949671-08-1
© Edition W GmbH, Frankfurt/ Main 2023
Umschlaggestaltung: Michaela Spohn Design unter Verwendung
eines Motivs von André Rival
Satz: Publikations Atelier, Dreieich
Druck und Bindung: Pustet, Regensburg
Printed in Germany

TEIL EINS

DAS HAUS AM HUNDE-KEHLESEE

PROLOG

6. Dezember 2005

Als Alex an Milas dreizehntem Geburtstag die Schokoladencremetorte anschneidet und das herausgelöste Kuchenstück auf den Teller seiner kleinen Schwester heben will, beginnt seine Hand zu zittern. Sie zittert auf die gleiche Art und Weise wie damals.

Damals war er mit dem Testamentsvollstrecker Dr. Grützke in das Haus seines Großvaters an den Hundekehlesee gefahren. Und während Grützke Alex' Mutter Elfriede und den Arzt in ein Gespräch verwickelte, suchte er seinen todkranken Großvater auf. Zuvor hatte er das umfangreiche Testament des alten Poppe samt aller beglaubigter Abschriften geschreddert und verbrannt und es durch ein von ihm selber verfasstes ersetzt, das ihn zum Haupterben machte.

Als er aber am Sterbebett nach der Hand des vom Morphium betäubten alten Poppe greifen und sie zur Unterschrift unter das von ihm gefälschte Dokument führen wollte, durchfuhr ihn ein heftiges Beben und seine Hand zitterte plötzlich. Er musste innehalten. In diesem Moment kurz vor seiner Machtergreifung, indem er sich der Hand des Großvaters bemächtigte, durchfuhr ihn die Vision und der Schreck, das Unmögliche könnte möglich werden und der Sterbenskranke könnte ihm ob der schändlichen Tat seine Hand entreißen.

Schlimmer, die Empörung über Alex' Schandtat könnte den Großvater sich aufbäumen und emporfahren lassen, um das Schurkenstück zu zerreißen. Ja, schlimmer noch, angesichts der unerhörten Fälschung könnte sich der alte Poppe in einer Art Spontanheilung durch Schock vom Sterbebett erheben und ihn, Alex, vom Thron des selbsternannten Haupterben stoßen und durch Totalenterbung vernichten.

Und dieses Zittern von damals wiederholt sich jetzt an Milas dreizehntem Geburtstag. Und wieder hält er inne. Denn auch die Vision von damals wiederholt sich und auch der Schreck, nur ist es dieses Mal nicht allein der alte Poppe, der ihn des Erbbetrugs anklagt, die damals dreijährige Mila steht in der Tür zum Krankenzimmer und schaut ihn mit großen Augen an, und er sieht nur noch rot ...

»Pass doch auf, Alex«, dringt die Stimme seiner Mutter Elfriede zu ihm, und sofort hört das Zittern auf, gewinnt er wie damals die Kontrolle über sich zurück und es gelingt ihm, das Tortenstück im letzten Moment auf Milas Teller zu hieven. Wo es allerdings, begleitet von Milas Protest und dem spitzen Aufschrei ihrer Freundinnen, zur Seite kippt.

»Das bringt Unglück«, erklärt Mila und nimmt ihrem großen Bruder den Tortenheber aus der Hand, »ich nehme mir lieber selber!«

Von seinem Kontrollverlust beunruhigt, verlässt Alexander Escher, er ist Jurist und als Wirtschaftsanwalt erfolgreich, wenig später die Geburtstagsfeier seiner jüngsten Schwester und kehrt in seine Kanzlei zurück.

1.

12. Oktober 2019

»Sie will, dass ich zu ihr ins Bett komme, was soll ich machen?«, flüstert Mila.

»Dann leg dich doch zu ihr«, sagt Larissa.

»Das kann ich nicht.«

»Wieso nicht?«

»Das weiß ich nicht ... Sie ruft schon wieder, was soll ich machen?«

»Hast du Angst?«

»Kann sein.«

»Weshalb?«

»Sie ruft ... ich muss zu ihr ... bis später.«

Ihr iPhone in der Hand, läuft Mila aus der Küche und auf Zehenspitzen den Flur hinunter. Der Boden ist uneben, an manchen Stellen sind die Holzdielen seit letztem Jahr noch tiefer abgesackt, mit ihren nackten Füßen könnte sie sich einen Splitter einfangen.

»Emilia!«, hört sie die fremd klingende Stimme ihrer Mutter wieder den ungewohnten Namen rufen. Mila öffnet die Tür zu ihrem Schlafzimmer und verharrt auf der Schwelle. In der kurzen Zeit ihrer Abwesenheit muss Elfriede von einer heftigen Unruhe erfasst, ja, überwältigt worden sein. Die Bettdecke ist verrutscht und ihr zarter Körper entblößt. Das Glas auf dem Nachttisch ist umgekippt und Wasser tropft auf den

Teppich. Mit wenigen Schritten ist Mila bei ihr und hüllt sie hastig ein.

»Ich friere, leg dich zu mir«, bettelt Elfriede. Ihre Zähne schlagen leise aufeinander.

Mila zögert, kann sich dann aber überwinden und schlüpft zu ihr unter die Bettdecke. Doch statt Kälte strahlt Elfriede eine unnatürlich große Hitze aus. Mila will den Hausarzt anrufen, aber die Mutter klammert sich wie ein Äffchen an sie und hält sie fest. Mila gelingt es nicht, sich aus der Umklammerung zu lösen, und gibt schließlich auf.

Tatsächlich beruhigt sich Elfriede nun langsam, die fiebrige Hitze scheint zu weichen, ihre Umklammerung lockert sich, endlich schläft sie ein.

Mila hört den gleichmäßiger werdenden Atem ihrer Mutter und gleitet schließlich hinüber in einen unruhigen Schlaf. Als sie aufwacht, fällt bereits Licht durch die Vorhänge und in langen breiten Streifen über das Bett. Sie hört das Ticken des altmodischen Weckers auf dem Nachttisch, so still ist es. Sie richtet sich auf. Elfriede liegt mit geschlossenen Augen und leicht geöffnetem Mund neben ihr. Auf ihrem Gesicht liegt ein Ausdruck des Staunens.

»Wie bei einem Kind«, denkt Mila und weiß im selben Augenblick, ihre Mutter ist nicht mehr am Leben. Sie hält den Atem an. Wagt nicht, sich zu bewegen. Schlüpft endlich umsichtig wie eine Diebin aus dem Bett. Sie nimmt ihr Handy, das auf der Konsole liegt, und tappt zur Tür, lehnt sich draußen auf dem Flur dagegen und holt tief Luft. Sie will eine Nachricht an Larissa tippen, doch ihre Finger sind wie gelähmt.

Dora! Sie muss Dora anrufen.

Der Klingelton prallt jedes Mal, wie ein Tennisball gegen das Netz, gegen ihr Trommelfell und lässt sie zusammenzucken. Dabei kreiselt Doras strikte Anweisung vom Vortag durch ihren Kopf: Keinesfalls dürfe sie der Nörgelei von Elfriede nachgeben und zu ihr hinaus an den Hundekehlesee fahren, die Mutter veranstalte mal wieder ihre übliche Schau und Mila solle sich nicht immer wieder und immer weiter von ihr manipulieren lassen. Sie ist dann trotzdem gefahren.

»Oh«, haucht Dora als Antwort auf Milas Nachricht, dann folgt ein kurzer spitzer Schrei und ein schepperndes Geräusch, ihr Handy ist Dora aus der Hand gerutscht.

»Bist du noch da? Nichts anrühren«, kommandiert Dora. »Du rufst gleich Doktor Kramer an, Alex übernehme ich!«, befiehlt sie seltsam kühl.

»Armes Mäuschen«, sagt sie dann nach einer Pause.

Wenn Dora Mila »armes Mäuschen« nennt, ist der Höhepunkt mitfühlender Zärtlichkeit seitens der großen Schwester erreicht.

»Bin schnellstmöglich an der Hundekehle«, beendet Dora das Gespräch.

Wie in Trance geht Mila den Flur hinunter bis zur Halle, öffnet die Tür zu Elfriedes Büro, findet auf ihrem Schreibtisch ihr Telefonbuch mit der Nummer von Doktor Kramer.

»Elfriede Escher ist tot«, sagt sie zu seiner Sprechstundenhilfe. »Ja, er muss sofort kommen«, bestätigt sie und legt auf und geht in die Küche zu Olga.

»Mutter ist tot«, sagt sie, »Doktor Kramer kommt gleich.«

Sie kann Olga nicht ins erschrockene Gesicht sehen und geht an ihr vorbei in den Garten. Der Kies spickt ihre nackten Füße, die winzigen Steine springen auf und attackieren ihre Knöchel, doch sie spürt es nicht.

»Emilia!«, hört sie plötzlich die klagende Stimme von Elfriede hinter sich, dann ist die Stimme neben ihr. Sie lässt sich ins feuchte Gras fallen, drückt ihr Gesicht hinein und riecht das würzige Grün.

»Emilia!«, hört sie erneut die Mutter, doch dieses Mal scheint deren Stimme von tief unten aus der Erde zu kommen. Augenblicklich springt Mila auf und stolpert über die Wiese hin zum Baumhaus, Schutz- und Trutzburg ihrer Kindheit, setzt sich auf die untere Stufe der Holzleiter und umschlingt ihre schlotternden Knie.

Nach einer Ewigkeit ruft Olga in den Garten, Doktor Kramer sei eingetroffen. Kurz darauf hört sie die Stimme von Alex, springt auf und läuft ihm entgegen und fällt ihm um den Hals und heult los.

Als Dora mit ihrem Mann und ihren drei Töchtern am frühen Nachmittag vor dem Haus vorfährt, hat Alex das meiste bereits geregelt. Und als Benjamin mit Familie aus den abgebrochenen Herbstferien auf Mallorca in Berlin-Tegel landet und von dort direkt am Hundekehlesee eintrifft, liegt Elfriede in ihrem Schlafzimmer bei geöffnetem Fenster bereits aufgebahrt im Sarg.

Aber niemand wagt sich zu ihr, alle drängen sich in der Küche zusammen, dem kleinsten Raum im ganzen Hause. Es wird Kaffee oder Tee getrunken und hastig an Keksen herumgeknabbert. Die Kinder durchstöbern wie gewohnt den Kühlschrank der Großmutter. Alle reden durcheinander, über Elfriede redet niemand. Schließlich nimmt Alex seinen jüngeren Bruder beiseite.

»Komm«, sagt er nur und macht eine Kopfbewegung in Richtung Elfriedes Schlafzimmer. Aber Benjamin schüttelt Alex' Hand ab.

»Das ist wohl deine Idee«, murmelt er.

»Es ist ihr Wunsch«, beschwichtigt Alex und lächelt versöhnlich.

»Wohl mal wieder eine deiner allseits berüchtigten Interpretationen!«, bricht es aus Benjamin heraus, »zu Hause im offenen Sarg! So ein Quatsch.«

Plötzlich ist es ganz still in der Küche, die Stimmung, aufgeladen von nur mühsam unterdrückten Emotionen, droht zu kippen, schon ruft Doras Jüngste nach ihrer Oma und fängt an zu weinen.

»Wir gehen zusammen!« Mila hakt sich schnell bei Benjamin ein, widerstrebend lässt er sich von ihr mitziehen. Nach kurzem Zögern schließen sich die anderen an, und langsam bewegt sich die kleine Prozession von der Küche den Flur hinunter.

Einige Stunden später ist zumindest für die Jüngeren der Bann gebrochen, sie setzen sich mit ihren Zeichenblöcken und Buntstiften auf den Fußboden neben den Sarg, malen Flugzeuge mit Engelsflügeln und jede Menge Raumschiffe, mit denen ihre Oma in den Himmel fliegen soll. Die Älteren spielen im Garten lautstark Fußball. In der Küche bereitet Dora mit ihren Schwägerinnen das Abendessen vor. In Elfriedes Büro entwerfen Alex, Benjamin und Heiner, Doras Mann, den Text für die Traueranzeige mit anschließender Trauerfeier und stellen eine Liste von Adressen aus Elfriedes altem Telefonbuch zusammen.

Währenddessen liegt Mila auf ihrem Bett in ihrem früheren Zimmer und liest Larissas Nachrichten, liest sie noch einmal und immer wieder, sie kann sie bereits auswendig: »Wo bist du, was machst du, was ist los, melde dich, was ist mit Elfriede, ist was mit Elfriede, melde dich doch mal, melde dich endlich …«

Nein, sie kann Larissa nicht schreiben, was passiert ist. Und sie kann es Larissa auch nicht sagen, sie würde keinen Ton herausbekommen.

»Mila«, hört sie ihren Namen und schaut auf. Julia steht in der Tür.

»Du sollst in der Küche beim Salat helfen«, sagt Doras Älteste leise, »die Polin rührt keinen Finger!«

Tatsächlich weicht Olga, Elfriedes langjährige Haushaltshilfe, seit Stunden nicht von der Seite der Toten. Sie beugt sich von Zeit zu Zeit über sie, schaut ihr ins Gesicht, forscht darin, als suche sie etwas, als könnte ihr Elfriede noch etwas anvertrauen, als hätte sie ihr noch etwas Wichtiges mitzuteilen, wenn auch stumm, so doch lesbar, ablesbar von ihrem Gesicht. Schließlich presst sie ihre Lippen auf Elfriedes Stirn und beginnt, in polnischer Sprache Gebete zu murmeln, was von den anwesenden Kindern mit noch bunteren, noch wilderen Strichen auf ihren Zeichenblöcken kommentiert wird.

Als Mila die Tür einen Spalt breit öffnet und flüstert, dass das Essen auf dem Tisch steht, winkt Olga sie zu sich.

»Hatte große Angst zu sterben«, sagt sie leise mit ihrem immer noch unverkennbar polnischen Akzent und streicht sanft über Elfriedes Stirn. Sie ist glatt, die tiefen Falten zwischen den Augenbrauen sind verschwunden.

»Wegen Erbe. Konnte vor Sorgen wegen Erbe nicht mehr schlafen. Bist ihre Hoffnung. Mila wird aufpassen auf Erbe, hat sie gesagt.« Olga schaut auf: »Hast es ihr versprochen, ne?«

Mila nickt.

»Musst es ihr jetzt noch mal versprechen«, Olga sucht Milas Blick, »versprich es, ist noch hier, direkt über uns.« Ihre Augen wandern zur Zimmerdecke hinauf, Mila folgt ihnen unwillkürlich, die Kinder schauen sich verstohlen an.

»Seele schwebt über Körper, steigt am dritten Tag auf in himmlische Sphären«, flüstert Olga.

Daraufhin erklärt Jenny umgehend: »Ich habe Hunger!«, und wirft die Stifte hin und läuft aus dem Zimmer, gefolgt von Emil und Moritz.

16

»Ich bleibe«, sagt Olga, »halte Totenwache wegen Seele von Mutter, braucht Beistand. Bei uns in Polen weiß das jeder!«

Beim Abendessen bekommt Mila keinen Bissen hinunter, alle anderen stürzen sich mit Heißhunger auf die Wiener Schnitzel mit Kartoffelsalat und schnell hebt sich die gedrückte Stimmung. Nicht lange, und es wird über die Trauerfeier und die Gästeliste debattiert, Termine werden festgelegt und wieder verworfen, Trauergäste eingeladen und wieder ausgeladen. Und während es am Tisch im Wintergarten immer lebhafter zugeht, werden die Kinder zunehmend stiller, schleichen sich irgendwann davon und hinaus in den Garten, klettern trotz Verbot die Holzleiter zum Baumhaus hinauf, kauern sich zusammen und zücken ihre Handys. Im weißblauen Licht scheinen ihre Gesichter durch die Dunkelheit wie die von Kindern aus einem Stephen King-Horrorfilm. Während ihre Eltern im Wintergarten sich zu betrinken beginnen.

»Übrigens, morgen um elf ist Testamentseröffnung«, erhebt Alex seine Stimme. Das Gerede am Tisch verstummt.

»Schon morgen?!«, sagt Mila erschrocken.

»Bestimmt auch wieder auf Wunsch von Elfriede«, bemerkt Dora ironisch.

»Das wird keine große Sache, meint Bollinger«, sagt Alex.

»Rechtsanwalt Bollinger? Da kann man aber gespannt sein.« Dora lächelt süffisant.

»Kann man nicht, ist kaum noch was da zum Vererben«, behauptet Benjamin und löst damit Proteste aus.

»Damals«, sagt Mila so leise, dass es im vielstimmigen Gerede untergeht.

»Damals«, wiederholt sie etwas lauter, doch nur Heiner Lehmann hört es.

»Damals?«, fragt er mit fuchsiger Miene nach, »was war denn damals?«

»Damals bei der Testamentseröffnung von Großvater Poppe«, Mila stockt, »damals«, wiederholt sie und hört sich selber plötzlich sehr laut, so still ist es im Wintergarten geworden, »damals bei der Testamentseröffnung von Großvater Poppe ist Elfriede ohnmächtig geworden. Was war da los?«

»Hat sie mit dir darüber gesprochen?«, fragt Alex schließlich in die Stille.

»Nein. Ich habe es gerade wie in einem Film vor mir gesehen, ich muss dabei gewesen sein.«

»Ausgeschlossen, du warst ja höchstens drei Jahre alt,« Benjamin lacht belustigt.

»Ich erinnere nicht, dass du dabei gewesen bist«, sagt Dora und mustert Mila, im Blick jene Vermutung, die unter Milas Geschwistern gelegentlich die Runde macht: Die Kleine tickt nicht ganz richtig.

»Ich sehe es aber vor mir«, beharrt Mila, und ihr Blick ist auf die große Fensterfront des Wintergartens wie auf eine Kinoleinwand gerichtet, »ich sehe den Mann im schwarzen Anzug vor mir, er hält ein großes weißes Kuvert in Händen, das mit einem großen roten Siegel verschlossen ist, er bricht es, öffnet das Kuvert und zieht eine einzige Seite heraus, wendet sie hin und her und wedelt mit ihr herum und beginnt zu lesen, da steht Elfriede auf: *Nein!*, ruft sie und kippt um, Alex fängt sie auf«, Mila hält inne, so oder so ähnlich hat Elfriede es ihr erzählt, sie schaut in die Runde: »Was war da los?«

Wie auf ein Zeichen reden ihre Geschwister durcheinander, reden über den Rechtsanwalt Bollinger, auf den Elfriede hereingefallen ist, der bereits unnütz Kosten verursacht hat und weitere Kosten verursachen wird, was für eine Verschwendung, sagen sie, wo doch nun wirklich und wahrhaftig nichts mehr zum Verschwenden da ist, versichern sie einander. Niemand reagiert, als Mila den Wintergarten verlässt.

»Larissa hörst du mich?«, flüstert Mila kurz darauf in ihr iPhone.

»Endlich! Wo bist du? Geht's nicht etwas lauter? Was ist los?«

»Meine Mutter ist gestorben.«

»Du sprichst so leise, was ist mit deiner Mutter?«

»Meine Mutter ist gestorben, ich weiß nicht, was ich machen soll«, schreit Mila und verstummt sogleich wieder.

»Bist du noch da?«

»Ich habe es geschafft«, flüstert Mila, »ich habe mich zu Elfriede ins Bett gelegt …«

»Okay, du hast es geschafft, ich liebe dich …«

Aber ich bin eingeschlafen, und deshalb ist sie gestorben, will Mila eigentlich sagen. Doch über ihre Lippen kommt kein Wort, nur so etwas wie ein Röcheln.

»Was ist los? Bist du noch da?«

»Nein«, flüstert Mila leise und beendet das Gespräch, wirft ihr Handy aufs Bett, zieht ihre dicke Kapuzenjacke an und dicke Socken, schlingt einen Schal um den Hals. Auf dem Flur begegnet ihr niemand. Aus dem Wintergarten hört sie gedämpft die Stimmen ihrer Geschwister. Sie überlegt zu lauschen, entscheidet sich dagegen. Kurz darauf betritt sie Elfriedes Schlafzimmer.

Olgas Augen leuchten auf: »Wusste, du wirst kommen zu Mutter.«

Das Fenster ist leicht geöffnet und die Heizung abgestellt, es ist herbstlich kühl. Wie Olga wickelt sich auch Mila in eine der Wolldecken und setzt sich neben sie.

Ich hätte nicht einschlafen dürfen, will sie zu Olga sagen, aber sie kann noch immer nicht darüber sprechen. Sie konnte es auch Alex nicht sagen und Dora nicht und nicht Benjamin.

Wäre ich nicht eingeschlafen, würde sie noch leben, hämmert es in ihrem Kopf, seit sie sich am Morgen wie eine Diebin aus Elfriedes Bett geschlichen hat.

»Ich werde nicht einschlafen«, sagt sie jetzt zu Olga, »leg dich ein paar Stunden hin.«

»Ich bleibe«, sagt Olga strikt und döst bald ein. Erwacht auch nicht, als es im Treppenhaus laut wird, Türen auf und zu gehen, Füße über den Flur tappen, Stufen knarren, dazwischen verhaltenes Reden und Rufen.

In dem alten Haus hier leiten die Heizungsrohre den Ton, hatte Olga behauptet und Mila beizeiten gewarnt, niemals in der Nähe eines Heizkörpers Geheimnisse auszuplaudern, sie könnten überall vom Dachboden bis in den Keller gehört werden. In den letzten Jahren aber war es still geworden im Haus am Hundekehlesee. Mitten im Berliner Grunewald strahlt es mit seinen schindelgedeckten Türmchen und Erkern, seinem Fachwerk und dem von grün und rot lackierten Holzpfeilern flankierten Wintergarten die Anmutung eines Schweizer Chalets der Jahrhundertwende aus, in dem es Verstecke, Lauschecken und Aussichtspunkte, verborgene Treppchen und Gänge gibt.

Am Ende eines dieser Gänge im ersten Stock liegt das Erkerzimmer, das ehemalige Kinderzimmer von Alex. Es wird seit Langem nur noch an Ostern und Weihnachten von ihm, Helene und ihren Kindern genutzt, trotzdem heißt es noch immer das Alexzimmer. Dort bezieht Helene gerade das Bett.

»Bei deiner kleinen Schwester piept es mal wieder, oder? Will sich als Dreijährige erinnern, so ein Quatsch, oder?«

Alex unterbricht sein Zähneputzen: »Erst ohne Vater, jetzt ohne Mutter, das packt Millie nicht so schnell«, ruft er aus dem winzigen Bad, »wir werden uns um sie kümmern müssen«, meint er und setzt das Zähneputzen fort.

»Wieso wir? Wen meinst du denn mit wir?«, fragt Helene misstrauisch, als Alex zu ihr unter die Bettdecke schlüpft.

»Wir Geschwister natürlich, sie wird die Summe für den Unterhalt des Hauses nicht aufbringen können, sie verdient in ihrem Job so gut wie nichts, zumindest nicht genug, und nichts deutet auf eine entscheidende Veränderung ihrer Kassenlage in absehbarer Zeit hin. Deshalb werden wir ihr ihren Anteil auszahlen müssen.«

»Gute Idee«, gurrt Helene beruhigt und schmiegt sich an Alex, »sehr gute Idee sogar«, flüstert sie in sein Ohr, ein Glucksen in der Kehle, ihre Hand gleitet über seinen Bauch.

»Pst, leise«, flüstert Alex, als sich Helenes Gurren und Glucksen steigert, »Dora schläft nebenan, wir wollen sie doch nicht wecken …«

Aber Dora schläft noch nicht, im Gegenteil, sie sitzt nebenan im sogenannten Dorazimmer komplett angekleidet und unschlüssig auf der Bettkante. Sie kann sich nicht entscheiden.

Es zeuge nicht gerade von geschwisterlicher Solidarität, Mila mit Olga allein zu lassen, meint sie mit gedämpfter Stimme. Heiner ist bereits am Wegdämmern.

Sie habe in ihrem ganzen Leben noch nie einen Toten im Sarg liegen sehen, grummelt sie vor sich hin, und wolle das auch jetzt nicht, und schon gar nicht nachts! Und dann noch die eigene Mutter …

»Totenwache!«, sie schüttelt sich kurz und heftig, »bestimmt eine Idee der Polin, die hat ja immer mehr Einfluss auf Elfriede gehabt …«

»Nun komm doch endlich ins Bett«, murrt Heiner und zieht die Bettdecke bis ans Kinn hoch.

»Sehr komisch, dass Mila sich an Grützke erinnert«, fährt Dora unbeirrt fort, »du weißt doch, Grützke!«, sie rüttelt an Heiners Schulter, »Rechtsanwalt Grützke, Testamentsvollstrecker von Poppi …«

»Kenne ich nicht«, kommt es unwillig von unter der Decke. Heiner weiß um die Monologe seiner Frau, wenn sie in Entscheidungsschwierigkeiten steckt, und offensichtlich kann sie sich nicht entscheiden, Mila beizustehen.

»Wetten, dass Grützke gemeinsame Sache mit Alex gemacht hat?«, monologisiert Dora weiter, »bestimmt haben sie gemeinsam das Testament von Poppi geändert … der Arme war unter Morphium …«

Heiner schiebt die Bettdecke ein Stück beiseite: »Unter Morphium?«, fragt er laut.

»Pst«, Dora legt den Finger auf den Mund, macht eine Kopfbewegung Richtung Alexzimmer: »So etwas konnte nur Alex hinbekommen, ein Testament, das uns zu gleichberechtigten Erben und die vormalige Alleinerbin Elfriede Escher zu einer Einfünftel-Erbin gemacht hat, notariell beglaubigt von Grützke! Deshalb ist sie ohnmächtig geworden!«

»Bisschen viel Fantasie, oder?«, flüstert Heiner.

Dora ignoriert seinen Einwurf.

»Elfriede war eine depressive Witwe mit Kleinkind«, redet sie weiter, »Alex sah voraus, dass sie einen Tröster suchen und als Alleinerbin auch finden würde. Mit dem hätten wir Geschwister dann eines Tages unser Erbe teilen müssen, verstehst du? Das hat Alex vorausschauend verhindert. Clever, oder?«

»Das hätte ihn seinen Beruf kosten können, er war doch schon Volljurist, oder?«

Dora nickt: »In Diensten bei Grützke und Partner. Grützke galt als Poppis Vertrauter, er hat Alex in alles eingewiesen.«

»Auch in die Schweiz?«

»Pst«, macht Dora und nickt.

»Da kann man ja auf die morgige Testamentseröffnung gespannt sein!«, meint Heiner.

»Nee, kann man nicht«, sagt Dora entschieden, »der Familienschmuck geht an mich, das ist traditionell geregelt, Elfriedes Anteil an der Hundekehle wird unter uns vier aufgeteilt, das ist auch geregelt, und sonst ist nicht mehr viel da.«

»Und die Schweiz?«, jetzt ist Heiner hellwach.

»Pst, nicht so laut«, mahnt Dora, flüstert dann: »Ist bereits vorvererbt!«

»Vorvererbt?« Heiner runzelt die Stirn, »wie das?«

»Kann ich nicht drüber reden, ist tabu.«

»Tabu! Immer dieses Tabu! Tabu!«, sagt Heiner genervt, dreht sich zur Seite und rollt sich unter der Bettdecke zusammen.

»Tabu, Tabu …«, hört Dora ihn grummeln. Unentschlossen bleibt sie auf der Bettkante sitzen.

»Du hast es nicht mitbekommen, wir kannten uns noch nicht«, sagt sie nach einer Weile, »wenige Wochen nach der Testamentseröffnung von Poppi ist Grützke mit seinem Fahrrad gestürzt und hat sich dabei das Genick gebrochen. Er lag noch ein paar Tage im Koma. Damals habe ich gedacht, das ist die Strafe für das krumme Ding, das er mit Alex gedreht hat. Damals hatte ich Angst, dass auch Alex was passieren könnte …«

Dora springt plötzlich von der Bettkante hoch, Heiner richtet sich erschrocken auf: »Was ist los?«

»Mila«, flüstert Dora, »ich kann doch die Kleene nicht einfach so mit der Polin …«, murmelt sie und verlässt, ohne sich weiter um Heiner zu kümmern, das Dorazimmer, schleicht auf Zehenspitzen zum Treppenhaus, verharrt auf dem Absatz und lauscht, schaut hinunter in die Halle. Tagsüber fällt Licht durch ein Glasoktogon im Dach auf ein stets verstaubt wirkendes Zwei-Sessel-und-ein-Sofa-Ensemble aus braunem Leder, jetzt liegt es im schummrigen Dunkel, nur der schwache Schein der Wandlampe auf der Balustrade beleuchtet es. Sie hört die Stimme von Benjamin, er liest den Kindern vor, die sich auf dem Dachboden ein Schlaflager gebaut haben.

Dora zieht ihre Pumps aus, trotzdem knarren die Stufen unter ihren Schritten, in der Halle krächzt das Parkett und im Flur muss sie den Vertiefungen im Boden ausweichen.

»Du hast hier einen nicht mehr zu tolerierenden Renovierungsstau«, hat sie jahrelang Elfriede ermahnt, ohne dass etwas geschehen wäre. In ihrer Fantasie waren bereits mehrfach sowohl der Erker als auch die beiden Türmchen heruntergekracht, auch Teile des Geländers vom Treppenhaus hat sie in die Halle stürzen und die alten Bleirohre der Wasserleitungen platzen sehen.

»Vielleicht bricht uns morgen während der Testamentseröffnung die Bude über dem Kopf zusammen«, murmelt Dora vor sich hin, schiebt aber dann ihren aufschießenden Unmut beiseite und öffnet die Tür zu Elfriedes Schlafzimmer.

Mila ist allein, winkt der zögerlichen Dora.

»Sie sieht aus, als würde sie gleich die Augen öffnen«, sagt sie leise, »und wie jung sie plötzlich ist, sie wird von Stunde zu Stunde jünger!«

»Du siehst ja schon Gespenster«, flüstert Dora und vermeidet, die Tote anzusehen, »das war heute entschieden zu viel für dich, du gehst jetzt schlafen. Wo ist Olga?«

»Nein, ich bleibe, ich muss stark sein, hat sie zu Olga gesagt.«

»Wieso du? Wieso ausgerechnet du?«

»Wieso ist ihr Herz einfach stehen geblieben?«

»Dir hat wohl niemand von deiner späten Problemgeburt und Elfriedes jahrelangen Depressionen mit Tablettensucht …«

»Dorothea!«, Olga hat an der Tür gelauscht, »wie bist du nur so gemein und gibst Mila schuld! Mila war für Mutter ein großes Glück, das weißt du, das wissen alle hier im Haus …«

»Du weißt gar nichts, du warst noch zu Hause auf deinem Dorf, als das alles passiert ist«, unterbricht Dora.

»Am Sarg streitet man nicht«, flüstert Olga erschrocken und streicht Elfriede wie begütigend über die Stirn.

»Ich gehe.« Mila steht hastig auf und lässt Dora mit Olga zurück. Auf dem Flur begegnet ihr Benjamin.

»Du siehst scheußlich traurig aus! Komm, wir trinken was.« Er zieht Mila in die Küche, schenkt ihr einen Whisky ein.

»Es tut mir so leid, es tut mir alles so leid«, sagt er und nimmt Mila unbeholfen in den Arm, »trink, das wird dir guttun«.

Mila nimmt einen Schluck und gibt Benjamin das Glas zurück, er leert es in einem Zug, stöhnt wie erleichtert auf.

»Ich bewundere dich … ich habe einfach nicht den Mut … Totenwache!« Benjamin verdreht die Augen, schenkt sich einen zweiten Whisky ein.

»Ich war achtzehn, als mein Vater, ich meine, als mein und dein, ich meine natürlich, als unser Vater starb. Ich weiß nicht mehr, wie das war, vielleicht wollte ich es damals auch erst einmal gar nicht wahrhaben, aber Elfriede, das haut mich um, das ist ganz schlimm, sehr schlimm ist das!«

Er leert auch das zweite Glas in einem Zug, wieder gefolgt von einem erleichterten Stöhnen, er stellt das Glas ab und legt seine Hand auf Milas Schulter: »Ich werde dir immer helfen, das verspreche ich, darauf kannst du dich verlassen, du kannst dich auf mich verlassen, versprochen, ja? Versprochen!

Ich muss wieder zu den Kids, also, Kopf hoch und nicht vergessen, Onkel Benny hilft!«

Er umarmt Mila, geht ein paar Schritte, kehrt wieder um: »Weißt du noch, wie du früher zu Alex und mir immer Onkel gesagt hast, Onkel Alex und Onkel Benny, und zu Dora Tante, Tante Dora! Niedlich, oder? Sehr niedlich … was wollte ich? Ach, die Kids, also vergiss nicht, kannst dich auf mich verlassen …« Er umarmt Mila noch einmal.

»Du zitterst ja«, sagt Mila.

»In Palma war es wärmer, bin ein bisschen müde, nee, alles okay«, er zögert, »vielleicht noch einen letzten?«

Er schüttelt den Kopf, schenkt aber doch noch einmal nach, schiebt dann das geleerte Glas weit von sich, drückt Milas Arm, bis es ihm endlich gelingt, aus der Küche rauszukommen. Vor Elfriedes Schlafzimmer hält er inne. Er überwindet sich schließlich und öffnet die Tür einen Spalt breit, blinzelt hindurch und erkennt im abgedunkelten Raum neben Olga Dora. Dora hat die Augen geschlossen und hält den Kopf gesenkt. Sie ist eingeschlafen, vermutet er. Ein kalter Luftzug weht ihm aus dem Zimmer entgegen, er schließt schnell wieder die Tür.

Aber Dora schläft nicht. Es zieht sie vor Gericht. Sie will anklagen. Sich selbst, Elfriede, Poppi, ihre Geschwister … sie weiß noch nicht, wen alles sie auf die Anklagebank ziehen wird. Sie fängt mit Elfriede an. Sie sei keine wirkliche Mutter für sie gewesen. Nicht, wie sie es für Benjamin war und viel später auch noch für Mila trotz ihrer Depression.

Sie sei auf die symbiotische Beziehung von Mila und Elfriede eifersüchtig und neidisch, behauptete Heiner. Das hat sie entschieden abgestritten. Das Paar Elfriede und Mila sei eine einzige Peinlichkeit, hat sie Heiner wissen lassen. Auf dieses Paar sei keiner in der Familie neidisch. Milas Geturtel um Elfriede gehe ihr einfach nur auf die Nerven. Wie allen anderen auch.

Nun, das ist jetzt vorbei, stellt Dora triumphierend fest, das hat jetzt ein Ende. Ein natürliches Ende.

Sie öffnet ihre Augen, Olga schläft. Dora lehnt sich mit einer gewissen Zufriedenheit zurück, dabei fällt ihr Blick auf ihre Mutter. Ganz ohne Scheu plötzlich. Auch verspürt sie keinerlei Ängstlichkeit mehr oder gar Schrecken, ja, sie ist ohne jedes Gefühl, bemerkt sie verwundert.

Wieso spüre ich keine Trauer?, fragt sie sich. Trauere ich nicht um meine Mutter? Wieso spüre ich nichts? Bin ich eine gefühllose Tochter? Eine schlechte Tochter?, eröffnet Dora nun ihre Anklage gegen sich selbst.

Als ihr Vater Konrad starb, war sie von ihrer Trauer so überwältigt, dass auch sie sterben wollte. Mit Konrad die Welt zu verlassen, schien ihr erträglicher, als von ihm verlassen, zurückgelassen zu werden. Selbst jetzt spürt sie noch das Entsetzliche. Die entsetzliche Kälte in einer Welt ohne Konrad. Von dem Augenblick an, als Alex ihr gesagt hatte, Konrad habe gegen das exponentiell wuchernde Schuppentier in seiner Bauchspeicheldrüse keine Chance, hatte sich unter ihr eine Falltür geöffnet und sie war haltlos in die Tiefe gestürzt. Keine Droge, die sie nicht genommen hätte. Und jede Nacht einen anderen Mann in einem anderen Bett. Sie ist in die Kellerlöcher von Ostberlin gekrochen und über die Straßen mit den tiefen Schlaglöchern getorkelt und im Stehen eingeschlafen, egal wo. Und zwischendurch hat sie gebetet, dass Konrad sie mitnimmt, dass er sie nicht zurücklässt, dass sie mit ihm stirbt …

Sie hat noch mehr Drogen genommen, noch wilder getanzt und sich in die Arme jedes x-Beliebigen geworfen. Manchmal wachte sie zwischen einem Haufen von Leuten auf …

Und dann im Krankenhaus. Weil Dora tobte und schrie, wurde sie ruhiggestellt. Ihr Kopf war bandagiert. Sie erfuhr, dass sie in einer Kneipe auf einem Tisch einen Bauchtanz probiert hatte und gestürzt war. Ja, wenn sie es auf einem Stuhl auf einem Tisch versucht hätte, dann hätte es bestimmt geklappt ...

Als sie aus dem Krankenhaus entlassen wurde, war Konrad gestorben. Sie aber lebte weiter, musste weiterleben, sie hatte den Kampf gegen sich selbst verloren.

Sie sei eine geborene Kämpferin, hatte Konrad immer stolz gesagt, wenn sie Preise nach Hause brachte. Erst Pokale als Siegerin im Einer, dann als Auszeichnungen für ihre ersten ziemlich durchgeknallten Kreationen an der Modeschule. Schon mit vierzehn hatte sie bessere Einfälle als Elfriede. Das wurde allerdings von allen ignoriert, vor allem von Poppi. Konrad aber lobte sie. Und wie. Damals gründete sich der geheime Bund zwischen ihr und ihrem Vater. Er wusste, dass sie mit ihrer Begabung Elfriede haushoch überlegen und die einzige durch Begabung legitimierte Erbin von eldamo war. Nach Poppis Willen aber sollte Alex sein Nachfolger werden ...

Sie versuchte, Poppi von ihrer haushoch überlegenen Begabung zu überzeugen und schenkte ihm ihre besten, innovativsten Zeichnungen. Sie fand sie später in seinem Papierkorb. Ihre Scham darüber war so groß, dass sie das zerknüllte Papier heimlich heraus fischte und hastig im Garten verbrannte. Sollten doch Alex und Elfriede eldamo in die Pleite reiten, schwor sie sich dabei. Sie würde mit Konrads Hilfe und einem supermodernen Label, ihrem eigenen nämlich, supererfolgreich werden. In ihren Tagträumen, denen sie sich damals gern hingab, passierte genau das ...

Nach Konrads Tod musste Dora für ihren Tagtraum alleine kämpfen, doch ihr fehlte die Motivation. Ihr fehlte Konrad.

Ihr Kreativitätspegel sank Richtung null. Für ihren Abschluss an der Modeschule war er so weit gesunken, dass sie drei el-damo-Modelle von Elfriede kopierte. Kaufhausmode. Es war ihre Kapitulation. Und folgerichtig ihre Eintrittskarte bei el-damo, Kürzel für elegante Damenmode. Mit Poppis Segen bekam sie einen Job in der Schnittabteilung.

Ihr Selbstwertgefühl lag im Gully. Sie nahm ihr Training im Einer wieder auf. Aber ohne Konrads Lob lohnte sich die ganze Anstrengung nicht. Die Hundekehle mied sie. Dort dämmerte noch immer Elfriede als depressive Witwe mit Kleinkind vor sich hin, umsorgt von Großmutter Sophie, im Schutz vom immer bestgelaunt lärmenden Großvater Poppi, der, durch Mila zum Papa verjüngt, die Kleine von morgens bis abends vergötterte.

Da hörte sie von dem Job bei einer englischen Konkurrenz in London, bewarb sich und handelte einen Vertrag als Desi-gnerin für die Young Collection aus und lebte wieder auf. Ra-chegelüste beflügelten ihren Aufbruch nach London. Sie war zweiundzwanzig Jahre alt.

Schon nach wenigen Tagen dachte sie nicht mehr daran, sich an Poppi zu rächen und eldamo Konkurrenz zu machen, die Chefdesignerin Betty stellte gleich zweifelsfrei fest, sie, Miss Betty Fisher, entwerfe die Kollektion, und sie, Miss Dora Escher, dürfe erst einmal diese Entwürfe in Schnitte übertra-gen. Dann sehe man weiter. Sie sagte okay und arbeitete erst einmal als Schnittmeisterin. Nicht gerade, was sie erträumt hatte. Sie arbeitete täglich zwölf Stunden und mehr. Und täg-lich aß sie weniger. Irgendwann begann sie, sogar die Reiskör-ner abzuzählen, damit sie so leicht und luftig, so ein Fliegen-gewicht blieb, wie sie es mittlerweile geworden war. Nichts erschien ihr erstrebenswerter, als hauchdünn zu sein.

Dass sie unter einer sich selbst verzehrenden Sehnsucht nach der verlorenen Liebe von Konrad litt, erfuhr sie durch ihren Therapeuten, Mister Gallagher. Betty hatte den ersten Termin mit ihm vereinbart, weil sie ihre begabte Schnittmeisterin nicht verlieren wollte. Sie lud sie nun auch zu sich nach Hause zum Essen ein, ihr Freund kochte. Beide fingen an, sie wie ihr Kind aufzupäppeln. Das gefiel Dora.

Sie habe keine Eltern gehabt, erzählte sie Mister Gallagher. Beide hätten gearbeitet und sie in die Krippe gegeben, weil Großmutter Sophie sich nur um Alex kümmern wollte. Auch Benny musste nicht in die Krippe, er sei Elfriedes Lichtgestalt gewesen, erzählte sie Mister Gallagher. Es seien auf dieser Lichtgestalt aber einige dunkle Flecke sichtbar geworden. Sie habe sie früh bemerkt und Benny dafür bestraft. Mister Gallagher wollte wissen, wie sie ihren jüngeren Bruder bestraft habe, sie wollte es ihm jedoch nicht verraten. Noch nicht.

Bevor sie das konnte, starb erst Sophie und kurz darauf auch Poppi. Sein Testament enthielt schwindelerregende Überraschungen. So hatte er einerseits das Erbe seiner Tochter Elfriede zugunsten seiner Enkel drastisch beschnitten, andererseits Elfriede aber zur Alleinerbin von eldamo bestimmt. Der Haken daran war allerdings, dass eldamo ziemlich am Boden lag.

Nach der Testamentseröffnung bekniete Alex Dora, ja, er beschwor sie, London aufzugeben und nach Berlin zurückzukommen, nur sie könne eldamo retten und damit Elfriedes Auskommen sichern. Sie war gerührt, ja, berührt …

Aber der richtige Knaller bei ihrer Rückkehr nach Berlin war dann Heiner. Produktionsassistent Heiner Lehmann. Sie merkte das erst, nachdem sie das erste Kilo zugenommen hatte, ohne panisch zu werden. Sie nahm weiter zu. Sie musste nur an ihn denken und schon wurde sie hungrig. Sie dachte ziemlich oft an ihn.

Bei ihrem ersten Rundgang durch die neuen Fabrikationsräume in der Kochstraße hatte er sie angesprochen. Konrad habe ihn kurz vor seinem Tod eingestellt, sagte er, und dass man in der Firma sehr froh über ihre Rückkehr sei, auch er sei sehr froh. Etwas in seinem Blick hatte Dora knallrot werden lassen. Die zwei Jahre in London hatte sie in strenger Askese verbracht. Bestrafung als Folge ihrer enthemmten Sexwut, während Konrad sich aus dem Leben verabschiedete, hatte Mister Gallagher analysiert.

Keiner außer Heiner Lehmann schien zu bemerken, wie sie jetzt Kilo um Kilo zunahm. Eines Tages setzte er sich in der Kantine zu Dora an den Tisch und sagte, er habe in seiner Schulzeit in Ostberlin nicht nur Russisch gelernt, er spreche und schreibe auch Chinesisch. Wieder war etwas in seinem Blick, das sie knallrot werden ließ, als hätte er sie auf verschlüsselte Weise zum Sex eingeladen.

»Chinesisch?«, stotterte sie und Bilder von exotisch-erotischen Szenen bestürmten sie.

»Ja, Chinesisch. Ich habe eine Idee, über die ich gern mit Ihnen reden möchte.«

Sie erwartete ihn aufgeregt, ja erregt. Als er mit dem Computer unterm Arm eintrat und erst einmal Excel-Tabellen öffnete, brauchte sie einige Zeit, bis sie sich und ihren Körper umgepolt hatte und ihm zuhören konnte, was er über Fabrikation und Preise in China erzählte. Danach lud sie ihn zum Essen in ein chinesisches Restaurant ein. Er bestellte tatsächlich auf Chinesisch und unterhielt sich später mit dem Wirt auf Chinesisch. Danach im Bett auch mit ihr. Mit Heiners Kenntnissen in Chinesisch startete eldamo wie Phönix aus der Asche in ein neues Zeitalter …

»Und was hat uns das beschert?«, wendet sich Dora flüsternd an Elfriede, beugt sich vor und schaut ihr fragend ins Gesicht, als erwarte sie eine Antwort.

»Ich sage es dir: einen Höchstpreis!«, flüstert sie erbost, als keine Antwort kommt, »wir haben eldamo aus der Pleite geholt und einen riesigen Erfolg gehabt, den wir dann selber in bar bezahlen mussten ... Alex hat uns gezwungen, dir für deine Anteile den Höchstpreis zu zahlen ... Weshalb redest du nicht mit mir?« Dora wird laut: »Weshalb redest du mit Mila und nicht mit mir?« Dora lauscht. Stille.

»Es hat einfach keinen Zweck!«, sagt sie schließlich, »du verstehst mich nicht! Du hast mich nie verstanden! Du willst mich einfach nicht verstehen!«

Sie blickt zu Olga, sie ist im Tiefschlaf ...

2.

Helene schaut aus dem Fenster, dunkel und still stehen die zottigen Kronen der Kiefern vor einer blassen Morgendämmerung, es scheint ein sonniger Herbsttag zu werden. Sie schlüpft in den hellgrauen Trainingsanzug von Alexanders Ex, der immer noch im untersten Schrankfach liegt, und zwirbelt ihr blond gesträhntes Haar zu einem kurzen Zopf. Leise schleicht sie am schlafenden Alex vorbei aus dem Zimmer und aus dem Haus und joggt los. Zunächst erst einmal um den Hundekehlesee herum. Die Konkurrenz, zwei jüngere Männer, lässt sie spielend hinter sich, sie ist in Kampf- und keinesfalls in Trauerstimmung: Endlich erfährt sie Genugtuung für Milas Biss! Nach über elf Jahren ist die Narbe noch immer deutlich sichtbar. Die Wunde wurde damals aufwändig behandelt und anschließend genäht.

»Sieht nach einem Vampirbiss aus«, hatte der Arzt in der Notaufnahme gescherzt. Als sie seinen Scherz bestätigte und von einem Mädchenvampir sprach, setzte er eine bedenkliche Miene auf und verpasste Helene zur örtlichen Betäubung noch eine Tetanusspritze. Der Biss von einem Menschen könne äußerst unangenehme Folgen nach sich ziehen, schlimmere als der von einem Hund, dozierte der Arzt, während er in der Wunde herumschabte und die Vermutung anstellte, eine Sehne könnte durchgebissen sein.

»Quatsch!«, protestierte sie und biss die Zähne zusammen vor Schmerz. Und Wut. Auf Mila.

Mila war früher aus der Schule gekommen und hatte an der Tür gelauscht, als Helene von Elfriede verlangte, sie müsse den Wollins das Kutschenhaus kündigen. Sie erwartete ihr erstes

Kind, und Alex und sie wollten das ehemalige Kutschenhaus, das sich in einiger Entfernung zum Haupthaus befindet, als Wochenendhaus nutzen. Mila riss die Tür auf und schrie, niemals dürfe den Eltern von Max gekündigt werden, niemals, niemals, schrie sie immer wieder. Sie solle sich nicht in Angelegenheiten einmischen, die sie nichts angingen, versuchte Helene, Milas hysterisches Geschrei zu unterbrechen. Da hatte Mila zugebissen. Seitlich in den Daumen. Wie ein Krokodil mit Kiefersperre habe sie sich in ihre Hand verbissen, erklärte Helene jedem, der es hören wollte.

Max Wollin sei Milas erste große Liebe, versuchte Alex anschließend, Milas Verhalten zu erklären. Und dieser Max, Sohn der Mieter des Kutschenhauses, sei jetzt in Kalifornien auf einem College und Mila verteidige sein Territorium.

»Du solltest deins verteidigen!«, forderte Helene aufgebracht.

Aber Mila setzte sich durch, die Eltern von Max blieben Mieter des Kutschenhauses …

»Jetzt wirst du ausbezahlt«, frohlockt Helene und überquert die Königsallee, die eine Schneise schlägt zwischen dem Hundekehlesee und dem Grunewaldsee, ihrem Ziel.

»Aus und vorbei ist es mit dir, Emilia Felicitas!«, setzt sie ihr Zwiegespräch mit Mila fort. Sie überholt eine Hundeführerin, die mit ihrer Meute zur Hundebadestelle unterwegs ist.

»Aber natürlich kannst du unsere Hunde ausführen«, redet Helene weiter mit Mila, die eine Zeit lang als Hundeführerin gejobbt hat, doch da stolpert sie, stürzt fast, fängt sich im letzten Moment.

»Verdammte Köter!«, schimpft sie, zwei sich jagende Terrier hätten sie beinahe zu Fall gebracht.

»Passen Sie gefälligst auf Ihre Viecher auf!«, faucht sie die Besitzerin der Tiere an und kehrt um.

»Ziemlich lange unterwegs gewesen«, hört sie Alex aus der Dusche rufen, als sie das Zimmer betritt. Sie zieht sich die verschwitzten Klamotten aus und zwängt sich zu ihm in die schmale Kabine unter den eher mageren Wasserstrahl, drückt sich an seinen etwas zu fülligen Bauch: »Ein bisschen Training könnte dir auch nicht schaden«, sie umschlingt ihn mit ihren Armen, »mag ich aber trotzdem«, gurrt sie und hält ihm den Daumen mit der Narbe unter die Nase: »Erinnerst du dich?«

Alex schnappt danach, Helene weicht aus, kommt in der engen Kabine ins Rutschen, Alex fängt sie auf.

»Als erstes müssen die Bäder saniert werden«, sagt sie daraufhin im Übernahmeton der neuen Hausbesitzerin, »meinst du, wir schaffen unseren Einzug noch vor Weihnachten?«

»Kommt darauf an, was im Testament steht.«

»Überraschungen sind ausgeschlossen, das hast du mir doch versprochen«, schmollt Helene.

Alex drückt einen Kuss auf ihre Schulter, gibt ihr einen Klaps auf ihren trainierten Hintern und windet sich aus der Kabine. Helene dreht den Hahn bis zum Anschlag auf und räkelt sich genüsslich unter dem heißen Wasser.

»Denk bitte daran, Bollinger kommt um elf!«, mahnt Alex.

»Muss mich jetzt anziehen, melde mich später«, haucht Mila zur gleichen Zeit ein Stockwerk tiefer in ihr Smartphone, wirft es aufs Bett und öffnet die Tür zum Kleiderschrank. Die meisten Bügel baumeln leer an der Stange, nur ein paar Lieblingsstücke von früher sind noch da, unter ihnen ihr Abiturkleid. Elfriede hatte es mit ihr zusammen ausgesucht. Bei der Anprobe lächelte sie auf seltsame Weise, erinnert Mila jetzt. »Mit deinen schwarzen Locken wirst du deinem Vater immer ähnlicher,« hatte sie dann gesagt. Mila betrachtet sich im Spiegel und erinnert nun auch Elfriedes Blick, wie er über das cremefarbene Kleid mit den Spaghettiträgern und dem Rock aus Tüll glitt …

Kurz entschlossen nimmt sie es vom Bügel und zieht es an. Es passt, der Reißverschluss schließt noch. Sie macht ein Selfie, schickt es Larissa und schlüpft in ihre dicke schwarze Kapuzenjacke. Bevor sie ihr Zimmer verlässt, schaut sie noch einmal in den Spiegel und begegnet Elfriedes Blick von damals. Tränen treten ihr in die Augen, schnell ist sie draußen auf dem Flur und kurz darauf sitzt sie am Frühstückstisch im Wintergarten. Ihr gegenüber Helene in schwarzer Hose mit schwarzer Bluse.

»Ist dir nicht ein bisschen kalt in deinem Ballkleid?«, spöttelt Helene.

»Ist mein Abiturkleid. Elfriede hat es ausgesucht. Ich habe es für sie und nicht für dich angezogen.«

»Vielleicht ein bisschen viel Dekolleté für unseren Testamentsvollstrecker «, spöttelt Helene weiter.

»Lass sie in Ruhe«, knurrt Benjamin vom Kopfende, »sie hat im Gegensatz zu mir und deinem Mann Totenwache gehalten, wir waren zu feige.«

»Ich nicht, ich war bei ihr«, sagt Dora und rückt ihr schwarzes Kostüm aus einer ihrer letzten eldamo-Kollektionen zurecht.

»Wir waren nicht vorbereitet,« entschuldigt Katrin, Benjamins Frau, ihre Jeans mit Pulli.

»Nein, das waren wir nicht«, sagt Benjamin mit Trauer in der Stimme und nimmt Katrins Hand. Schweigen breitet sich aus.

»Wo sind denn die Kinder?«, durchbricht Helene die Stille.

»Bei Olga in der Küche«, sagt Mila.

»Und Alex? Wo ist Alex?«, Benjamin schaut sich um.

»Er lauert Bollinger auf, er will schon vorher wissen, was im Testament steht«, Heiner lächelt hintergründig, »wenn er es nicht ohnehin bereits weiß.«

Tatsächlich empfängt Alex den Anwalt in seiner Eigenschaft als Familienoberhaupt an der Haustür. Er will mit ihm den Ablauf der Testamentseröffnung festlegen. Bollinger wünscht jedoch, sich zunächst erst einmal von seiner Mandantin verabschieden zu dürfen. Das irritiert Alex außerordentlich. Er sucht nach einer Ausrede. Doch er findet keine, und so bleibt ihm nichts anderes übrig, als den Anwalt zu Elfriede zu führen. Ihm ist sehr unwohl dabei. Bisher hat er selbst einen näheren Kontakt mit seiner toten Mutter vermieden, er hat nur angeordnet, und das Beerdigungsinstitut hat ausgeführt.

Bollinger nimmt auf einem der Stühle Platz. Wieder ist Alex außerordentlich irritiert. Er hat mit einem kurzen formellen Kopfnicken in einiger Entfernung vom Sarg gerechnet und ist neben der Tür stehen geblieben. Nun erscheint ihm das irgendwie unangemessen. Und so setzt er sich der Form halber dem Anwalt gegenüber. Verwundert beobachtet er, wie Bollinger die Augen schließt, den Kopf senkt und die Hände faltet. Betet er?

Alex lenkt seine Blicke von Bollinger an Elfriede vorbei zur Zimmerdecke hinauf. Wieso Bollinger? Wozu überhaupt einen Anwalt beauftragen?, hatte er sie gefragt. Elfriede war ausgewichen. Sie wolle das Wenige, was ihr noch geblieben sei, nach ihren eigenen Wünschen verteilen, sagte sie schließlich. Ihre Stimme war vorwurfsvoll, ihr Blick auch. Und wie immer schon blieb er taub und blind dafür. Trotzdem war er der beste aller Söhne, daran zweifelte er nie, denn er verzieh ihr immer. Jeden Fehler, den sie machte. Fast jeden. Und Fehler machte sie viele. Einer ihrer nachhaltigsten Fehler war, ihm den Namen

Alexander zu geben. Wegen dem kleinen Alexander, dem Erstgeborenen von Sophie, seiner Großmutter. Der kleine Alexander war im Alter von drei Jahren gestorben. Und so war es unausweichlich, dass Sophie nur wenige Wochen nach seiner Geburt Alex` Pflege übernahm. Nicht lange, und er war das Kind von Sophie und Poppi. Ihr kleiner Alexander. Erst durch Bennys Geburt merkte er, dass die beiden nicht wirklich seine Eltern waren. Nicht in der Weise wie Elfriede und Konrad für Benny. Er fing an, das Bett zu nässen, er wurde ein veritabler Bettnässer. Mit bereits sechs Jahren. Eine Hitzewelle steigt in Alex hoch und Schamröte überzieht sein Gesicht. Nein, diesen Fehler hat er Elfriede nie verziehen.

Seine Heilung verdankte er Poppi. Trotz seines anhaltenden Bettnässens hielt Poppi an ihm als seinem Erbprinzen fest und Alex' emotionale Verwirrung löste sich wieder: Er war und blieb Poppis Thronfolger. In dieser Gewissheit durchquerte sein Lebensschiff sicher die schwierigen Gewässer seiner frühen Jahre, von Poppi geleitet wie von den zuverlässigen Signalen eines jedem Unwetter trotzenden Leuchtturms.

»Du hast es so gewollt«, spricht Alex stumm mit Elfriede, »und wahrscheinlich war das auch gut so«.

Sein Blick fällt senkrecht von der Zimmerdecke hinab auf seine tote Mutter, nein, er wird sich bei ihrem Anblick jetzt gewiss nicht in die Hosen machen. Er lacht kurz auf und lehnt sich zurück, verschränkt die Arme und senkt den Kopf, horcht in sich hinein.

»Ich vertraue dir,« hört er Poppi sagen. Das war seine Auszeichnung. Das sagte er auch, bevor er ihn in sein *Geschäft* einweihte. Und sein *Geschäft*, das war sein Geheimkonto in der Schweiz. »Du musst darüber Bescheid wissen, falls ich einmal sterben sollte,« sagte er.

Als er das erste Mal Poppi begleiten durfte und in der Bank am Paradeplatz in Zürich Einsicht in das geheime Konto erhielt, glaubte er zunächst, die Zahlen seien falsch. Sie waren richtig. Er wartete auf eine Erklärung. Wieso besaß Poppi so viel Geld? Und wie war es in die Schweiz gekommen? »Aktien«, erklärte Poppi schließlich. Sie hätten den Krieg überdauert und seien seitdem erheblich gestiegen. Er habe mehr Sinn darin gesehen, das Geld vor der Steuer zu retten als es ihr in den nimmersatten Rachen zu schieben, meinte er lachend. Alex fragte nicht, wie denn die Aktien in die Schweiz gekommen seien, er lachte mit. Doch bald verging ihm das Lachen. Poppis Glaube an seine eigene Unsterblichkeit hätte beinahe ins Chaos geführt. Viel zu spät hatte er ihm die Bücher geöffnet und ihn in sein Schweizer Geheimkonto eingeweiht. Angesichts der vielen Möglichkeiten von Strafanzeige, Gefängnis und Ruin musste er in nur wenigen Monaten einen Rettungsplan erarbeiten. Musste er Poppis Testament neu denken. Und neu schreiben. Was er auch tat …

»Bollinger!«, erinnert sich Alex plötzlich, er hatte ihn völlig vergessen. Er schaut sich um, Bollinger ist nicht mehr da. Alex checkt seine Rolex, es ist Punkt elf Uhr. Das ist die Stunde der Testamentseröffnung von Elfriede …

»Sie hätten die kleine Escher am liebsten gekillt und im Hundekehlesee verschwinden lassen«, flüstert Rechtsanwalt Bollinger bei seiner Rückkehr in die Kanzlei launig seinem Partner hinter vorgehaltener Hand zu.

»Sie werden mich umbringen«, flüstert Mila etwa zur gleichen Zeit in ihr Handy.

»Ich verstehe dich nicht, kannst du nicht ein bisschen lauter reden?«

»Kann ich nicht, die Wände haben Ohren, erkläre ich dir morgen.«

»Wieso nicht heute?«

»Ich muss mit Elfriede reden, es ist etwas Schreckliches passiert …«

»Mila, was ist los, du redest wirres Zeug.«

»Es geht mir wirklich miese, Larissa …«, sie beendet das Gespräch und starrt auf das schwarze Display ihres Smartphones. Wieso ich? hämmert es in ihrem Kopf, ohne dass auf dem Display eine Antwort erscheint wie sonst immer auf alles, was sie wissen will. Sie wirft das kleine schwarze Ding aufs Bett, sieht sich in der offenen Schranktür gespiegelt, unter der Kapuzenjacke trägt sie noch ihr Abiturkleid. Hastig tauscht sie es gegen Pulli, Jeans und dicke Socken und darüber wieder die Kapuzenjacke, zögert, soll sie das nutzlose Ding mitnehmen?, steckt dann das iPhone doch ein. Kurz darauf ist sie bei Elfriede.

»Wieso ich?«, fragt sie leise und forscht in Elfriedes Gesicht nach einer Antwort, weshalb ihre Mutter ihren Anteil an der Hundekehle allein ihr und nicht, wie verabredet und erwartet, ihren vier Kindern vererbt hat. Und bemerkt nun die Veränderung: Wie sich Elfriedes Gesichtszüge seit gestern Nacht verändert haben, wie ihr Gesicht kleiner, schmaler, starrer geworden ist, mit einer nun hervorspringenden, fast spitzen Nase und tiefer liegenden Augen und schmaleren Lippen.

»Geh nicht weg!«, flüstert sie unwillkürlich und ihre Hand schnellt vor, als wollte sie Elfriede festhalten.

»Mutter hat lange überlegt«, hört Mila Olgas Stimme, von ihr unbemerkt ist sie ins Zimmer gekommen, »Mutter ist eine kluge Frau, ist gerecht«.

Mila fährt herum: »Du wusstest es?«

»Mutter hat mir alles erzählt.«

»Alles? Was alles?«

»Mutter will das nicht«, flüstert sie, »will nicht, dass ich darüber rede«.

»Blödsinn!«

Olga schüttelt ihren Kopf, »kein Blödsinn!«, und tätschelt die gefalteten Hände: »Gut gemacht«, flüstert sie Elfriede zu.

Mila verdreht die Augen und verlässt das Schlafzimmer. Vor der Tür bleibt sie stehen.

»Du musst mir beistehen«, flüstert sie und ist entschlossen, sich Elfriede nunmehr als eine Art Luftgeist vorzustellen, der ihr während der bevorstehenden Angriffe von Alex, Dora und Benjamin hilft, wann immer sie Hilfe benötigt. Dann macht sie sich auf den Weg zu Alex. Auf der Treppe in den ersten Stock kommt ihr eine hoch erregte Dora entgegen, die Familienschmuckkassette unterm Arm. Ihr auf den Fersen ihre drei sehr unterschiedlich gestimmten Töchter: die fünfzehnjährige Julia beherrscht, die zwölfjährige Josephine mit geröteten Augen, die zehnjährige Jenny ängstlich.

»Das trifft sich ja«, frohlockt Dora mit verzerrtem Lächeln, »vielleicht kannst du mir das erklären«, zischt sie und öffnet blitzschnell die Verschlüsse der Kassette, dreht sie um und lässt ihren Inhalt auf die Treppenstufen niederprasseln.

»Aber Mama!«, schreit Julia auf, Jenny schaut von einem zum anderen, unentschlossen, ob sie weinen oder vielleicht doch wegen der überall herumliegenden und auch noch immer weiter die Stufen hinunter kullernden bunten Glitzerdinger eher lachen soll.

»Kannst du mir erklären, wo unser Familienschmuck geblieben ist!?«, geht Dora auf Mila los, »ich meine den echten Schmuck, das hier ist nichts als Strass und Plastik und Tinnef…« Dora gibt einer großen glitzernden Brosche einen Fußtritt.

»Das ist Omis Schmuck!«, heult Josephine auf, »den darfst du nicht auf den Boden werfen und mit Füßen treten!«, schreit sie, entreißt Dora die Schmuckkassette und sammelt die einzelnen Stücke wieder ein. »Omis Schmuck haben Julia und ich und Jenny geerbt«, schluchzt sie dabei.

»Ja, wir!«, trumpft Julia auf und hilft Josephine beim Einsammeln.

»Ja, wir!«, trumpft Jenny wie ihre großen Schwestern auf und schaut nun alles andere als ängstlich.

Dora achtet nicht auf ihre Töchter.

»Wo ist er! Wo ist der Familienschmuck!«, faucht sie die sprachlose Mila an. Sie hat mit Doras Wut über Elfriedes Entscheidung, ihren Anteil ihr allein zu vererben gerechnet und nicht mit einem Angriff wegen Elfriedes Schmuck.

»Wo ist der Schillersche Familienschmuck, das Diamantarmband und die Barockohrringe und die Saphirbrosche und das Smaragdhalsband und …«

»Verkauft«, unterbricht Mila, »nach dem letzten Crash musste unsere Mutter den Schmuck verkaufen«.

Dora starrt ihre Schwester an.

»Das glaube ich nicht!«

»Frag Olga.«

»Olga?«

Mila sieht, wie sich Doras seit Jahren gehegtes Misstrauen gegen die Polin Bahn bricht und ihre Gesichtszüge verhärtet. Sofort bedauert sie, Olga ins Spiel gebracht zu haben.

»Frag Alex«, sagt sie hastig, doch Dora hört nicht mehr hin.

»Olga?«, wiederholt sie, nun schon mit der Miene einer Polizeikommissarin, »wo ist Olga? Bei Elfriede? Du kommst mit«, bestimmt sie Julia, die aber ihre Suche nach weiteren, noch verstreut herumliegenden Schmuckstücken fortsetzen und keinesfalls mitkommen will, woraufhin Dora Mila am Arm packt und mit sich hinunter ins Souterrain zieht.

»Was hast du vor?«

»Wir müssen Olgas Wohnung durchsuchen!«

Mit einem Ruck befreit sich Mila: »Der Schmuck ist verkauft«, wiederholt sie, »frag Alex!«

Doch Dora ist nicht mehr erreichbar, tastet schon Olgas Mantel im Gang an der Garderobe nach im Futter eingenähten Schmuckstücken ab, danach die Jacke daneben.

»Lass das! Du hast kein Recht dazu!«, versucht Mila sie aufzuhalten.

»Es ist besser, du gehst zu Olga und sorgst dafür, dass sie bleibt, wo sie ist, bis ich hier fertig bin«, zischelt Dora, kurz darauf lacht sie auf und hält Mila auf flacher Hand einen kleinen runden Gegenstand unter die Nase: »Erkennst du sie?«

»Erkenne ich, hat Elfriede Olga zu ihrem dreißigsten geschenkt«, kommentiert Mila trocken.

»Niemals! Niemals hätte sie auch nur ein einziges Stück vom Schillerschen Familienschmuck verschenkt, schon gar nicht ans Personal, und erst recht nicht an eine Polin!«

»Die Brosche gehört Olga!«

»Das muss sie beweisen«, sagt Dora und setzt verbissen ihre Ermittlungsarbeit fort.

Mila saust los, nimmt mehrere Stufen auf einmal, hetzt an Josephine, Julia und Jenny vorbei, die jetzt auf dem Treppenabsatz den bunten Modeschmuck sortieren, hetzt weiter zum Alexzimmer, klopft, Paul öffnet, hinter ihm steht der kleine Emil, dahinter tauchen Alex und Helene mit düsterer Miene auf. Die von Helene verfinstert sich noch, als sie Mila erkennt.

»Sie sind sauer«, flüstert Paul, ohne die Lippen zu bewegen.

»Nicht jetzt!«, will Alex Mila abwehren, sie lässt es nicht zu, erzählt gehetzt von Dora.

»Ist die denn noch bei Sinnen?!,« brüllt Alex, »Mutter liegt im Sarg, und Tochter kippt ihren Schmuck ins Treppenhaus! Sind denn hier alle verrückt geworden?!«

Sein furioser Blick trifft Helene, sie hat ihm gerade eine Szene hingelegt, hat Mila eine Schizoheuchlerin genannt, eine debile Missgeburt, Alex hatte wegen Paul und Emil die Dusche aufgedreht und die Toilettenspülung gezogen, Helenes Schimpfkaskaden sollten vom Wasserrauschen verschluckt werden …

An Mila vorbei hastet Alex hinunter ins Souterrain, wo Dora vor Olgas Bett kniet und die Matratze untersucht.

»Das ist Hausfriedensbruch, meine liebe Dora, und der ist strafbar, außerdem zwecklos, ich habe vor zwei Jahren im Auftrag von Elfriede Sophies Schmuck verkauft!«

Dora weist mit grimmiger Miene zum Nachttisch, auf dem ein mit farbigen Steinen besetztes Blumenbouquet im Licht der Lampe glitzert.

»Das glaube ich nicht«, sagt sie unbeeindruckt und rückt das Bett ein Stück von der Wand, »hilf mir lieber, anstatt dumm herum zu reden!«

»Keinesfalls«, mit einem Tritt befördert Alex Olgas Bett in seine alte Position, »glaub mir, du wirst hier nichts finden!«, er greift noch Doras Handgelenk, sie entwindet es ihm.

»Ich glaube es einfach nicht!«, explodiert sie, »ich kann einfach nicht glauben, dass du *meinen* Schmuck verkauft hast!« Sie stürmt an Alex vorbei aus Olgas Schlafzimmer und über den Gang an Mila vorbei die Treppe hinauf, beide hören, wie die Haustür zuschlägt, und sehen durchs Fenster, wie Dora Richtung See davonläuft. Mila will folgen, Alex hält sie zurück: »Ich mache das schon.«

Als er am Steg ankommt, stößt sich Dora gerade ab, rudert hastig ein Stück vom Ufer weg, zieht die Ruder ein, kauert sich, ohne ihm einen Blick zuzuwerfen, ins Boot, schaut in die vom Wind zerzausten Wolken und lässt sich von den sanften Wellen schaukeln, die die Bootswand kraulen. Hin und wieder blinzelt sie dann doch zum Ufer hinüber.

»Er sieht aus wie ein Leichenbestatter«, denkt sie und bemerkt überrascht, dass auch sie, wie Alex seinen schwarzen Anzug, noch immer das schwarze Kostüm trägt. Sie schaut auf ihre Armbanduhr: Nicht einmal zwei Stunden sind seit der Testamentseröffnung vergangen. Sie blickt wieder zum Ufer, Alex ist nicht mehr dort, sie atmet auf, streckt sich aus. Es ist nicht besonders bequem auf dem mit Sand und Herbstlaub bedeckten Boden dieses alten Plastikboots vom Nachbarn. Das Kostüm kann sie nach diesem Aufenthalt in die Reinigung geben. Sie streift ihre Schuhe ab. Wie hat sie es nur mit den hochhackigen Pumps bis zum See hinunter und ins Boot geschafft? Und ohne Laufmaschen!

»Dora kreist wieder«, wird Alex jetzt zu Benny sagen.

»Sie kreist«, so hatte er es früher genannt, wenn sie sich im Boot versteckte. Sie konnte schon damals über Alex' Machenschaften heftig in Wut und darüber selber in Verwirrung geraten und völlig irrationale Handlungen begehen, wie gerade eben mit der Durchsuchung von Olgas Wohnung. Als sie auf der Treppe in die leere Kassette starrte und Mila sagte, Alex habe den Schmuck verkauft, da waren schmerzhafte Blitze durch sie hindurch gezuckt. Ein schlaglichtartiges Aufleuchten der vielen von Alex heimlich geplanten und durchgeführten Schurkereien wie etwa seine Drohung, im Auftrag von Elfriede eldamo zu verkaufen. Und wie jedes Mal folgte den Blitzen ein nicht endendes Getöse, das ihren Verstand verwirrte. Sie kennt dieses schreckliche und erschreckende Geschehen, das sie heimsucht, wenn sie wegen Alex ihre Fassung verliert und außer sich gerät. Und dann entlädt sich ihre ohnmächtige Wut erst einmal gegen jemanden wie Olga. Das Boot ist schließlich, und das war es schon in früheren Zeiten, der einzige Ort, an dem sie wieder zu sich finden kann. An dem sie ganz vorsichtig mit sich selber darüber verhandelt, wieviel sie von dem, was sie intuitiv weiß, glauben soll oder kann oder will. Soll sie wirklich glauben, dass Alex sie ein zweites Mal um ihr legitimes Erbe gebracht hat? Kann sie das aushalten? Will sie das wirklich wissen?

Dora zieht sich an der Mittelbank vom Boden hoch, setzt sich darauf, nimmt beide Ruder und schippert beim Versuch, sich und ihre Gedanken zu ordnen, auf dem kleinen See im Kreis herum. Ihr wird warm, sie zieht die Kostümjacke aus. Ihre Arme sind noch immer kräftig. Sie ist achtundvierzig, seit ihrem vierzehnten Geburtstag ist sie Mitglied im Ruderclub am Wannsee. Zuerst ruderte sie mit Alex. Als Benny vierzehn war, ruderte Alex nicht mehr mit ihr, er zog es vor, mit Benny zu rudern. Und Benny zog ihn ihr vor. Ihre Brüder wollten sie nicht mit im Boot haben. Das hatte sie verletzt. Sie entschied sich dann für den *Einer*. Jeden Tag ist sie bei Wind und Wetter vom S-Bahnhof Grunewald zum Training an den Wannsee gefahren. Sie hatte ziemlich schnell Erfolg und brachte bald Pokale mit nach Hause. Benny hat die Dinger bewundert, aber Alex hat in sie reingepinkelt, was sie immer erst bemerkt hat, wenn es zu stinken anfing. Sie gewann fast ausschließlich im Slalom. Mit hoher Geschwindigkeit schoss ihr Einer punktgenau auf den bestmöglichen Wendepunkt zu, ein blitzschnelles winziges Ausweichen kurz vor der Boje, und schon hatte sie in der kleinstmöglichen Umkreisung das Hindernis genommen.

So wie aus purer Not für den *Einer* trainierte sie später für die Mode. Wie mit dem *Einer* würde sie mit einer eigenen Marke Karriere machen. Bei der Aufnahmeprüfung in die Modeklasse setzte sie beim Zuschneiden ihre durch viele Slalom-

46

fahrten geschulte Technik ein, zielgenau im richtigen Winkel auf den bestmöglichen Wendepunkt zuzusteuern, und schnitt direkt aus dem Stoff die Form, die sie ihrer Kreation geben wollte. Mit dieser Fähigkeit überraschte sie und galt als überaus talentiert. Das beflügelte sie, immer kühner, immer bravouröser frei aus der Hand neue Formen für Kleider, Jacken, Röcke oder Hosen in den Stoff zu schneiden. Am Ende ihres dritten Semesters wählte das Gremium der Schule dann auch mehrere Modelle von Dora für die jährliche Modenschau aus. Im Publikum saßen Konrad, Elfriede, Poppi und auch Alex, was sie maßlos überforderte, und so verbrachte sie die meiste Zeit der Show auf der Toilette.

»Haben uns gut amüsiert«, meinte Poppi reichlich trocken danach und amüsierte sich weiter: »Talent, Talent, Hauptsache wir müssen das nicht produzieren!«, glückste er in sich hinein. Elfriede lächelte verlegen. Konrad aber gratulierte, als einziger wusste er, wie gut sie war …

»Wird das jetzt Mode bei eldamo?«, hatte sie an einem Wochenende, das sie am Hundekehlesee verbringen wollte, gefragt, als Elfriede ihr auf der Treppe entgegenkam und nicht wie üblich ein Kostüm, sondern zur Jacke ein eher lose geschnittenes Kleid trug. Sie erwartete eine knappe resignierte Geste ob der Pfunde auf den Hüften trotz Elfriedes unermüdlicher Diätanstrengungen.

»Wir haben noch nie Mode für Schwangere gemacht«, hatte ihre Mutter geantwortet, »ich bekomme ein Kind.«

Sie hatte ihre Mutter angestarrt, Konrad rief von der Halle zu ihr hinauf: »Nun weißt du es als Erste!«

»Das glaube ich nicht, das kann ja kein Mensch glauben, das ist doch … das ist doch …« Nein, sie konnte das Wort nicht aussprechen, »das ist doch mir egal«, brachte sie schließlich ihren Satz zu Ende und ließ Elfriede und Konrad einfach stehen.

Im Einer auf dem Wannsee kreiste das unausgesprochene Wort wie ein Mantra durch ihren Kopf, bis sie es endlich zum Schluss nonstop leise vor sich hin hechelte: »Das ist pervers ... pervers ... pervers ...«

»Dora ist auf dem See und trainiert mit dem Boot von unserem Nachbarn«, versucht Benjamin zu scherzen, aber Heiner versteht keinen Spaß, seine Töchter sitzen auf der Treppe und Jenny heult. Er geht in Boxerstellung, Boxen ist sein Hobby.

»Was ist passiert?«

»Frag deine Frau«, schlägt Helene vor, missgelaunt und zu keiner familiären Verbindlichkeit bereit.

Heiner kneift seine Augen zusammen, lässt seine Augäpfel zwischen Benjamin und Helene hin und her hetzen, kehrt dann wortlos auf dem Absatz um, die Tür hinter ihm fällt laut ins Schloss. Stille breitet sich in der ehemaligen Bibliothek aus.

»Elfriede hätte es Dora sagen müssen!«, grollt Helene schließlich.

»Elfriede hatte keineswegs im Sinn, ihren Schmuck zu verkaufen, Alex hat sie dazu genötigt!«

»Dann hättest du es Dora sagen müssen!«

»Ich?! Ich bin dagegen gewesen, Alex hätte ...«

»Hätte ... hätte ... hätte ... Das bringt uns jetzt nicht weiter. Außerdem ist nicht Dora das Problem, sondern Mila als Alleinerbin von Elfriede!«

»Dora wird uns Ärger machen, nicht Mila!«

»Wie das?«

»Sie wird so lange suchen, bis sie etwas gefunden hat!«

»Was könnte sie denn finden?« Helene mustert Benjamin aufmerksam.

»Das fragst du besser Alex«, Benjamin greift nach der Wasserflasche und dem Glas von Bollinger, beides steht noch immer auf dem Tisch. Helene beobachtet, wie er das Wasser in sich hineinstürzt.

»Deine Hand zittert ja!«, bemerkt sie bissig, »du fürchtest dich doch nicht etwa vor Dora?«

»Du kennst sie nicht, ich weiß, wozu sie fähig ist. Sie kann uns alle ruinieren.«

»Jetzt werde bloß nicht hysterisch!«

Benjamin fährt sich mit der Hand übers Gesicht, sie ist feucht. Wie damals, vor mehr als fünfundzwanzig Jahren. Damals überraschte Dora ihn mit dem Diamantarmband, das er aus der Schmuckkassette geklaut hatte. Seitdem er die Kassette auf der Treppe gesehen und gehört hat, Dora würde im ganzen Haus nach dem alten Familienschmuck suchen, geistert das Bild seiner Schwester durch seinen Kopf, wie sie damals im Nachthemd wie aus dem Nichts aufgetaucht war und in der Tür zu seinem Zimmer stand. Es war kurz vor seinem Abitur und kurz nach ein Uhr nachts. Und die Szene setzt sich in seinem Kopf fort: Dora schließt die Tür hinter sich, kommt auf ihn zu, er hält das Diamantarmband in seiner Hand, will es gerade unter seiner Matratze verstecken, am nächsten Tag wird er es verkaufen.

»Das gehört mir«, faucht sie, »klau von Elfriede, was du willst, aber nicht mein Erbe!«, zischt sie und hält ihre Hand unter seine. Widerstandslos lässt er das Diamantarmband hineingleiten.

»Verrat mich nicht«, flüstert er.

Sie legt das Diamantarmband um ihr Handgelenk, er hört das Geräusch, mit dem der Verschluss einklickt.

»Nur, wenn du lieb bist«, sagt sie und streckt ihm ihre Hand mit dem Diamantarmband entgegen. Er weiß, was sie damit meint. Das hat sie ihm gezeigt, als sie ihn das erste Mal nachts überrascht hat. Da ist er dreizehn und Dora fünfzehn. Er sieht es vor sich, als wäre es gestern, wie sie, er hält die Brieftasche des Vaters in der einen und die Geldscheine in der anderen Hand, plötzlich in der Garderobe steht. Vor Schreck steckt er das Geld zurück in die Brieftasche und diese zurück in die Innentasche des Jacketts von Konrad und läuft zurück in sein Zimmer. Dora schlüpft hinter ihm durch die Tür. Er wirft sich auf sein Bett und die Decke über sich, sie bleibt davor stehen. Er ist vom geräuschlosen Sprint durchs Treppenhaus außer Atem. Dora auch. Sie wartet, bis sie ruhiger ist, dann setzt sie sich zu ihm auf die Bettkante, zieht ihm die Decke weg.

»Verrat mich nicht!«, bettelt er, sein Herz klopft ihm bis zum Hals.

Ihre großen Augen verengen sich zu Schlitzen: »Wenn du lieb bist, verrate ich dich nicht«, flüstert sie und streckt ihm ihre Hand entgegen: »Küss meine Hand!«

Er lacht erleichtert auf, beugt sich vor und küsst ihre Hand.

»Küss meinen großen Zeh«, flüstert sie und hebt ihren Fuß an, und er lacht wieder erleichtert auf und beugt sich über ihren Fuß und küsst ihren großen Zeh.

»Und jetzt küss mich hier«, Dora drückt ihren Zeigefinger auf ihr Knie.

Lieb sein zu Dora, das lernt Benjamin in dieser Nacht, heißt, Dora überall dorthin zu küssen, worauf sie mit ihrem Finger zeigt. Das Spiel gefällt ihm. Besser als jene Spiele, an die er sich noch gut erinnern kann, auch wenn sie sich in der grauen Vorzeit seiner Kindheit ereignet haben. Damals spielten Dora und Alex mit ihm Vater, Mutter und Kind, und er war das Kind, ihr Kind, das sie mit Doras Kleidern als Mädchen anzogen und in Doras alten Puppenwagen stopften und mit ekelhaften Sachen fütterten, die er schlucken musste.

Beim Schmuckklau mit achtzehn, es ist das letzte Mal, dass Dora mit ihm ihr Spiel spielt, nach Konrads Tod und Milas Geburt meidet sie die Hundekehle, bei diesem letzten Spiel also fordert Dora wie üblich, sie dorthin zu küssen, wo ihr Finger ist. Doch ihr Finger berührt jetzt Zonen, die er bisher ausgelassen hat.

»Zur Strafe«, sagt sie.

Bis heute hat er mit niemandem darüber gesprochen, selbst nicht mit Katrin, seiner Frau, mit der er eigentlich über alles, über fast alles sprechen kann.

»Hier also habt ihr euch versteckt!«, unterbricht Alex Benjamins schwerlastigen Rückblick, »seid ihr allein?« Er späht konspirativ umher, setzt sich dann auf den Stuhl, auf dem vor noch nicht einmal drei Stunden Rechtsanwalt Bollinger Platz genommen hatte.

»Ziemlich überraschend, was sich unsere Mutter da ausgedacht hat. Gefällt mir nicht! Gefällt mir gar nicht! Weshalb haben wir das nicht verhindert?! Weshalb hast du es nicht verhindert!« Alex blickt auf Benjamin.

»Wie hättet ihr es verhindern können?«, will Helene wissen.

»Wir sollten mit unseren Schuldzuweisungen zumindest so lange hinter dem Berg halten, bis unsere Mutter nicht mehr im Hause ist«, fordert Benjamin.

»Unsere Schwester Dora handelt bereits«, Alex legt seine geballte Faust auf den Tisch, »Dora hat nicht die Absicht zu warten, genauso wenig Heiner, er hat sich mir eben mit wüstem Blick in den Weg gestellt und Aufklärung verlangt …«

»Ich warte, bis Mutter abgeholt worden ist, vorher bin ich mental zu nichts in der Lage …« Benjamin versagt die Stimme, er will sich Wasser nachschenken und verschüttet es dabei.

»Benny, was ist los?« Alex mustert seinen Bruder kühl, »du wirst doch jetzt nicht etwa rührselig werden?«

»Dora wird nicht lockerlassen!«, explodiert Benjamin, »der Schmuckverkauf, das war einfach zu viel. Auch für Elfriede war das zu viel, deshalb hat sie ihr Testament geändert und ihren Anteil an Mila vererbt ...«

»Hör sofort auf, solchen Unsinn zu verzapfen!«, befiehlt Alex. Das stachelt Benjamin jetzt erst richtig an.

»Du konntest einfach nicht ertragen, dass Dora den Familienschmuck deiner geliebten Großmutter Sophie erben würde, diese weibliche Stammhalterschaft hast du ihr einfach nicht gegönnt, du willst der Einzige, der alleinige ...«

»Benny, du bist schon wieder hysterisch«, unterbricht Helene und beugt sich zu ihm, »du solltest jetzt nicht mit Alex streiten«, mahnt sie, »ihr müsst zusammenhalten, Elfriede hat euch ein ziemlich faules Ei ins Nest gelegt ...«

»Wirklich charmant, dass du meine Schwester Mila ein faules Ei nennst«, entgegnet Benjamin kämpferisch, doch seine Kämpferlaune vergeht, als Dora die Tür öffnet, im Schlepp Heiner.

»Hier habt ihr euch also versteckt«, stellt sie mit einiger Ironie fest, »wo ist der Schmuck?«, fragt sie sogleich und fixiert Benjamin.

»In der Familienschmuckkassette«, sagt Helene.

»Der ist wertlos.«

»Ja, wertlos, so steht es auch im Testament unserer Mutter, deshalb hat sie ihn deinen Töchtern vermacht. Den Schillerschen Familienschmuck, den du suchst, hat Elfriede verkauft, wie ich schon gesagt habe, durch mich verkaufen lassen, um korrekt zu sein,« sagt Alex.

»Korrekt??« Dora prustet los, will sich tot lachen über Alex, und wie er lügt, flankiert von Helene, wie er im Doppelpack lügt, denkt sie, und das Lachen bleibt ihr in der Kehle stecken, sie beginnt zu würgen, zu husten, es nimmt kein Ende, Heiner führt sie aus Elfriedes Büro, das Geräusch ihres Hustens entfernt sich.

»Ich habe nichts damit zu tun«, durchbricht Benjamin die anschließende Stille, und ich weiß auch von nichts, wollte er eben noch hinzufügen, da wird ihm plötzlich bewusst, ab jetzt wird er zu Alex lieb sein, ab heute wird er zu Alex lieb sein *müssen*!

Nun kriegt er es wirklich mit der Angst zu tun und sieht sich hilfesuchend um, aber Elfriede, die ihm beistehen, die ihn verstehen, ja, ihm verzeihen würde, Elfriede ist nicht mehr da. Sein Impuls, jetzt zu ihr zu gehen und ihr alles zu beichten, lässt Benjamin aufspringen. Doch dann hält ihn die Vorstellung zurück, dabei von Dora ertappt zu werden, und so geht er statt zur Mutter zum Fenster, öffnet es und saugt die frische kühle Luft ein. Sie weitet seine enge Brust, öffnet ihn aber auch für die Erinnerung, wie alles begann: »Benny, du musst sofort kommen!«, hört er Mutters Stimme und schaut auf seine Armbanduhr, damals zeigte sie 15 Uhr 47 und den 17. März 2000 an. Er saß an seinem Schreibtisch in der Hubertusbaderstraße im Steuerberatungs-Imperium von Egon Winter, seinem späteren Schwiegervater, es war sein erster Job.

»Bin gleich bei dir«, rief er ins Telefon, »meine Mutter«, klärte er den Kollegen auf und zog sein Jackett an.

»Krank?«

»Hoffentlich nicht«, antwortete er und lief los.

»Du reagierst auf jeden Pups, den sie lässt, bist du ein Muttersöhnchen?«, hatte ihn seine Freundin schon mehrfach aufgezogen, wenn er sich von Elfriede in Probleme, die er für sie lösen sollte, verwickeln ließ, in Zwistigkeiten mit Handwerkern, die bei ihrer Arbeit gepfuscht, zu viel berechnet oder alles falsch gemacht hätten, auch mit Versicherungen, die nicht zahlen wollten, oder über Gutachten, die zu ihren Ungunsten ausgefallen waren. Er sei nicht sachkundig, er verwies auf Alex als Jurist.

»Du kannst das besser als Alex«, köderte ihn Elfriede dann. Angesichts der hohen Verluste allerdings, über die Elfriede soeben von Alex informiert worden war, bestand er zum ersten Mal darauf, es besser zu können als Alex, und forderte in dessen Anwesenheit von Elfriede Vollmacht für das geheime Konto bei der Schweizer Bank in Zürich.

»Vollmacht!?«, unterbrach Alex abrupt seine wüsten Anklagen gegen Finanzmarkt-Alchimisten und Spekulanten. Um ihn nicht minder aufgebracht vor den unüberschaubaren Gefahren und Gefährdungen im Umgang mit geheimen Auslandskonten zu warnen.

»Und vergiss nicht, dass du in einem Steuerberatungsbüro arbeitest!«, drohte er schließlich, »als Jurist kann ich das besser ...«

Benjamin unterbrach ihn: »Ich kann das! Ich kann das besser als du!«

Elfriede gab ihm recht und eine Vollmacht.

Bei seiner ersten Einsicht in die Entwicklung von Elfriedes Portefeuilles im Bankinstitut in Zürich, in Begleitung von Alex, musste er dann allerdings angesichts nicht unbedeutender Transferzahlungen auf ein unbekanntes Nummernkonto um seine Fassung ringen. Heftig erregt über die Höhe der Summe Geldes, die Alex offensichtlich auf ein eigenes geheimes Konto abgezweigt hatte, stürzte er, ohne die vom Bruder angeordneten Vorsichtsmaßnahmen zu beachten, aus dem Bankgebäude. In größter Hast überquerte er wie blind den Paradeplatz und geriet zwischen zwei Straßenbahnen. Was für ihn schlecht ausgegangen wäre, hätte nicht Alex, der hinter ihm hergelaufen kam, seinen Arm gepackt und ihn zurückgerissen. Sie hatten sich wortlos angestarrt. In diesem Moment seiner Gefährdung durch Alex bei gleichzeitiger Rettung durch Alex las er in den Augen des Bruders das Angebot, mit ihm zu teilen ...

»Benny?«, hört er seinen Namen nah an seinem Ohr. Unwillkürlich zuckt er zusammen.

»Benny, was ist?«, fragt Katrin. Sie steht schon eine Weile neben ihm, er hat sie nicht bemerkt.

»Was soll schon sein?«, braust er auf, »meine Mutter ist gestorben!«

Er stürzt an Katrin vorbei aus Elfriedes Büro und den Flur hinunter, er wird ihr seine Vergehen beichten! Er reißt die Tür zu ihrem Schlafzimmer auf. »Ich will mit meiner Mutter allein sein«, scheucht er Olga unwirsch aus dem Raum, sie soll nicht sehen, wie er am Sarg seiner Mutter weint. Doch kaum hat Olga die Tür hinter sich geschlossen, will er wieder aus dem Zimmer fliehen. Bleibt dann nach wenigen Schritten wie gebannt stehen. Unvorstellbar, dass hinter seinem Rücken Elfriede im Sarg liegt! Alex, der Schuft, hat das Unvorstellbare veranlasst! Nur um ihm seine Schuld vor Augen zu führen. Reine Strategie. Und er ist schuldig. Er hat sie um ihren Schlaf gebracht und ihr die Nachtruhe geraubt und ihre Tablettensucht verstärkt. Jetzt ist ihr Herz einfach stehen geblieben ... Benjamin geht in die Knie, er setzt sich auf den Boden. Er, der ewige Versager ...

Mit der Schule hat alles angefangen, zuvor lebte er im Paradies von Elfriede und Konrad. Seine Lese- und Rechtschreibschwäche war einfach gigantisch, zehnmal schlimmer als die später von Mila. Und so beschlossen seine Eltern, Alex solle ihm helfen.

Alex wohnte bei Poppi und Sophie in der oberen Etage. Benjamins täglicher Weg hinauf zu Alex wurde zur täglichen Bergbesteigung, zu seiner Eigernordwand. Die Luft dort oben war dünn, ihm wurde immer schwindlig, wenn Poppi ihm bei den Schularbeiten unter Alex' Aufsicht über die Schulter schaute. Poppi machte Witze über seine schlechten Zensuren.

»Einsame Spitze!«, rief er gleich mehrmals hintereinander. Genauso fühlte er sich dann, einsam und allein. »Mach dir nichts draus, kannst ja Straßenfeger werden«, setzte Sophie dann noch eins drauf.

War Poppi nicht zu Hause, verschwand auch Alex mit einem Comic, steckte trotzdem die Belohnung von Elfriede ein. Benjamin verriet ihn nicht, er bewunderte ihn. Er wollte sein wie Alex. Nicht etwa, um von Alex anerkannt zu werden, Poppis strenger Blick sollte schmelzen und sein Auge sollte so wohlgefällig auf ihm ruhen, wie es auf Alex ruhte, kaum geriet er in sein Blickfeld. Als er nach dem Crash Elfriede versicherte, ihr Geld in der Schweiz besser verwalten zu können als Alex, sah er sich vor Poppi stehen. Nicht Elfriede, Poppi wollte er beweisen, dass er es besser kann als Alex …

Konrad hatte damals bemerkt, wie Benjamin mit Alex um die Gunst von Poppi rivalisierte. Und hoffnungslos unterlegen war. Sozusagen auf verlorenem Posten. Eines Tages schenkte Konrad Benjamin einen sechs Wochen alten Welpen, der wie ein kleiner Wolf aussah. Es war Liebe auf den ersten Blick. Gegenseitige Liebe. Später erzählte ihm Elfriede, Konrad habe Bello ins Haus geholt, um zu verhindern, dass Sophie und Poppi auch noch ihren zweiten Sohn kaperten. Da erst verstand er Poppis ewigen Zank mit Bello, er schimpfte ihn einen struppigen Kläffer. Bello revanchierte sich mit kurzen Schnappern nach Poppis Hosenbein. Alex aber beneidete ihn. Zum ersten Mal. Er war jetzt sehr häufig wegen Bello mit ihm zusammen. Im Sommer badeten sie mit ihm und Konrad im Grunewaldsee. Fuhren Fahrrad mit Bello an der Leine. Beim Joggen war Bello der schnellste. Er war der beste Kumpel, den sie hatten. Den er hatte. Zum Schluss auch für Elfriede, denn Bello überlebte Konrad. Und wenn überhaupt jemand Elfriede trösten konnte, dann war es Bello.

Benjamin fährt sich mit einer Hand über sein Gesicht, was ist das? Es tropft von seinem Kinn, weint er etwa? Tatsächlich, er weint. Und er kann auch nicht aufhören, ja, sein Weinen steigert sich, schluchzend sitzt er am Boden und Elfriede in ihrem Sarg rückt in weite Ferne. Er sieht sich in der tiefen Grube stehen, die er unter dem Baumhaus zwischen den vier Kieferstämmen ausgehoben hatte. Er steht bereits im Grundwasser und muss ein Teil der am Rand aufgehäuften Erde zurückschaufeln. Bello soll nicht in feuchter Erde liegen. Er hat ihn in ein weißes Laken gewickelt, er lässt ihn vom Rand in die Grube und dann den Sand auf ihn fallen … Benjamin bedeckt sein Gesicht mit beiden Händen, die Trauer um Bello ist groß, es ist kein Platz mehr da für seine Trauer um Elfriede, mit verquollenen Augen schleicht er sich aus ihrem Schlafzimmer.

In ihrer Küche im Souterrain trifft Olga auf Mila. Sie tippt Nachrichten in ihr Smartphone. Sie schaut nicht auf. Olga setzt sich mit einem Kaffee zu ihr.

»Hast früher dich hier versteckt, wenn es mittags gab Fleisch«, sagt sie und schlürft das heiße Getränk, »wovor du versteckst dich jetzt?«

»Weiß nicht.« Mila beschäftigt sich weiter mit ihrem Handy, aber dann löst sich ihr Blick vom Display, sie schaut auf und hinaus auf den Gang. Er hat in ihr geheimes Reich geführt, in ihre Höhle. Max hatte sie aus dem Gerümpel gebaut, das in der Abstellkammer lagerte. Einmal versteckten sie sich dort vor Milas Geschwistern. Es war draußen schon dunkel und Max sah im Dämmerlicht ganz anders aus und sie fühlte sich plötzlich auch ganz anders, und da küsste sie ihn, was er nicht mochte, er wischte sich die Wange ab. Nun zog sie sich ganz schnell aus. Da zog sich auch Max ganz schnell aus. Sie saßen nackt da. Sie sahen sich an. Und schlüpften wieder in ihre Sachen.

»Deine Geschwister nur denken an Erbe«, hört Mila Olgas Stimme, »hab ich gesehen vor allem bei Alex, hab Mutter darauf hingewiesen, hat auf mich gehört, hat neues Testament geschrieben und dem Bollinger gegeben, bist nun die Herrin hier!« Olga klopft auf den Tisch. »Verdankst du mir, vergiss das nicht.«

Mila nickt wie abwesend und kehrt zu ihrem Smartphone zurück. Dann sagt sie, ohne aufzublicken: »Sie werden mich umbringen.«

»Was sagst du? Habe ich nicht richtig gehört!«

»Hast du. Sie werden mich umbringen«, Mila wirft ihr Handy auf den Tisch, zieht die Beine an, kauert sich in den Stuhl und schiebt ihre Hände unter ihren Po. Sie will keinesfalls dem Impuls nachgeben und wie früher, als Max sie verlassen hatte, um nach Kalifornien aufs College zu gehen, wieder an ihren Fingernägeln knabbern, das hat sie sich mit dem Tippen aufs Handy abgewöhnt.

»Sie werden mich vergiften«, sagt sie düster und knabbert dann doch auf ihren Nägeln herum.

»Lass das«, befiehlt Olga wie früher, und tatsächlich gehorcht Mila wie früher und steckt beide Hände wieder unter ihren Po.

»Oder ich werde mit meinem Fahrrad einen tödlichen Unfall erleiden wie Grützke, Alex hat darin Erfahrung.«

»Jetzt aber mal Ende mit Schauergeschichten, hast zu viel Fantasie, hat Mutter auch immer gesagt.«

»Dora hat mich im See untergehen lassen, Max hat mich gerettet …«

»Ach, Max!«, ruft Olga dazwischen, »der genau hat wie du fantasiert, von ihm du hast ja das!«

»Glaub es oder glaub es nicht, ist mir auch egal, Tatsache ist, seit Bollingers Testamentseröffnung sind alle stinksauer auf mich.« Mila springt hoch. »Muss jetzt los, bis später.«

»Später wann?«, ruft Olga hinterher, hört, wie die Haustür zuschlägt, sieht durchs Fenster, wie Mila auf ihr Rennrad steigt, und schon ist sie aus ihrem Blickfeld.

Kurz darauf hält Mila vor dem S-Bahnhof Grunewald. Unentschlossen starrt sie in die matt erleuchtete Tunnelunterführung, eine endlos lange, von gelben Klinkersteinen ummantelte Röhre. Aufgänge führen zur S-Bahn und zu den Regionalzügen. Soll sie die S-Bahn nehmen? Ihr Blick streift das Schild mit dem Hinweis zum Gleis 17.

Den Aufgang zu diesem Gleis hatte sie erst bemerkt, als das Gleis 17 ein Denkmal wurde. Von Gleis 17 mussten die jüdischen Bürger der umliegenden Grunewald-Bezirke Berlin in Güterwaggons verlassen, um in die Konzentrationslager Oranienburg, Theresienstadt und Auschwitz deportiert zu werden, wo sie von SS-Leuten ermordet wurden.

Mila dreht, noch immer unentschlossen, eine Runde um den kleinen Platz vor dem Bahnhof mit Ritterburgfassade, passiert dabei die Auerbachstraße. Als vor ein paar Jahren Anwohner die Rückbenennung der von den Nazis zur Auerbacherstraße arisierten Auerbachstraße verhindern wollten, erzählte Elfriede ihr von Julius Auerbach.

Mila dreht eine weitere Runde, dann biegt sie in die Auerbachstraße ein.

Er hieß Julius Auerbach, der Gründer von eldamo. Elfriede hat ihr von der geglückten Flucht von Rosa und Julius Auerbach erzählt. Aber stimmt die Geschichte überhaupt? Hat Ferdinand Poppe eldamo von den Auerbachs tatsächlich zum korrekten Preis gekauft, wie es in den Annalen von eldamo zu lesen ist? Oder sind Rosa und Julius Auerbach auch den Aufgang zum Gleis 17 hinaufgetrieben und in einen der Waggons hineingezwängt worden, wie sie es in Dokumentarfilmen gesehen hat? Was eigentlich erbt sie alles mit diesem so plötzlich über sie hereingebrochenen Erbe?

Jetzt duckt sie sich unwillkürlich, biegt von der Auerbachstraße in die nächste Seitenstraße ab, beugt sich noch tiefer über den ohnehin tiefen Rennradlenker und steigert ihre Geschwindigkeit, biegt nach kurzer Fahrt in die Königsallee ein und fährt schneller und immer noch schneller, als müsse sie vor etwas fliehen, als sei sie auf der Flucht vor ihrem Erbe. Und sie flieht weiter am dunklen Rand des Grunewaldforsts entlang. Dann scheinen Fassaden durch Äste und Gebüsch, danach passiert sie den Hagenplatz, passiert Gründerzeitvillen und flieht weiter, passiert den Halensee, flieht weiter über den Kurfürstendamm und durch den Verkehr, biegt ab in die Leibnizstraße, überquert die Kant- und trifft auf die Bismarckstraße, nimmt die Achse zum Schloss der preußischen Könige, vorbei am Brandenburger Tor bis zur Friedrichstraße, biegt von dort in die Oranienburger- und kurz darauf in die Tucholskystraße ein, bremst Ecke Auguststraße und steigt vom Rad.

Auf den vielleicht fünfzehn Kilometern durch die Stadt ist sie nicht nur auf der Flucht vor ihrem Erbe und ihren Geschwistern gewesen, geflohen ist sie auch vor der Begegnung mit den Männern, die gleich Elfriedes Sarg schließen, ihn hinaustragen, ihn in den Leichenwagen heben und ihre Mutter für immer fortbringen. Erst auf den letzten Kilometern ihrer Fahrt kam ihr Larissa zu Hilfe, wurde sie in ihrer Vorstellung von ihr wie von einer schützenden Eskorte begleitet, von Larissa Berger, in die sie sich schwärmerisch verliebt hatte, der sie vor drei Jahren wie blind folgte, als sie sich im Gedränge der Markthalle an ihr vorbeiquetschte. »Sandelholz«, sagte Larissa später, als sie an ihr schnupperte, »es ist Sandelholz.« Da lag sie nackt neben ihr und war schon süchtig nach ihrem Geruch, nicht nach dem ihres Parfums, nein, nach dem Geruch, der auf ihrer Haut zu liegen, von ihr auszuströmen schien. Es war Sommer und er wehte sie an, manchmal sanft und einlullend wie von einem weich wogenden Meer, dann wieder würzig und heiß wie aus dem Dschungel.

In der Markthalle hatte sie sich neben sie gesetzt, kurz darauf war Otto gekommen. Sie sahen sich überhaupt nicht ähnlich, Larissa ist blond, Otto dunkel, doch sie ähnelten einander.

»Seid ihr Geschwister?«, hatte Mila gefragt, sie lachten nur.

»Und was macht ihr so?«, etwas Besseres fiel ihr nicht ein.

Sie blinzelten in die Luft und Larissa lehnte ihren Kopf an Ottos Schulter. Aus Verlegenheit beschäftigte sie sich mit ihrem Smartphone. Als beide die Markthalle verließen, schloss Mila sich ihnen einfach an, folgte ihnen wie ein herrenloses Hündchen, immer ein paar Schritte hinter oder vor ihnen, erzählte von ihrem Job als Küchenhilfe in einem vegetarischen Restaurant, von ihrem BWL-Studium mit dem Ziel, eine vegetarische Imbisskette zu gründen, erzählte ihr halbes Leben.

»Hier wohnen wir«, hatte Otto plötzlich gesagt, sie standen vor einem hell verputzten Mietshaus mit Stuckornamenten. Er verabschiedete sich mit »nice to meet you«.

Larissa aber fragte, ob sie ein Zimmer suche, und sie hatte genickt. Kurz darauf zog sie in die Tucholskystraße in die Wohngemeinschaft von Larissa Berger, Drehbuchschreiberin, und Otto Sami, IT-Sicherheitsbeauftragter. Sie waren ein Paar gewesen, dann hatte sich Larissa in eine Frau verliebt und Otto in Mathilde. Er zog zu Mathilde und behielt seinen Arbeitsraum in der Tucholskystraße.

»Du hast geschaut wie eines dieser Zweite-Weltkrieg-Waisenkinder aus einem dieser neudeutschen Historienschinken«, erklärte Larissa später einmal das überraschend schnelle Angebot, und dass sie sich gleich in sie verliebt habe.

Larissa ist acht Jahre älter als Mila und sagt gerne »Kindchen« zu Mila. Sie entwickelt im Team Drehbücher für TV-Serien, seit einiger Zeit versucht sie, für eine eigene Serie mit einer Streaming-Produktion ins Geschäft zu kommen.

Mila schultert ihr Rennrad, parkt es im hinteren Teil des Flurs, läuft die Treppe hinauf in den dritten Stock und lässt sich in Larissas geöffnete Arme fallen.

»Ich habe es niemandem gesagt«, flüstert sie nahe an Larissas Ohr, »ich habe niemandem gesagt, dass ich neben ihr eingeschlafen und erst morgens wieder wach geworden bin.«

Larissa spürt, wie Mila von einem Schluchzen gepackt wird.

»Deshalb ist sie gestorben«, flüstert sie.

»Verstehe«, murmelt Larissa, »willst du jetzt mal richtig weinen?«

»Nein, nicht jetzt. Jetzt habe ich keine Zeit«, Mila strafft sich, »jetzt muss ich höllisch aufpassen, sonst macht es klack, und mit einem Megarumps sitze ich in der Falle«. Sie läuft in die Küche und schüttet einen Liter Wasser in sich hinein.

»Gehen wir rüber zu den Frauen und essen eine Suppe«, schlägt Larissa vor.

Bei den Frauen eine Suppe essen gehen, heißt bei Larissa, die Sache, das Thema, das Problem, oder was auch immer mit einem Stressfaktor behaftet zu sein scheint, bei »Da Luisa« zu besprechen.

Mila checkt die Uhrzeit und nickt. Larissa hängt ihre im Dunkeln phosphoreszierende Tasche um, sie hat sie unlängst in der Oranienburger Straße in einem Laden mit lauter Kuriositäten entdeckt und sofort gekauft, sie hofft auf abschreckende Wirkung. Zweimal kurz hintereinander ist ihre Tasche gestohlen worden, zuerst im schummrigen Licht einer Bar und danach in einer nicht minder schummrigen Hotellobby.

»So etwas hat es bei uns in der DDR nicht gegeben, sagen meine Eltern «, erklärte sie Mila.

Ihr Lieblingsplatz, die Fensternische neben dem Eingang mit dem Stehtisch und den beiden Hockern, ist frei, Luisa begrüßt sie mit einem kurzen Aufleuchten ihrer dunklen Augen. Sie bestellen sizilianische Tomatensuppe und rücken die beiden Hocker nah zusammen, ihre Schultern berühren sich.

»Sag es jetzt aber nicht.«

»Was denn?«

»Ach, du weißt schon.«

»Nee, woher denn?«

»Ach, schon gut.«

Nein, sie wird es nicht aussprechen, sie wird nicht sagen, dass sie jetzt nicht nur so aussieht und sich so fühlt, sondern es auch tatsächlich ist: ein Waisenkind. In echt und nicht aus einem Zweite-Weltkrieg-Historienschinken. Sie rückt noch ein bisschen näher an Larissa heran, ihre Hüften berühren sich.

»Komm doch auf meinen Schoß«, flüstert Larissa.

»Vorsicht heiß!«, warnt Luisa und drängelt sich zwischen sie, stellt die beiden Teller mit der tiefrot leuchtenden Tomatensuppe ab und wünscht »buon appetito«.

Mila starrt auf den Teller. »Sieht aus wie Blut«, sagt sie und verbrennt sich die Zunge, legt den Löffel beiseite.

»Sie werden mich umbringen«, sagt sie.

»Deine Geschwister? Weshalb?«

»Elfriede hat mir ihren Anteil vererbt, das bringt ihre Pläne durcheinander.«

»Was für Pläne?«

»Sie denken darüber nach, wie sie mich ausschalten können, sie halten mich für einen Risikofaktor.«

»Sag ihnen, du willst das Erbe nicht, dir ist der Friede mit deinen Geschwistern wichtiger.«

»Im Ernst?«

»Ist doch besser, als wenn sie dich umbringen, oder?«

Mila bestellt einen doppelten Grappa.

»Sie haben Elfriede schon zu Lebzeiten ausgeraubt …«

Luisa stellt den doppelten Grappa vor Mila.

»Und wer weiß, woher das viele Geld überhaupt kommt«, sagt sie und trinkt den Grappa ex.

»Das viele Geld kommt vom Kapitalismus, Kindchen, das weiß doch jeder. Bei meinen Eltern in der DDR zumindest wusste das jeder.«

»In unserer Familie gibt es ein Geheimnis, eins mit Sprengkraft …«, Mila hält inne.

»Erzähl weiter.«

»Ist verboten, ist tabu.«

»Klingt spannend.«

»In unserer Familie darf bei Androhung der Todesstrafe nicht darüber geredet werden, sie bringen mich um, wenn sie erfahren, dass ich es dir verrate.«

»Aber du hast doch bisher gar nichts verraten.«

Mila schweigt, dann sagt sie: »Das Geld war für Elfriede eine große Last.«

»Das hört man immer wieder von reichen Leuten«, meint Larissa ironisch.

»Die Last war, dass es verbotenes Geld war.«

»Verbotenes Geld? Was ist das?«

»Vielleicht sogar doppelt verbotenes Geld.« Mila denkt an Julius Auerbach.

»Und du hast dieses doppelt verbotene Geld geerbt?

»Ja … nein … ich darf darüber nicht reden …«

»Dann schreib es auf.«

»Aufschreiben? Wozu?«

»Schreib es für mich auf.«

»Warum?«

»Als Tochter ehemaliger Volkseigentümer habe ich keine Chance, etwas zu erben. Durch dich könnte ich erfahren, wie das ist, wenn man etwas erbt.«

»Wozu?«

»Ich finde, Erben ist keine private Sache, es hat einen erheblichen Einfluss auf das Miteinander in unserer Gesellschaft.«

»Weiß ich.«

»Ich habe einen Job mit einer gesellschaftlichen Verantwortung. Du kannst mir zu einem authentischen Material verhelfen. Authentizität ist gut, authentische Stories finde ich gut …«

»Meinst du das ernst?«

»Noch nie wurde so viel Schotter vererbt wie jetzt, und der sollte vielleicht besser verteilt werden als bisher … wie sieht es denn bei euch mit der Erbschaftssteuer aus?«

Mila schweigt.

»Darüber darfst du natürlich nicht reden, aber aufschreiben kannst du es …«

»Meinst du das wirklich ernst?«, unterbricht Mila.

»Ja, meine ich, schreib so viel auf wie möglich, schreib alles mit, mach einfach nur Notizen. Für mich. Am besten, du fängst gleich heute an.«

»Gleich heute?«

»Ja, gleich heute. Ist wirklich ein wichtiges Thema. Gesellschaftlich. Könnte eine gute Story werden, vielleicht sogar für eine Serie …«

»Du willst aus Elfriede und mir und meinen Geschwistern eine gute Story machen, um sie zu verkaufen? Habe ich das richtig verstanden?« Mila schießen Tränen in die Augen.

»Heh, was ist los …«

»Und vielleicht zahlst du mir auch noch ein Honorar, wenn ich dir meine Familie verkaufe? Sag mal, spinnst du?« Milas Stimme kippt, sie greift zur Serviette, die Tränen, für die sie eigentlich keine Zeit hat, die sie erst später weinen will, bedrängen sie jetzt.

»Tut mir leid, ich wollte deine Gefühle nicht verletzen …«

»Niemals würde ich meine Familie verraten, niemals!«

Mila springt auf: »Niemals!«

»Wieso verraten? Wo willst du hin?«

»Du hast keine Ahnung, überhaupt keine Ahnung, du verstehst gar nichts! Du willst dir eine Story für eine TV-Serie von Larissa Berger schnappen, und ich bin dir scheißegal!«

Mila reißt die Tür auf und ist mit einem Satz auf der Straße. Larissa bleibt erschrocken zurück, will ihr dann hinterherlaufen, doch da sitzt Mila bereits auf ihrem Rennrad und fädelt sich in den Verkehr ein.

»Hier also hast du dich versteckt, wir haben dich überall gesucht! Was ist los, Millie?«

Millie. So hat Alex sie früher genannt, wenn er besonders nett zu ihr war oder sein wollte.

Mila rollt sich unter Elfriedes Wolldecke zusammen, es scheint ihr der einzig sichere Ort zu sein.

»Wieso liegst du auf ihrem Bett? Willst du hier schlafen? Oder schläfst du etwa schon?«

»Ich schlafe nicht, ich denke nach.«

»Darf man wissen, worüber? Und wieso auf Elfriedes Bett?«

»Ich denke über ihr Erbe nach.«

»Gute Idee. Und?«

Mila erinnert Larissas Vorschlag und sagt: »Ich will ihren Anteil nicht.«

»Was ist los? Was hast du da gesagt?«

»Ich habe gesagt, ich will Elfriedes Anteil nicht«, behauptet Mila und beobachtet Alex aus ihrem sicheren Versteck.

Ihre Mitteilung trifft Alex völlig unvorbereitet, seine Knie scheinen eine gummiartige Substanz anzunehmen, vorsichtig setzt er sich auf die Bettkante.

Ruhig Blut, alter Junge, ruhig Blut …

Alleiniger Besitzer der Hundekehle zu sein, dieses Ziel, das Alex seit Konrads Tod strategisch verfolgt, für das er nach dem Motto »viel gewagt ist viel gewonnen« viel, vielleicht sogar zu viel aufs Spiel gesetzt hat – dieses durch seine Testamentsfälschung erreichte, nun aber durch Elfriedes testamentarische Verfügung gefährdete Ziel, scheint plötzlich wieder zum Greifen nahe, er muss nur seine Hand ausstrecken und Mila wird Elfriedes Anteil hineinlegen … Aufgepasst, alter Junge, und keine Dummheiten!, ermahnt sich Alex.

Er wirft einen abschätzenden Blick auf Mila, nein, sie ist keinesfalls verwirrt und auch nicht unzurechnungsfähig, und verrückt schon gar nicht, wovon Helene überzeugt ist. Sie ist einfach nur naiv.

»Weißt du, was passiert, wenn du ihren Anteil nicht willst?«

»Was passiert dann?«

»Er geht zu gleichen Teilen an mich, Dora und Benjamin.«

»Stimmt.«

»Aber das wäre nicht im Sinne deiner Mutter, sie hat dir mit ihrem Anteil die Entscheidung darüber verschafft, wie es hier weiter geht. Und deshalb musst du die Entscheidung, wie es hier weitergeht, also ihren Anteil, auf nur einen von uns übertragen.«

Milas Augen wandern nach oben zur Zimmerdecke, dorthin, wo Olga Elfriedes Seele verortet hat, und wieder zu Alex.

»Du hast recht«, sagt sie.

Gut gemacht, alter Junge, sehr gut!, lobt sich Alex insgeheim, weiter so!

»Du könntest Elfriedes Anteil deiner Schwester Dora geben«, schlägt er jetzt vor.

»Weshalb meiner Schwester Dora?«

»Fortsetzung der weiblichen Linie, Sophie hat unseren Familiensitz von ihrer Mutter Thea, und danach hat Elfriede ihn von Sophie geerbt. Bekäme ihn Dora, so wäre das die Fortsetzung der weiblichen Linie.«

»Und wie geht diese Fortsetzung mit Dora weiter? Ich meine, kann sie die Hundekehle halten, hat sie die Mittel?«

Alex legt seine Stirn in Sorgenfalten. »Um eldamo steht es nicht gut, Dora und Heiner haben die Rückzahlung ihres Kredits an Elfriede ausgesetzt, deshalb der Schmuckverkauf«, behauptet er dreist.

»Dora wird also keine Anteile kaufen können, sondern ihren Anteil verkaufen müssen.«

»Sie wird aber nicht an mich verkaufen, mich hält sie für den Schuft der Familie, der es darauf abgesehen hat, das Erbe an sich zu reißen.«

»Das ist die Meinung von Heiner.«

»Es wird ihm mühelos gelingen, Dora davon zu überzeugen, sie wird also mit dem kleineren Übel, mit Benny verhandeln.«

»Hat Benny die Mittel?«

Alex denkt kurz an die Schweizer Transaktionen, die er und Benny auf einer österreichischen Bank in Sicherheit gebracht haben.

»Wohl kaum«, sagt er dann.

»Er könnte das Kutschenhaus verkaufen und dich auszahlen«, schlägt Mila vor.

»Wäre erstens nicht im Sinne unserer Mutter und ist auch zweitens ...«

Alex hält inne, wiegt erst einmal nur seinen Kopf langsam hin und her, dann rutscht er auf der Bettkante hin und her, schließlich nimmt er Mila das Versprechen ab, mit niemandem darüber zu reden ...

»Sag's endlich!«

»Die Hundekehle samt Kutschenhaus steht als Ensemble unter Denkmalschutz, Teilverkäufe sind ausgeschlossen!«

»Woher weißt du das?« Mila wirft die Wolldecke zurück, ihr ist plötzlich warm, ja, heiß, sie setzt sich auf.

Alex lächelt sein schiefes Lächeln: »Ist 2015 beantragt worden und seit 2017 eingetragen.«

»Von wem beantragt?«

»Von einem Architektenbüro.«

»Das ist ja eine völlig neue Situation! Was machen wir denn jetzt?«

»Ich glaube, im Sinne von Elfriede kannst du ihren Anteil nur an mich verkaufen«, sagt er in der vollen Verantwortung des Ältesten, »besser ist sogar, du verkaufst mir deinen eigenen Anteil gleich mit, die Kosten der Renovierung sind unfassbar hoch, dazu kommt noch der laufende Unterhalt, ist alles total unzumutbar für dich!«

Mila wickelt sich wieder in Elfriedes Wolldecke: »Ich glaube ... ich meine, die Sache mit dem Ensembleschutz verändert die ganze Situation ... Ich glaube, ich behalte erst einmal doch Elfriedes Anteil.«

»Du behältst ihren Anteil nun doch?! Ja ... wieso denn das jetzt?!« Alex springt wie elektrisiert von der Bettkante hoch, was hat er falsch gemacht? Er kreist im Zimmer herum.

Ruhig Blut, alter Junge, ruhig Blut, will er sich beruhigen, es gelingt ihm nicht.

»Das verstehe ich nicht, Mila!«, platzt es schließlich aus ihm heraus, »darüber kann ich jetzt nicht nachdenken!« Er starrt Mila an.

»Oder hast du mir etwas vorgespielt? Du hast mir einen Bären aufgebunden, stimmt's? Du hast es also gar nicht ernst gemeint! Du wolltest mich nur ausspionieren!«, ist sich Alex plötzlich sicher und stürmt wütend aus Elfriedes Schlafzimmer.

Mila sucht ihr Milazimmer auf und wirft sich erschöpft aufs Bett, die Sache mit dem Denkmalschutz verwirrt sie noch mehr. Sie knipst die Laterna magica aus Kinderzeiten an und folgt wie früher den bunten Fischen an den Wänden, die sie umkreisen. Früher wurde sie von ihnen in einen tiefen Schlaf gezogen, darauf hofft sie jetzt. Tatsächlich schlummert sie schnell ein, schreckt aber plötzlich hoch, war da ein Geräusch? Sie blinzelt und reibt sich die Augen, unaufhaltsam gleiten die bunten Fische über die Wände, umkreisen Mila. Wieder hört sie das Geräusch, es ist ein leises Klopfen, und nun wird die Türklinke nach unten gedrückt.

»Schläfst du? Bist du allein? Kann ich reinkommen?«, flüstert Dora und steht schon im Zimmer, schaltet das Deckenlicht an und zieht den Stecker der Laterna magica aus der Steckdose.

»Davon wird mir schwindlig!«, sagt sie und setzt sich ans Fußende von Milas Bett.

»Ich glaube, du weißt nicht, was hier im Hause vor sich geht, Mäuschen«, legt sie sofort los, »ich weiß es, ehrlich gesagt, auch nicht. Nicht richtig. Aber ich ahne es … bist du wach oder schläfst du?«

»Ich bin hungrig«, sagt Mila und will aufstehen, wird aber von Dora daran gehindert.

»Keinesfalls gehen wir in die Küche, Mäuschen, denn dort werden wir unweigerlich belauscht. Ich hole etwas Essbares für dich.« Schon ist sie aus dem Zimmer und kommt mit einem Teller mit Helenes Käsestullen zurück. Mila verschlingt sofort eine davon und greift gleich nach der nächsten.

»Unsere Brüder haben Geheimnisse vor uns!«, verkündet sie und sieht Mila auffordernd an, offenbar erwartet sie eine Reaktion. Mila aber denkt an Alex und ihr Versprechen, die Sache mit dem Ensembleschutz geheim zu halten.

Dora stichelt: »Das sollte dich beunruhigen! Oder willst du weiterhin die Naive spielen? Davon rate ich dir dringend ab, Mäuschen, die machen nämlich kurzen Prozess und Hackepeter aus dir, wie Poppi immer sagte.« Und dann verrät sie, was die beiden Brüder hackepetermäßig mit Mila vorhätten, und das reiche von der Anfechtung des Testaments von Elfriede bis zur Anzweiflung ihrer Zurechnungsfähigkeit.

»Hey, wach auf, Schlafmaus!« Dora packt Mila und schüttelt sie so heftig, dass die Käsestulle in ihrer Hand irgendwo zwischen Bettdecke und Wand landet.

»Die booten dich aus, glaub mir!« Dora schleudert ihre Pumps von den Füßen und wirft sich in den Sessel neben Milas Bett. Und während Mila das Käsebrot sucht, setzt Dora ihre Androhungen fort: »Mich haben sie mehrfach ausgebootet, obwohl das nicht leicht für sie war, aber sie haben es tatsächlich geschafft.« Sie beugt sich vor: »Mit dir, Mäuschen, ist das für sie ein Kinderspiel!«

Schnaufend lässt sie sich wieder zurück in ihren Sessel fallen. »Glaub mir, bevor sich die Asche unserer Mutter mit den Wassern der Havel vermischt hat, wirst du von deinen fürsorglichen Brüdern in bewährter Zusammenarbeit des teuflischen

Alexander mit seinem stummen Diener Benjamin, Diabolo im Taschenformat, um das Erbe deiner Mutter gebracht worden sein … Ich könnte heulen vor Wut!«, stöhnt Dora, schließt die Augen und ballt ihre Hände zu Fäusten. Ihr Körper beginnt vor Spannung zu zittern, ihre Kiefermuskeln treten hervor, so stark presst sie die Zähne gegeneinander, Tränen lösen sich unter ihren Wimpern, laufen die bleichen Wangen hinab und tropfen auf den Kragen der weißen Bluse unter ihrer Kostümjacke. Noch immer trägt sie ihr schwarzes Traueroutfit, sie war seit der Testamentseröffnung am Vormittag nicht in der Lage, ihr Kostüm gegen die bequemen Joggingklamotten wie sonst hier draußen am Hundekehlesee zu tauschen, sie ist im Moment einfach permanent im Ausnahmezustand. Zitternd vor Wut wirft sie ihren Kopf in den Nacken, ihre Tränen glänzen im Licht der Deckenlampe.

Mila erkennt in diesen Tränen nicht die große Wut ihrer großen Schwester, vielmehr sieht sie in ihr die große Trauernde, und augenblicklich fühlt sie sich mit ihr verbunden wie mit keinem anderen hier im Hause. Sie nimmt Doras Hand und streichelt sanft ihren Arm.

Mit einem langen Seufzer entweicht die zurückgehaltene Luft aus Doras Lunge, ihre angespannte Muskulatur löst sich und die bleiche Gesichtsfarbe weicht einem einschießenden Rosa. »Auch wenn du es vielleicht noch nicht weißt, Mila, aber ich sage dir, wir sitzen im selben Boot!«

Sie beugt sich wieder vor, um Mila endlich in ihren Plan einzuweihen: Anders als Alex und Benjamin könne weder sie noch Mila ihren Anteil halten, nicht zuletzt wegen des Renovierungsstaus, der Unsummen verschlingen würde.

»Aber wir dürfen nur gemeinsam an sie verkaufen!«, beschwört sie Mila, »nur gemeinsam können wir entweder Alex oder Benjamin zur Anteilsmehrheit verhelfen. Und mit der

Anteilsmehrheit hält entweder Alex oder Benjamin die Entscheidung für den Verkauf des Kutschenhauses samt Grund und Boden in Händen.« Dora legt eine Pause ein: »Und das hat seinen Preis!«, trumpft sie dann auf, »einen Sonderpreis! Zusammen sind unsere Anteile doppelt so viel wert, verstehst du … Was starrst du mich so an?«

»Ich … ich weiß nicht …« Mila bricht ab.

»Was ist los?«

»Ich weiß noch nicht, ob ich verkaufe, ich möchte …«

»Möchte! Möchten möchte ich auch«, unterbricht Dora erregt, »ich kann sie dir vorrechnen, ich habe die Kosten schon mal überschlagen … Was starrst du mich so an, was ist los? «

»Unsere Anteile sind nicht doppelt, sie sind nur noch halb so viel wert …«

»Nur halb so viel wert?«, wiederholt Dora verständnislos.

Ohne Worte versucht Mila, Dora zu verstehen zu geben, was sie von Alex weiß, und Dora beginnt, in Milas Augen zu lesen, von ihrem Gesicht abzulesen, was ihre Schwester ihr mit »nur noch halb so viel wert« gesagt hat. Noch sträubt sich alles in Dora, das, was sie da liest, in Worte zu übersetzen, es zu erfassen, zu begreifen. Es würde sie umbringen und sie würde sich Heiners radikalem Misstrauen bedingungslos anschließen und ihn bei seinen Nachforschungen über Alex und Benny ohne Rücksicht auf die Familie unterstützen. Doch da gefriert Doras Blick, werden ihre Augen starr und bohren sich in die von Mila: »Du hast Elfriede überredet …«

»Ich weiß es erst seit einer Stunde«, unterbricht Mila hastig, »auch Elfriede wusste es nicht, niemand weiß es außer Alex.«

Doras Gesicht verliert schlagartig jeden Ausdruck, ihre Augenlider flattern, dann klappen sie zu, ihr Kopf sinkt auf ihre Brust, ihr Körper sackt zusammen, ihre Arme fallen seitlich herab, ihre Beine rutschen weg, sacht gleitet sie vom Sessel auf den Boden und bleibt dort regungslos liegen.

Mila springt auf und zur Tür und ruft durchs Treppenhaus nach Heiner. Vom Lärm alarmiert, hasten Alex, Benjamin und Heiner hinunter in Milas Zimmer. Beim Anblick der um sie Versammelten fallen Dora, die sich gerade von ihrem Schwächeanfall erholt, gleich wieder die Augen zu.

Später in der Küche gibt Mila unter dem Druck von Heiner den Grund für Doras Abdriften preis, was umgehend erhebliche Turbulenzen auslöst. Befeuert von alkoholischen Getränken, wachsen sie zu einem Sturm entfesselter Emotionen an und treiben Mila aus der Küche.

Sie flieht wieder in Elfriedes Schlafzimmer und setzt sich an den altertümlichen Toilettentisch mit dem dreiteiligen Spiegel. In ihm hat sich schon ihre Urgroßmutter Thea betrachtet und vielleicht ihre Frisur geordnet, danach ihre Großmutter Sophie, und vor wohl kaum mehr als drei Tagen ihre Mutter Elfriede während der abendlichen Einnahme der Schlaftabletten. Sie lagern schachtelweise zwischen anderen Tabletten in der mittleren der drei integrierten Schubladen. Mila betrachtet sich im Spiegel. Sie ist siebenundzwanzig Jahre alt. Sie imaginiert statt ihres Gesichts das der siebenundzwanzigjährigen Elfriede. Und dann das ihrer Großmutter Sophie im selben Alter. Und auch noch das ihrer Urgroßmutter Thea, sie kennt es vom Foto. Dieser dreiteilige Spiegel hat die Gesichter dieser drei Frauen gesehen. Und nun wird auch das Gesicht von Elfriede, wie schon seit Langem das von Sophie und noch länger das von Thea, nie wieder hier in diesem dreiteiligen Zauberreich erscheinen, in dem man sich mit Hilfe der Seitenflügel bis ins Unendliche zu spiegeln vermag.

»Nie wieder!«, durchfährt es Mila, und dieses Niewieder bleibt ihr als Echokloß im Halse stecken.

3.

Nur wenige Stunden nach dem Streit der Escherbrüder und ihrer Frauen ist Heiner wieder in der Küche. Er setzt die Kaffeemaschine in Gang, räumt die Gläser in den Geschirrspüler und die Flaschen in den Schrank, wischt den Tisch ab und fegt den Fußboden.

Im Gegensatz zu den Escherbrüdern und ihren Frauen, die sich mit schmerzenden Köpfen und inneren Wunden erst gegen Mittag am Frühstückstisch einfinden werden, fühlt sich Heiner Lehmann topfit. Es warten unerhört aufregende, unaufschiebbare Aufgaben auf ihn, er will keine weitere kostbare Stunde im Bett vertrödeln, er ist im Dekodierungsfieber. Er wittert Betrug. Erbbetrug.

Zunächst aber raucht er erst einmal eine Zigarette und lässt dabei das nächtliche Geschehen vor seinem inneren Auge ablaufen. Er hatte sich nicht eingemischt, er hatte sie beobachtet, diese aufgebrachten Mitternachtsakteure in ihrer Denkmalschutzkomödie. Er fühlte sich schon bald an etliche Szenen aus seinem Lieblingsgenre, den Tierfilmdokus der BBC erinnert. Die Attacke von Helene gegen Katrin etwa glich dem erbitterten Streit unter Hyänen um die Nachfolge beim Tod der Leithyäne aus einem dieser Filme. Als Katrin Alex anfauchte, er selbst habe die Sache mit dem Denkmalschutz eingefädelt, poppte in ihm das Bild einer lauernden Cheetah kurz vor dem Sprung auf. Anstatt sich vor Alex zu stellen und Katrins Anschuldigung zurückzuweisen, reagierte Benjamin wie ein Mauersegler mit Totstellreflex. Als Katrin irgendwann forderte, »diesen Ensemble-Schrottplatz« zu verkaufen, und Helene sich auf sie stürzte und »Finger weg von der Hundekehle« rief, trank Benjamin den Whisky nicht mehr aus dem Glas, sondern gleich aus der Flasche …

Ein Summton unterbricht Heiners Kopfkino und signalisiert die Bereitschaft der Maschine, Kaffee mit aufgeschäumter Milch zu offerieren. Das heiße Getränk in der Hand, schnüffelt er begierig den Duft und schlürft es genießerisch in kleinen Zügen. Der Kaffee pulvert ihn noch ein wenig mehr auf, versetzt ihn in noch größere Siegesgewissheit. Er wird den Erbbetrug heute aufdecken, ist er sicher, selbst wenn ihm noch etliche Bausteine zur Rekonstruktion des Betrugsgebäudes der Gebrüder Escher fehlen.

Seit sich die Viererbande (so nennt er insgeheim die beiden Brüder und ihre Frauen) in der vergangenen Nacht hier in der Küche zerstritten hat, parallel zu Doras physischem und psychischem Zusammenbruch infolge des rapiden Dahinschmelzens aller erwarteten Werte, sowohl des Schmucks als auch der Immobilie, arbeitet die Dekodierungsmaschine in Heiners Kopf auf Hochtouren. Denn seit heute Nacht wird er auf Doras familiäre Empfindlichkeiten keine Rücksichten mehr nehmen müssen.

»Schon aufgestanden?«, hört er Olgas Stimme hinter sich, »mir meine Arbeit weggenommen«, kokettiert sie mit Schmollblick über die aufgeräumte Küche samt Kaffeemaschine in Funktion und entfaltet umgehend ihren Küchenwirbel, wie Dora Olgas übertriebene Geschäftigkeit in Anwesenheit männlicher Familienmitglieder nennt.

Anders als sonst sieht sich Heiner an diesem Morgen nicht aufgefordert, unauffällig und wie zufällig Kontakt mit Olgas unübersehbar großem Busen oder Hintern zu suchen. Heute fühlt er sich erstmals von ihr bedrängt und verlässt die Küche. Er nimmt Milas Rennrad und macht sich auf den Weg zur Bäckerei am Hagenplatz, um frische Brötchen zu holen.

Beim Überqueren der Königsallee entscheidet er sich für einen Umweg durch den Forst entlang des Grunewaldsees zwecks ungestörter Rekonstruktionsarbeit am Betrugsgebäude der Escherbrüder.

Frühmorgendlicher Nebel hängt zwischen den Bäumen, er verdichtet sich über dem Sumpfgebiet und steigt vom See in Schwaden auf.

Heiner verlangsamt seine Fahrt, hält schließlich und stützt sich auf den Rennradlenker, lässt seinen Blick über das Wasser schweifen. Er endet an der undurchlässigen Nebelwand mitten im See. Lange bohrt er seine Augen in sie hinein, als läge das Geheimnis der Escherbrüder dahinter verborgen.

Verschleierungspolitik mit Nebelbomben, mit diesen Worten wird er Dora die Taktik ihrer Brüder erklären, entscheidet er auf seinem Rückweg.

Am späten Vormittag hat sich der Nebel aufgelöst. Im nun lichtdurchfluteten Wintergarten, wo sich Elfriedes Erben an diesem dritten Tag nach ihrem Tod zu einem vorläufig letzten gemeinsamen Gespräch verabredet haben, leuchtet die hereinbrechende Sonne mitleidslos den vergeblichen Versuch von Katrin und Helene aus, ihre von Streit, Enttäuschung und Alkohol gezeichneten Gesichter zu überschminken. Dora ist im Bett geblieben.

Der Schuldige an ihrer miesen Stimmung und schlechten Verfassung, das zeigen die Mienen von Katrin und Benjamin deutlich, ist Alex. Nicht minder deutlich signalisiert Helenes Schmallippigkeit, jeden Angriff auf Alex, egal von welcher Seite, entschieden abzuwehren.

Sie habe heute Nacht von Elfriede geträumt, eröffnet Mila das Gespräch, das sei ein gutes Zeichen, sie setze auf Elfriedes versöhnenden Geist.

»Bevor du hier weiterträumst«, wird sie sofort von Katrin zurechtgewiesen, »bevor ich dieser Träumerin überhaupt zuhören kann und will«, wendet sich Katrin an die anderen, »bevor hier überhaupt irgendetwas anderes besprochen wird, will ich Aufklärung, wer beim Denkmalschutz seine Händchen im Spiel gehabt hat, und vor allem, wie der ganze Unsinn umgehend rückgängig zu machen ist!«

»Ich brauche keine Aufklärung …«, beginnt Mila und wird gleich von Helene unterbrochen.

»Ausnahmsweise glaube ich dir das!«, ruft sie mit scharfer Stimme, »aber *ich* brauche Aufklärung! Zum Beispiel über die Umstände, unter denen Elfriede kurz vor ihrem Tod ihr Testament zu deinen Gunsten, zugunsten von Emilia Felicitas Escher, geändert hat!«

»Da ist nichts aufzuklären, außerdem hast du keine Rechte, du bist keine Erbin«, wehrt sich Mila.

»Da hat Mila ausnahmsweise mal recht«, sagt Alex.

»Mila hat recht«, bekräftigt Benjamin.

»Ich bin auch kein Erbe«, bringt sich Heiner Lehmann unerwartet ins Spiel.

»Stimmt.« Alex und Benjamin nicken fast synchron.

»Aber ich vertrete Dora«, trumpft Heiner auf und zieht Doras handschriftlich verfasste Vollmacht aus seiner Sakkotasche, legt sie auf den Tisch und schließt sich dem Wunsch nach Aufklärung an.

»Als Bevollmächtigter von Dora möchte ich allerdings erst einmal über das sogenannte Schweizer Erbe aufgeklärt werden«, sagt er und schaut lächelnd in die Runde, als verlange er Auskunft über die normalste Sache der Welt.

Es vergeht etwas Zeit, bis Alex versteht, was Heiner Lehmann fordert. Durch Blick und Geste verständigt er sich mit Benjamin.

»Dieses Thema ist für Nichterben mit einem absoluten Tabu belegt,« erklärt er.

»Mit einem absoluten Tabu«, echot Benjamin.

»Was verstehst du denn unter Schweizer Erbe?«, wendet sich Katrin an Heiner.

Alex warnt Heiner: »Bei außergewöhnlichen Umständen wie Doras psychischem Zusammenbruch kann das Tabu nur für direkte Erben aufgehoben werden.«

»Nur für direkte Erben«, echot Benjamin.

Heiner wedelt mit Doras Vollmacht.

»Gilt nicht fürs Tabu, tut uns leid! Themenwechsel,« fordert Alex und wuchtet aus seinem Aktenkoffer einen schweren Ordner auf den Tisch.

»Schweizer Erbe?! Was soll das heißen«, will nun auch Helene von Heiner wissen.

»Du hältst den Mund, Heiner Lehmann, oder alle Nichterben verlassen umgehend den Wintergarten«, droht Alex.

»Soll das heißen, es gibt noch eine Erbschaft in der Schweiz?« Katrin schaut von Alex zu Benjamin, »was weißt du darüber?«, fragt sie Mila.

»Raus! Alle raus!«, poltert Alex los, bevor Mila antworten kann.

»Wir bleiben«, bestimmt Heiner.

»Dann gehen wir, und Mila kommt mit uns!«

Die Brüder packen ihre Sachen zusammen, eine zögerliche Mila folgt ihnen in Elfriedes Büro, Alex positioniert seinen Ordner auf Elfriedes Schreibtisch.

»Wir sollten jetzt über unsere Pläne sprechen, wir haben die Anteilsmehrheit, wir brauchen Dora nicht, du fängst an«, fordert er Mila auf.

Mila schaut gequält. »Wozu diese Eile? Ich muss mich erst einmal von Elfriede verabschieden …« Mila kann nicht weiterreden, ihre Trauer schnürt ihr die Kehle zu. »Ich habe noch keinen Plan … Das geht alles viel zu schnell…« Mila verstummt.

Ihre Brüder bemerken es nicht. Während sie in ihren Unterlagen blättern, und geschäftig tun, sind sie in Wirklichkeit mit Heiner Lehmann beschäftigt und was er jetzt wohl Helene und Katrin über die *Schweiz* erzählt und ob es nicht doch klüger gewesen wäre, im Wintergarten zu bleiben und ihn dort unter Kontrolle zu halten.

»Wir sollten das jetzt beenden«, unterbricht Mila die hin und her hetzenden Gedanken ihrer Brüder. Erfreut springen sie auf. »Sehr gute Idee, machen wir eine Pause«, rufen sie und sind schon auf dem Sprung in den Wintergarten.

»Pause? Wieso Pause, ich meine die *Schweiz*!«, ruft Mila. »Elfriede hat es nicht gekonnt, aber wir können es, wir können die *Schweiz* beenden. Das ist doch auch ganz einfach: Wir haben geerbt, wir sind unschuldig, wir müssen nur Steuern zahlen …«

»Unsinn!«, unterbricht Alex grob.

Benjamin echot: »Totaler Unsinn!«

»Wieso?«

»Wir wären erledigt! Total erledigt!« Alex starrt Mila böse an.

Mila zuckt zusammen, der Blick von Alex fährt ihr in die Glieder, »wieso?«, flüstert sie fast.

»Weil Benny und ich uns für unsere Mutter schuldig gemacht haben, darum! Für unsere Familie haben wir uns schuldig gemacht, für dich haben wir uns schuldig gemacht …« Alex zwingt sich, nicht um Elfriedes Schreibtisch herum zu rennen oder mit der Faust auf ihn zu schlagen und wie nebenbei Mila eine Kopfnuss zu verpassen.

»Ich will nicht in Angst leben wie Elfriede, wenn es für euch ein Problem ist, zeige ich mich allein an«, sagt Mila tapfer.

Jetzt knallt Alex doch seine Faust auf den Tisch: »Willst du deine Brüder hinter Gittern sehen?«

Mila springt auf: »Wieso hat Elfriede Poppis Scheißgeld in der Schweiz nicht legalisiert, kann mir das endlich mal jemand verraten!?«, schreit sie los.

Benjamin würde jetzt am liebsten auch aufspringen und schreien: »Weil Alex es nicht wollte!«

Nur wegen Alex ist Elfriede, ist auch er, Benjamin, mit allen anderen in diese illegale Situation geraten, und nur durch Alex ist er zum Betrüger geworden. Alex hat ihm keine Wahl gelassen, ist Benjamin in diesem Moment überzeugt. Und er lässt ihm auch jetzt keine andere Wahl, als den Betrug fortzusetzen. Es sei denn, er, Benjamin Escher, würde alles aufdecken.

Ihm stockt der Atem, ihm stockt das Blut in den Adern, dann wird er von einem schrecklich schönen Schauer ergriffen, er versetzt ihn in einen sich steigernden Zustand innerer Erregtheit. Im Aufschwung dieser Gefühle sieht er sich die Mauer seines Schweigens, seines Verschweigens überwinden und er gibt sich der berauschenden Vorstellung hin, alles, aber auch wirklich alles aufzudecken. Benjamin hört nicht mehr, was Mila sagt, er tritt aus dem Dunkel der Verheimlichung heraus und vor sein Publikum. Wie geblendet vom Licht der Wahrheit, die er nun verkünden wird, erkennt er seine Zuhörer nur schemenhaft, er weiß jedoch, dass Dora und Mila, aber vor allem Katrin und sogar Helene unter ihnen sind. Er holt tief Luft, seine Brust weitet sich, Befreiung, ja, Befriedung seiner nervösen Ängste scheint plötzlich möglich, nicht nur die Schandtaten von Alex, auch die eigenen will er jetzt preisgeben, ja, vor allem er selbst will sich der Wahrheit stellen.

Da fällt von irgendwoher Licht ins Publikum, es wandert herum, zuckt über Köpfe hinweg, tastet weiter, nimmt schließlich eine der schemenhaften Personen ins Visier, hebt sie heraus und lässt sie hervortreten: Es ist Heiner Lehmann! Ausgerechnet Heiner Lehmann, diese neue Verkörperung des alten Schreckens, von Dora erwischt und schamvoll bestraft zu werden! Augenblicklich stürzt Benjamin aus der Höhe seiner Imagination ab und in die Wirklichkeit.

Unterdessen müht sich Heiner Lehmann im Wintergarten, aus den wenigen Informationen, die er Dora entlocken konnte, ein wirkungsvolles Gift zu mischen und es als nagendes Misstrauen in die Herzen von Helene und Katrin zu implantieren …

Dora war heute Vormittag erstmals bereit, ihm Einsicht in die Ereignisse um das *Unternehmen Henkersmahlzeit* zu geben, wie sie das Treffen Anfang des Jahres in einem Kaffeehaus in Wien nannte. Infolge von Elfriedes Herzkasperei am traditionell gemeinsam verbrachten Heiligabend an der Hundekehle habe Alex die Dringlichkeit dieses Treffens beschworen. Elfriedes Zustand lasse keine andere Wahl. Das Schweizer Erbe, von ihm mit Aufhebung des Schweizer Bankgeheimnisses auf eine österreichische Bank überführt, müsse vorvererbt werden, bevor es zu spät sei.

Sie, Dora, habe sogleich Stiche in der Herzgegend verspürt. Wie die Mutter habe sie sich von dem Umgang mit der *Schweiz* absolut überfordert gefühlt, niemals würde sie sich wie ihre Brüder der abscheulichen Gefahr, im Gefängnis zu landen, aussetzen. Und so habe sie die von Alex als unausweichlich bestimmte Notwendigkeit, sich zwecks Vorvererbung gleich im neuen Jahr in diese Gefahr bringen zu müssen, aufs Äußerste schockiert. Auch Mila und Elfriede hätten sich im Schockzustand befunden. Wie Dora nahmen auch sie am Abend vor dem Flug nach Wien eine Schlaftablette. Dann im Anschluss an die *Henkersmahlzeit* im Kaffeehaus zur Beruhigung noch eine Tavor. Das Bankgebäude habe sie dann, genauso wie Mila und Elfriede, mit wattehaften Nebelgefühlen in Kopf und Gliedern betreten, was ihre Angst noch verstärkt habe. Wie alles Weitere in der Bank abgelaufen sei, könne sie nicht erinnern. Eine Art Blackout habe alles Vorgefallene gelöscht. Sie wisse nur noch, dass Alex, als der Bankberater ihnen anbot, Platz zu nehmen, sagte, das sei nicht nötig, alle seien zur Unterschrift bereit. Danach sei sie unglaublich erleichtert gewesen, die Bank gleich wieder verlassen zu können.

Viel war das also nicht, was Dora ihm offenbarte. Doch die Ungereimtheit der von den Brüdern organisierten sogenannten Vorvererbung, die im Bankhaus in Wien durch die Unterschrift der alten Frau Escher besiegelt wurde, ist ihm sofort aufgefallen.

»Was könnte der Grund für das *Unternehmen Henkersmahlzeit* gewesen sein?«, fragt Heiner nun seine Schwägerinnen.

Obwohl sie sich seit dem nächtlichen Denkmalschutzdrama als Rivalinnen erkannt haben, verständigen sie sich jetzt mit Blicken, den Schwager auflaufen zu lassen. Ihre Abneigung gegen den Angeber Heiner Lehmann, diesen blondierten Boxer-Typen, verbindet sie: Sie schweigen.

»Noch nie was vom *Unternehmen Henkersmahlzeit* gehört?« Heiner hält es nicht mehr auf seinem Sitz aus, er steht auf und tigert vor seinen Schwägerinnen hin und her: »Alex und Benjamin haben wegen Elfriedes Herzkaspereien einen enormen Druck aufgebaut und gefordert, Elfriede müsse umgehend das sogenannte Schweizer Erbe, auf einer Bank in Österreich in Sicherheit gebracht, vorvererben, nur so könne es gerettet werden … ihr könnt mir folgen? Vor Angst schlotternd haben sich die Escherinnen mit Alex und Benny im Kaffeehaus in Wien zur *Henkersmahlzeit* getroffen. Rettung geglückt, hat Dora am Abend der Rückkehr gesagt. Ich habe nicht nachgefragt, fragen war tabu …« Heiner legt eine Pause ein. »Aber jetzt frage ich mich, frage ich natürlich auch euch, vor wem oder was musste das sogenannte Schweizer Erbe gerettet werden?« Heiner stoppt seinen Tigergang.

»Vor der Steuer?«, fragt er, »was meint ihr?«

Heiner fixiert Katrin.

»Dein Vater ist doch ein nicht ganz unbekannter Steuerberater, da kennt man sich doch ein bisschen aus in diesen Dingen, oder?«

»Bestimmt nicht so gut wie ein Heiner Lehmann«, meint Katrin kühl und erhält von Helene anerkennende Zustimmung.

Heiner nimmt lächelnd seinen Tigergang wieder auf.

»Ihr werdet denken, wieso vor der Steuer? In Österreich zahlt man auf ein Geheimkonto doch keine Steuern, oder? Das hättet ihr doch auch zu Alex und Benny gesagt, oder? Nun, den drei Escherinnen ist das nicht aufgefallen!«

Heiner kostet die Irritation aus, die sich auf den Gesichtern seiner Schwägerinnen zeigt.

»Wozu also das *Unternehmen Henkersmahlzeit*!?«, schleudert er ihnen entgegen und tigert nun in immer kürzeren Schritten und engeren Kurven hin und her, bleibt abrupt vor den beiden Frauen stehen und teilt wie ein Boxer im Training kurze Schläge gegen einen imaginierten Gegner aus, um dann in Siegerpose beide Arme hochzureißen.

»Weil durch das *Unternehmen Henkersmahlzeit* der Erbgang entfällt!«

Heiner lässt jetzt seine Arme sinken und stemmt seine Hände in die Hüften, steht breitbeinig da.

»Ihr wollt wissen, was das heißt? Das heißt, mit der Vorvererbung ist Dora, meine Frau, keine Erbin mehr. Logisch. Damit entfällt ihr Recht auf Konteneinsicht. Und genau darum ging es Alex und Benjamin beim *Unternehmen Henkers-mahlzeit*!«

Heiner beginnt zu lachen, würde sich am liebsten totlachen über seine Schwägerinnen mit ihren versteinerten Mienen, reißt sich aber zusammen.

»Das versteht ihr, oder? Das haben die Mädels aber nicht verstanden. Elfriede nicht, Dora nicht, und Mila erst recht nicht. Vor lauter Angst ...«

»Nun komm endlich zur Sache, Heiner Lehmann, was willst du uns erzählen?« Helene klopft ungeduldig mit ihrer Hand auf den Tisch.

»Ihr wollt es wirklich von mir wissen? Ich soll es aussprechen?«

»Sprich es aus!«, fordert Katrin, »wir platzen vor Neugier!« Sie lächelt spöttisch.

»Also gut: Dora und Mila hätten ohne die Vorvererbung demnächst als Erbinnen mit dem Erbschein nach Wien fliegen und ihr Viertel vom Ganzen einfordern können, richtig? Elfriede hat in ihrem Testament verfügt, ihr Bankvermögen gehört ihren vier Kindern zu gleichen Teilen, richtig? Als Erbinnen mit Erbschein können Dora und Mila aber auch Einsicht in alle Konten verlangen, auch in die in Österreich und in die davor in der Schweiz, richtig? Über die Konteneinsicht könnten sie verfolgen, wie sich das große geheime Vermögen des alten Poppe in all den Jahren entwickelt hat, richtig? Wie sie dann feststellen würden, hat es sich vor allem rückentwickelt, ist es bis zu der Summe geschrumpft, über die sich Elfriede trotz ihres katatonen Zustands empört hat: Nur noch so wenig? hat sie geflüstert. Könnt ihr mir folgen? Versteht ihr? Dora und Mila könnten mit ihrem Erbschein als Erbinnen verfolgen, in welche Seitenarme das viele schöne Geld geflossen ist, und es einfordern, von ihren Brüdern zurückfordern, versteht ihr? Über Grenzen hinweg ...«

Heiner hält inne, je länger seine Erzählung ausfällt, umso sichtbarer verändern sich die Mienen von Helene und Katrin. Und auch ihre Haltung hat sich verändert. Er schaut von einer zur anderen, von Helene zu Katrin und wieder zu Helene. Ja, ist er verrückt? Ist er noch bei Sinnen? Sieht er Gespenster? Schnüffeln seine Schwägerinnen, jetzt ihm gleich, der Beute, die ihre Männer gemacht haben, hinterher? Und er, der ihnen diese Beute entdeckt hat, ist er dabei, sich in ihren Augen vom Entdecker zum Rivalen zu verwandeln? Jetzt, nachdem sie endlich verstanden haben, verstehen sie da etwas anderes als das, was er, Heiner Lehmann, ihnen mit seiner Erzählung zu verstehen geben wollte?

Heiner fährt sich mit der Hand durchs blondierte Haar, senkt seinen Blick: Was liest er aus ihren Gesichtern? Liest er etwa, dass sie stolz sind auf ihre Männer? Die haben nicht Dora und Mila, ihre Schwestern, betrogen, nein, diese ihre Männer, haben für ihre Frauen und Kinder gesorgt, haben für *ihre* Familien Beute gemacht. Und diese Beute werden sie als die Frauen ihrer Männer, als die Mütter ihrer gemeinsamen Kinder keinesfalls wieder hergeben.

Das liest Heiner in den jetzt triumphierenden Gesichtern von Helene und Katrin, als er seinen Blick wieder hebt. Und er liest noch mehr: Sie sind sehr zufrieden mit ihnen, mit diesen ihren erfolgreichen Beutemachern!

Und jetzt ist Heiner Lehmann nicht mehr zum Lachen zumute. Und er sieht, wie sie miteinander tuscheln, wie sie, gerade noch verfeindet, plötzlich Verbündete sind.

»Verstehe, ihr habt verstanden!«, grollt er, reißt Doras Vollmacht vom Tisch und verlässt den Wintergarten und knallt die Tür hinter sich zu.

Kurz darauf sitzt er bei Dora am Bett.

»Wie viele?«, will er wissen.

»Fang nicht wieder damit an!«, bettelt Dora mit matter Stimme.

In Heiners Abwesenheit hat sie drei Tavor geschluckt, erst mit der dritten hat sich endlich das gewünschte Wattegefühl eingestellt. Jetzt ist sie geborgen in einem überdimensional großen Wattebausch, nichts und niemand kann ihr mehr zu nahekommen, die Watte schützt sie. Nicht aber vor den Kopfschmerzen, gegen die eine halbe Handvoll Aspirin bisher kaum etwas auszurichten vermochte.

»Hast du es Alex und Benny gesagt?«, fragt Dora mit dünner Stimme, sie bewegt sich und spricht wie in Zeitlupe.

»Wie viele?«, fragt Heiner wieder, dieses Mal überhört Dora die Frage einfach.

»Hast du ihnen gesagt, was ich will?«

Heiner schüttelt den Kopf.

»Keine Chance.«

»Du musst es ihnen sagen, noch heute, allein schon wegen meiner Kopfschmerzen!«, jammert Dora

»Sie werden es nicht bei der Steuer angeben«, grummelt Heiner schlecht gelaunt, »willst du wissen, weshalb? Weil sich auf ihrem Konto ganz andere Summen angesammelt haben als auf deinem. Bei denen sind nicht nur so ein paar alberne Piepen drauf wie bei dir und deiner Schwester!«

»Das ist ja schrecklich!«, stöhnt Dora, »und was ist mit Mila?«

»Die schlottert vor Angst. Nicht vor der Steuer, sondern vor Alex, er hat ihr gedroht …«

»Ich will nichts mehr davon hören. Das macht mich krank.«

Dora greift nach einer weiteren Tavor, Heiner schnappt sie ihr vor der Nase weg.

4.

Wenige Tage nach dem Streit im Wintergarten sitzt Benjamin an seinem Schreibtisch im Steuerberatungsunternehmen seines Schwiegervaters Egon Winter und drückt die Mobilnummer von Alex in sein Smartphone.

»Wir müssen uns abstimmen«, fordert er ohne Umschweife, worüber, das sagt er nicht. »Wegen Katrin«, fügt er dann aber doch noch hinzu.

»Wohl eher wegen Heiner Lehmann«, meint Alex gereizt.

Sie verabreden sich zu einem frühen Abendessen in einem wenig frequentierten Restaurant in der Nähe vom Savignyplatz.

Anfangs hatte Benjamin Katrin in die Sache mit der *Schweiz* einweihen wollen, doch Alex bestand auf dem Tabu. Als Belohnung für seine Rundumverschwiegenheit erhielt er ein paar »Prozente« mehr, wie Alex die verabredete Summe nannte, die er mit seinem Einverständnis von Elfriedes auf sein geheimes Konto transferierte.

Mit Enthusiasmus hatte Benjamin sich am Anfang in seinen neuen Job als Geldvermehrer, an der Steuer vorbei, gestürzt. Zielgerichtet studierte er, wie die Kunden des Steuerbüros Egon Winter an der Börse agierten, quetschte seine Kollegen dezent aus über Risiken und Gefahren an den Aktienmärkten und deren Vermeidung, aber vor allem über Top-Rendite-Tipps.

Schon als Kind hatte er es geliebt, sich mit Zahlen zu beschäftigen. Zahlen seien einfach sexy, hatte er einmal zu Katrin gesagt. Und nun erlebte er, wie sich nach dem großen Crash Anfang der Nullerjahre die Märkte erholten und schließlich rasant Fahrt aufnahmen. Erlebte angesichts der beglückenden Vermehrung von Geld auf seinem geheimen Konto, dass Zahlen nicht einfach nur sexy waren, sie machten ihn auch sexy, ließen ihn sich sexy fühlen, ja, die unaufhaltsam steigenden Gewinne versetzten ihn in eine sich unaufhaltsam steigernde Erregtheit. Was zu einer ihm bis dahin unbekannten Potenzsteigerung führte: Er konnte einfach nicht genug bekommen von Katrin. Ja, es kam sogar dazu, dass Katrin ihm einfach nicht genug war und er in der Mittagspause oder nach Büroschluss noch schnell eines der von seinen Kunden geschätzten Bordelle aufsuchen musste.

Der heimliche Sex mit den geheimen Zahlen steigerte aber nicht nur sein sexuelles Verlangen, er trainierte ihn auch im Auffinden unentdeckter Schlupflöcher fürs Sparen von Steuern. So findig wie im Verstecken wurde er im Entdecken. Er entwickelte sich stetig weiter, wurde zum Experten für ungewöhnliche Lösungen und stellte damit die Kunden seines Schwiegervaters mehr als zufrieden.

In dieser Zeit fühlte er sich den Masters of the Universe, wie die Finanzmarktakteure sich selber nannten, nahe, vertraute wie sie auf die neuen intelligenten Maschinen, die mit hundertprozentiger Wahrscheinlichkeit das Unmögliche möglich rechneten. Und rechnete wie sie mit mehr und mehr Wachstum und ganz gewiss nicht mit der Pleite der Lehman-Bank und dem dominohaften weltweiten Zusammenbruch der Finanzmärkte, ja, wie sich schnell herausstellen sollte, mit dem Zusammenbruch ganzer Volkswirtschaften.

»Niemals hat es in der zivilisierten Welt eine kriminelle Energie dieses gigantischen Ausmaßes gegeben«, mailte er nun in Panik zu Beginn der Katastrophe an Alex, dann erstarrte er buchstäblich angesichts des nicht endenden Absturzes der Zahlen.

Das Geld, die Werte verbrannten dieses Mal nicht innerhalb von Tagen oder Wochen, wie noch um die Jahrtausendwende infolge der Dotcom-Blase, sie verbrannten innerhalb von Stunden. Die Kurse an den Börsen stürzten weltweit im Minutentakt ins Bodenlose.

Ausgeliefert der geräuschlosen Implosion, die sich parallel zu diesem Absturz in seinem Inneren ereignete, hinterließ der totale Zusammenbruch der Märkte in Benjamin ein Loch, aus dem Rauch aufstieg und sein Gehirn umnebelte. Die Master of the Universe fielen von ihren Sockeln in die Gullys und Benjamin fiel aus der Allmacht in die Ohnmacht.

Er versuchte, dem eigenen Fall, dem er ganz und gar körperlich ausgeliefert war, auszuweichen, wollte aus dem Loch und dem Rauch herausspringen. Doch stattdessen tat er etwas, was er bisher nur hin und wieder aus reiner Neugier probiert hatte: Er klickte einen Pornodienst an. Klickte von dem einen zu einem anderen. Und zu einem dritten. Er konnte nicht aufhören damit, er klickte sich durch alle verfügbaren Pornoprogramme.

Später verglich er sein Verhalten mit dem von Ratten in dem berühmten Experiment, das zeigte, wie die in Panik versetzten Tiere auf den durch diese Panik ausgelösten außerordentlichen Stress mit andauerndem Kopulieren reagierten. Im Gegensatz zu den Ratten war er dazu allerdings nur virtuell in der Lage.

Irgendwann gelang es ihm, alle Programme zu beenden. Er fühlte sich miserabel und verließ das Büro. Zu Hause verschlimmerte sich sein Zustand noch. Er war kurz davor, Katrin in seine Schweizer Geheimnisse einzuweihen, doch da stand Alex drohend vor ihm, und so hielt er die Diagnose von einem Magen-Darm-Virus aufrecht.

Nachts aber lag er wach, und nicht nur in dieser ersten, in vielen weiteren Nächten ebenso. Er fühlte sich verlassen und einsam und überhaupt nicht mehr sexy. Er fand sich so unsexy wie die Zahlen auf den geheimen Konten …

Gegen achtzehn Uhr betritt Benjamin unweit vom Savignyplatz das Restaurant, Alex ist noch nicht da. Er bestellt ein Bier und liest auf seinem iPhone, dass Alex sich verspäten wird. Die Nachricht wiederholt sich mehrmals. Endlich sitzt Alex ihm gegenüber. Er hat Hunger und bestellt gleich zweimal Pizza Funghi und ein Bier.

Benjamin kann nicht länger warten, ohne Vorankündigung platzt es aus ihm heraus und mit gedämpfter Stimme erklärt er hastig, ja, fast atemlos, er werde mit Eintreffen des Erbscheins die Steuer über sein geheimes Erbe informieren. Das sei er Katrin und seinem Schwiegervater schuldig. Weil Heiner Lehmann, Detective Lehmann, Dora dazu bringen wird, sich anzuzeigen, das sei so sicher wie … Benjamin geht die Luft aus, er fällt zurück in seinen Stuhl.

»Und die Prozente?«

»Die gebe ich nicht an.«

»Wirklich dumm, saudumm«, Alex lächelt sein schiefes Lächeln.

Die Bedienung bringt die beiden Pizzen, Benjamin schiebt seine beiseite, sein Magen rebelliert. Er beobachtet mit aufsteigender Übelkeit, wie Alex ein Stück nach dem anderen verschlingt.

»Wirst du erwischt, bist du dran, saudumm«, sagt Alex mit vollem Mund.

»Na, dann gebe ich die Prozente eben an.«

»Gut, aber dann hast du, ich natürlich auch, seit … seit … seit wie vielen Jahren hast du die Prozente? Also deinen Job kannst du dann an den Nagel hängen, ich fliege natürlich auch auf.«

Benjamin verfolgt, wie Alex auch noch die zweite Pizza Funghi, die er beiseitegeschoben hat, Stück für Stück verzehrt und mit einem weiteren Bier hinunterspült. Während seine ganze Existenz, sowohl seine Nachfolge im Steuerberatungs-Imperium seines Schwiegervaters als auch seine Ehe mit Katrin und seine Familie, droht zusammenzubrechen! Jetzt wird ihm wirklich übel. Gleich muss ich kotzen, denkt er und bestellt eine Flasche Wasser.

»Was soll ich tun?«, stößt er schließlich hervor. Und automatisch poppt in seinem Kopf als Antwort auf: Lieb sein zu Alex!

»Wir haben Zeit bis zum Erbschein, vorher wird auch Heiner Lehmann nichts unternehmen können, bis dahin bringen wir alles in Sicherheit.«

»Wohin in Sicherheit?«

»Luxemburg? Liechtenstein? Holland? Singapur?«, zählt Alex auf, »die Auswahl ist groß.«

»Und wie bringen wir es dahin?«

»Du eröffnest ein Konto entweder in Luxemburg oder in Liechtenstein oder in Holland …«

»Das ist unmöglich!«, unterbricht Benjamin, »das übersteigt meine Kapazitäten, ich glaube, ich muss gleich kotzen …«, er atmet schwer.

»Keine Angst, man muss es nicht selber machen«, beruhigt Alex ihn.

»Ach ja? Wer kann denn so etwas machen?«

»Ein Kurier. Das ist einfach und sicher. Kostet ein bisschen was.«

»Aha«, sagt Benjamin nur und schaut Alex nicht an und denkt, darin hat er wohl Erfahrung.

»Übernimmt der auch meinen Fall?«

»Klar. Und wohin soll die Reise gehen?«

»Überlege ich mir noch.«

»Besser, du bestimmst das jetzt gleich. Wegen Heiner sollten wir gut vorbereitet sein. Müssen wir gut vorbereitet sein. Wir dürfen keine Zeit verplempern«, drängelt Alex.

Benjamin stöhnt auf und fasst sich an den Kopf. Er greift nach dem Wasser und stürzt es in sich hinein.

»Singapur«, sagt er dann, »so weit weg wie möglich!«

»Singapur ist gut«, meint Alex zufrieden, »wir treffen uns zeitnah mit dem Kurier in Wien, danach sind wir gerettet. Prost!« Alex hebt das Bierglas.

»Tatsächlich gerettet?«, fragt Benjamin ungläubig, um dann zu späterer Stunde in einer Cocktailbar ein paar Straßen weiter und nach mehreren Mojitos plötzlich laut zu rufen: »Gerettet! Ich bin gerettet, du bist gerettet, wir sind gerettet!«

Er legt seinen Arm um Alex: »Mein Retter! Darauf trinken wir! Die Karte einmal runter und wieder rauf.«

»Übertreibe nicht, Benny.«

»Du bist ein Genie, du wirst das Ding schon schaukeln, du wirst den Lehmann schon noch verschaukeln, darauf trinken wir einmal runter und wieder rauf, du schaukelst den Lehmann hin und her und runter und rauf, bis er über Bord geht!«

Benjamin greift nach der Getränkekarte, Alex macht sie ihm streitig.

»Du hast genug getrunken, Benny, lass uns nach Hause gehen.«

Benjamin erobert die Karte zurück.

»Erst wenn wir den Lehmann verschaukelt haben, einmal runter und wieder rauf!«

Benjamins Finger tippt auf jeden der gelisteten Cocktails. »Pink Lady«, liest er laut und weiter: »Golden Dream, Sex on the Beach, Moscow Mule, Caipirinha, White Russian, Flying Kangaroo …«

Schließlich erreicht sein Finger den letzten gelisteten Drink, er liest jedoch den Namen nicht laut wie die anderen, will seinen Finger die Liste mit Schwung hinaufsausen lassen, aber er kann ihn nicht lösen und auch nicht seine Augen von dem Namen, er muss auf die Buchstaben starren, die sich zu drei Worten verbinden, die er nicht aussprechen kann, die zu einem Satz werden, der atmet, groß wird und wieder schrumpft, der in weite Ferne rückt und dann wieder näher kommt, groß und größer, überlebensgroß wird, sodass Benjamin davor zurückschreckt und sein Kopf eine Rückwärtsbewegung macht, als hätte ihn eine Faust unter dem Kinn erwischt. Er rutscht vom Barhocker, torkelt, fängt sich, in Händen noch immer die Getränkekarte, den Finger noch immer auf dem letzten Namen.

Alex ist entschlossen, die Kontrolle über seinen kontrollverlustigen Bruder zu übernehmen, und entreißt ihm die Karte. Er sucht die letzte Zeile und liest laut »Papas Last Drink.« Und wie nach einem magischen Spruch findet Benjamin seine Fassung zurück, mit einem Schlag scheint er nüchtern zu sein.

»Ich bin es nicht gewesen, ich nicht«, sagt er und schüttelt den Kopf, greift nach einem Glas mit einer himbeerfarbenen Flüssigkeit, die ein anderer Barbesucher bestellt hat, und trinkt sie unter dem Protest des anderen ex.

»Zeit zu gehen!« Alex greift nach Benjamins Arm.

»Ich gehe nicht, I want Papas Last Drink, verstehst du, Papas Last Drink. Papa!«

Benjamin befreit seinen Arm.

»Nur weil Papa so früh gestorben ist, konntest du abräumen. Konrad hätte nach Poppis Tod die Schweiz legalisiert! Hundertpro hätte er sie lega …«

»Mach jetzt keinen Scheiß, Benny«, unterbricht Alex und versucht erneut, dessen Arm zu fassen, Benjamin wehrt ihn wieder ab.

»Du hast den Scheiß gemacht!«

»Halt den Mund, du hast zu viel getrunken!«

»Stimmt, aber was ich sage, stimmt auch! Die ganze Schurkerei wäre nicht passiert, wenn Papa nicht *vor* dem alten Poppe abgezwitschert wäre. Im Gegensatz zu dir war Papa ein grundehrlicher …«

»Ein grundehrlicher Versager, ja, außer Kindern hat er nichts auf die Beine gestellt«, unterbricht Alex.

»Ich habe ihn geliebt.«

»Nun fang bloß nicht an zu flennen.«

»Und er hat mich auch geliebt, er hat mir Bello geschenkt …«

Benjamin legt seinen Kopf auf Alex Schulter, dann weicht er einen Schritt zurück: »I want Papas Last Drink!«, fordert er trotzig.

»Okay, okay, ich bestell dir deinen Gehirnweichspüler«, gibt Alex nach und bestellt den Drink dann gleich zweimal, schnappt sich einen der beiden, die der Barmann vor Benjamin auf den Tresen stellt.

»Ich glaube, heute ist der richtige Augenblick, um sich bei Konrad zu bedanken, dass er so frühzeitig das Feld für uns geräumt hat«, sagt er und kippt die bräunliche Flüssigkeit beherzt in sich hinein.

Benjamin rührt sich nicht, nur schluckweise sickert die Dankesbekundung von Alex in sein Bewusstsein.

»Für uns geräumt?«, wiederholt er und seine Augenlider flattern leicht, »für uns?«. Er schüttelt den Kopf.

»Nein, nein, nein«, er richtet sich auf, »nicht für uns, für dich! Ich wollte nicht, dass Papa stirbt. Aber du wolltest es! Du Scheißkerl! Du Miststück! Betrüger! Mörder! Ich hasse dich!«

Seine abrupte Bewegung lässt Gläser umfallen und zu Bruch gehen, es sieht aus, als wolle er sich auf Alex stürzen, aber da ist, bevor Alex Benjamin abwehren kann, einer, der unauffällig am Eingang steht, mit schnellen Schritten zwischen ihnen, packt Benjamin, schiebt ihn durch die Menge und befördert ihn mit einem Stoß durch die Tür hinaus auf die Straße. Benjamin torkelt ein paar Schritte und fällt, bevor Alex ihn auffangen kann.

»Erst bezahlst du, danach kannst du dich um deinen Kumpel kümmern«, befiehlt der Rausschmeißer.

»Das schaff ich alleine!«, Benjamin stößt Alex, der ihm auf die Beine helfen will, weg.

Hastig bezahlt Alex die Rechnung, läuft danach hinter Benjamin her, holt ihn unweit vom Taxistand an der Kantstraße ein.

»Tut mir leid, Benny«, sagt er atemlos vom schnellen Sprint, »das mit Konrad war wirklich gemein von mir, aber ich war immer eifersüchtig auf dich, weißt du? Konrad war *dein* Vater, mein Vater war Poppi, weißt du? Aber das war kein richtiger Vater, nicht so einer wie Konrad. Konrad hat dir Bello geschenkt, Poppi wollte immer nur, dass ich Erster bin, dass ich der Beste bin ... Benny, du bist mein Bruder, wir müssen zusammenhalten, das weißt du doch, oder?«

Benjamin nickt: »Lieb sein zu Alex«, murmelt er.

»Was hast du gesagt?«

»Vergiss es«, sagt Benjamin und lässt sich in eines der wartenden Taxis fallen.

5.

Sie saßen bei Luisa. »Ich war egoistisch und gefühllos, tut mir leid,« hatte Larissa gesagt und nach der sizilianischen Tomatensuppe zur Versöhnung Torta della Nonna bestellt. Doch Mila hatte sich nicht mehr so vertraut wie sonst mit ihr gefühlt und sich bald verabschiedet. Sie bleibe jetzt eine Zeit lang an der Hundekehle, sie müsse die Unterlagen ordnen und den Nachlass auflisten, sagte sie.

»Wie lange bleibst du?«, hatte Larissa gefragt.

Das hänge von ihren Geschwistern ab, antwortete Mila wortkarg.

»Verstehe«, hatte Larissa nur gesagt, Milas Rückzug schmerzte sie.

Doch anstatt die Schränke mit Elfriedes Kleidung zu sichten und zu sortieren und die Wäsche, das Geschirr, die Möbel und Bilder aufzulisten, wie sie Larissa erzählt und mit ihren Geschwistern vereinbart hatte, streift Mila durchs Haus und durch alle Zimmer, ohne etwas anzurühren. Sie setzt sich mal hier und mal dort auf einen Stuhl oder ein Sofa oder in einen Sessel und träumt vor sich hin.

Mit dem Aufräumen und Ordnen nehme sie Abschied, hat sie Larissa am Morgen erklärt, und das brauche Zeit.

Aber sie weiß, dass es nicht die ganze Wahrheit ist, sie nimmt nicht nur Abschied, sie nimmt auch Kontakt auf. Mit Max. Er hat ihr geschrieben.

Liebe Mila,
meine Eltern haben deine Mutter verehrt wie die Jungfrau Maria.
Und deine so verehrte Mutter hatte mich damals auserwählt, dich

zu beschützen. Das war mein Ritterschlag. Wenn du jetzt nach ih-
rem Tod meinen Schutz brauchen solltest, schreib mir bitte.

Dein Max

Ohne nachzudenken, hat sie auf *Antworten* geklickt, aber schon
bei der Anrede *Lieber Max* versagt. So hat sie ihm noch immer
nicht antworten können. Sie ist dann in den Garten gegangen
und zum Baumhaus. Die Stufen der Holzleiter sind mit Kie-
fernadeln übersät, darunter hat sich ein moosiger Belag gebil-
det. Sie zögerte. Sie war seit Jahren nicht mehr dort oben. Sie
kann dort nicht mehr aufrecht stehen wie zu der Zeit, an die sie
sich jetzt erinnerte, als läge sie hundert Jahre zurück. Damals
schwebte für Max und sie das Baumhaus als geheimer und ge-
heimnisvoller Ort zwischen Himmel und Erde. Und oft, wenn
die Dämmerung in Dunkelheit überging und das Scheinwer-
ferlicht der vorüber- fahrenden Autos durch die Fensteröffnun-
gen wie Signale aus dem All die Wände entlang huschte, stellte
sie sich vor, mit Max unterwegs zu sein zu fernen Planeten, wo
phantastisch blühende Blumen größer waren als Menschen und
große schöne wilde Katzen lebten. Später schlossen sie manchmal tagsüber die Fensterläden und lasen im Licht von Taschen-
lampen Fantasyromane. Und küssten sich. Heiß und heftig.

Sie ist dann doch vorsichtig die Holzleiter hinaufgestiegen
und hat sich in die Mitte vom Giebel gehockt und den Harz-
geruch der Kieferstämme tief eingeatmet, während sie die
Spinne beobachtete, die sich über ihrem Kopf in ihrem Netz
keinesfalls von ihr gestört zu fühlen schien. Sie legte sich auf
den Rücken und verlor sich weiter in ihre Erinnerungen an
Max und daran, wie Elfriede das erste Mal mit ihm zu ihr in
den Wintergarten kam. Sie saß am Klavier und übte die Mond-
scheinsonate. Max blieb neben ihr stehen und hörte zu. Er
war gerade mit seinen Eltern aus Görlitz in der ehemaligen

DDR ins Kutschenhaus gezogen. Er lernte auch Klavier spielen und war bald besser als sie, Elfriede erkannte sein Talent und unterstützte ihn. Später spielte er für sie Chopin. Waren ihre Geschwister da, spielte er stundenlang Beethoven und Bach, um sie zu beeindrucken. Es beeindruckte sie aber nicht, sie übersahen ihn weiter. Dann ist er als Austauschschüler an eine Schule nach Kalifornien gegangen und nicht wiedergekommen …

Ob er noch Klavier spielt, könnte sie ihn fragen, wenn sie ihm auf seine Mail antwortet. Sie verschiebt das von Tag zu Tag.

An einem dieser Tage bleibt Mila vor dem Tisch im Wintergarten stehen. Sie hatte am Vormittag die bunte Tischdecke zusammengerollt, die mit Flecken übersät war. Sie wechselte sie gegen das weiße Tischtuch mit der Lochstickerei und der gehäkelten Spitze. Elfriede hatte es nur an Festtagen und zu Geburtstagsfeiern aus dem Wäscheschrank geholt.

Mit der Hand streicht sie die Falten glatt, und unvermutet taucht, wie so oft in den letzten Tagen, ein Bild in ihr auf. Es ist eine Erinnerung an ihren dreizehnten Geburtstag. Sie ist so präsent, dass sie die Gegenwart verdrängt und die Vergangenheit so gegenwärtig wird, als ereigne sie sich gerade jetzt, als balanciere ihr Bruder Alex in diesem Moment das Stück Schokoladencremetorte auf dem Tortenheber. Und sie sieht, wie seine Hand auf halbem Wege zu ihrem Teller zu zittern beginnt und wie Alex innehält. Seine Hand, der Tortenheber und die Schokoladencremetorte zittern immer heftiger: Das Stück Torte fällt nicht auf ihren Teller und kippt zur Seite wie damals, es fällt als brauner Haufen auf das weiße Tischtuch mit der Lochstickerei und der gehäkelten Spitze. Erschrocken starrt sie auf den braunen Haufen, und etwas zwingt sie, diesen schokoladebraunen Haufen weiter anzustarren. Bis mit einer sanften, jedoch unheimlichen Wucht sich ein anderes Bild Bahn bricht, das aus langer Vorzeit in ihr Bewusstsein eindringt. Sie spürt, wie ihre Hände zucken und sich auf ihren Bauch legen: Unter dem bösen Blick von Alex hat sich ihr Bauch zusammengekrampft, aus seinen lodernden Augen hat sie ein glühender Strahl getroffen, der sie auf der Stelle vernichtet, auslöscht, und vor Schreck macht sie sich in die Hose … Unwillkürlich schaut Mila an sich hinunter und auf den Teppich, damals lief ein brauner Streifen an ihren nackten Beinen entlang und tropfte auf die helle Auslegware …

Gänsehaut überzieht ihren Körper. Von oben nach unten. Sie schüttelt sich so heftig wie ein Tier nach einem Totstellreflex. Dann blinzelt sie, wie um das Geschehen von damals deutlicher erkennen zu können: Sie war drei Jahre alt und stand an der Türschwelle zu dem Zimmer, das sie nicht betreten durfte. Alex hatte es strengstens verboten. Sie hatte ihm nicht gehorcht und doch die Tür geöffnet. Nur einen Spalt breit. Aus Neugier? Oder weil sie ihren Poppi vermisste? Nun sieht sie ihn in seinem Zimmer im Bett liegen. Sie erkennt sein Gesicht, auch wenn es sehr klein ist. Sein silbernes Haar ist zerzaust, wie sie es noch nie gesehen hat, es steht in alle Richtungen ab. Sie will zu ihm. Sie wagt erst einen, dann den nächsten und noch einen weiteren Schritt über die Schwelle, da aber erscheint Alex in ihrem Blickfeld, er beugt sich gerade zu Poppi hinab. Nun klopft ihr Herz laut in ihren Ohren. Sie will zu ihrem Poppi, doch Alex, der Riese, versperrt ihr nicht nur den Weg, er wird böse sein, sie hat sein Verbot nicht befolgt, sie hat ihm nicht gehorcht und die Tür geöffnet. Sie will zurück zur Tür, will aus dem Zimmer, will nicht gesehen werden von Alex, doch da rumort es laut aus ihrem Bauch, und blitzschnell fährt der Riese Alex herum und aus seinen Augen trifft sie ein glühender Strahl, der sie auf der Stelle auslöscht …

Der Schock muss sie überwältigt haben, er hat ausgelöscht, was sie gesehen hatte, was geschehen war.

Aber was eigentlich war passiert, überlegt sie nachts, sie kann nicht schlafen. Der Glutblick von Alex ist wie neu entflammt. Oder hat er, von ihr unbemerkt, jahrelang in ihr weiter geglüht als permanente Androhung der Todesstrafe beim Öffnen verbotener Türen? Und war es nicht Max, durch den sich der Alex-Bann aufgelöst hat? Als Max mit seinen Eltern ins Kutschenhaus einzog und in den Wintergarten kam und neben dem Klavier stehen blieb und ihrem Spiel verwundert, ja, bewundernd folgte, verwandelten sich die Töne in Musik und das Grau fiel von den Wänden. Sie lief mit Max von einem Zimmer in die anderen, vom Dach bis in den Keller, und öffnete alle Türen, und hinter keiner lebte mehr ihr großer Bruder, der Riese mit den glühenden Augen war verschwunden, Max hatte ihn in die Flucht geschlagen.

Soll sie, kann sie, will sie das alles Max schreiben? Und ihm beschreiben, wie die schreckliche Bedrohung, ja Angst, in ihr wieder aufbrach, ja ausbrach, als er sie verließ, um weit weg an einem College zur Schule zu gehen? Sie wäre ins Bodenlose gestürzt, hätte es nicht das Netz gegeben, das World Wide Web, das sie aufgefangen hat. So lange, bis sie sich darin total verfing und einen Entzug machen musste. Will sie ihm das alles wirklich schreiben? Ja, sie will! Mitten in der Nacht macht sie sich an die Arbeit. Am frühen Morgen, es dämmert bereits, schickt sie die Mail ab. Danach sucht sie mit einer Tasse Kaffee noch einmal den Wintergarten auf.

Sie werde die Wirklichkeit des Virtuellen erforschen, hatte sie nach ihrem drei Monate währenden Netz-Entzug in der Psychiatrie zu Alex und ihren Geschwistern gesagt. Sie wollte sich ein bisschen inszenieren und nach dem Entzug weiter die leicht bis mittelschwer Abgedriftete spielen, wie es ihre Geschwister von ihr erwarteten. Sie wollte einfach wieder oder immer noch die alte Mila sein. Was ihr auf Anhieb gelang, wie sie an den hochgezogenen Augenbrauen und gerunzelten Stirnen erkannte.

Aber was, überlegt sie, während sie den heißen Kaffee schlürft, wenn genau das heute Nacht passiert ist? Wenn sie ihre geheime, ihr gar nicht bewusste Angst vor der lebensbedrohlichen Gefahr, dem Bösen Blick von Alex, dem sie als Dreijährige ausgesetzt gewesen war, erforscht hat, ihr nachgeforscht hat? Ihrer Wirklichkeit, vor der sie ins virtuelle Leben geflohen war?

Schon am nächsten Tag antwortet Max. Seine Mail endet mit einer Frage, die Mila nicht erwartet, mit der sie nicht gerechnet hat. Die ihr nicht in den Sinn gekommen ist und über die sie erst einmal auch gar nicht nachdenken kann. Und will. Was zu einer Unterbrechung ihres gerade erst begonnenen Emailkontakts mit Max führt. Als sie ihm endlich schreibt, weicht sie einer Antwort auf seine Frage aus. Der Frage nach dem tatsächlichen Grund für den wüst lodernden, sie vernichtenden, sie auslöschenden, für den Bösen Blick von Alex, und was danach geschah.

Sie wolle jetzt nicht mehr über Vergangenes nachdenken, sondern lieber mit ihm über ihre Zukunft und ihren Plan für eine vegetarische Imbisskette reden, schreibt sie. Max schreibt umgehend zurück:

Liebe Mila,
mittlerweile weiß ich, dass es nur einen gibt, der die Frage nach dem Grund und was damals wirklich geschah, beantworten kann, und das ist Alex selber. Frage ihn. Du musst ihn sogar fragen. Seine Antwort ist der Schlüssel.
Dein Max

6.

In ihrer Kleiderkammer sichtet Helene das Segment Abend-
garderobe, am Wochenende assistiert sie ihrem früheren Chef
bei einer Charity-Auktion zugunsten einer Krebshilfe. Zeitge-
nössische Künstler haben Werke gestiftet. Nur, was zieht sie an?
Vorsichtig schiebt sie ihre Variationen vom kleinen Schwarzen auseinander. Sie hängen eng, kleben fast zusammen, kaum
passt ihre Hand zwischen die einzelnen Stücke. Hitze steigt in
ihr auf. Es ist nicht das Klimakterium, ganz so weit ist sie noch
nicht, es ist die Enge. Der Platz für ihre Garderobe ist von Jahr
zu Jahr geschrumpft und musste Regalen für Vorräte und Ge-
tränke weichen.

Unlängst ist noch der neue Wasserstaubsauger hinzugekom-
men, den Alex gegen die Stauballergie von Emil gekauft hat.
Ein voluminöses Gerät mit etlichen Zusatzteilen, das immer
im Weg steht und ein weiterer, unübersehbarer Hinweis auf
die unerträgliche Enge ist, die sie mit Alex und ihren beiden
Söhnen in ihrer Viereinhalbzimmerwohnung in der Giese-
brechtstraße aushalten muss.

Spätestens seit Emils Geburt, und die liegt nun auch schon
elf Jahre zurück, fühlt sie sich auf ihren hundertvierzig Qua-
dratmetern wie auf einer von Sturmflut und Hochwasser ge-
fährdeten Insel, insbesondere wenn Paul und seine Freunde
aus dem Basketballteam mit ihren Schuhen und Jacken, die
dann überall herumliegen, die Ordnungsdämme, die sie mühsam errichtet hat, durchbrechen.

Mehrfach hatte sie Alex vorgeschlagen, in die Hundekehle
zu ziehen, die doch mit Elfriede so gut wie unbewohnt sei.
Alex hatte immer entschieden abgewunken. Insgeheim rechne

sowohl Dora als auch Benjamin damit, nach Elfriedes Tod die Hundekehle zu übernehmen, erklärte er zuletzt, und deshalb bewache jedes der Geschwister eifersüchtig die Leere, die Unbewohntheit der Zimmer, um sie bei Elfriedes Tod mit einem Schlag in Besitz nehmen zu können.

»Für diesen Fall habe ich vorgesorgt«, meinte Alex mit seinem schiefen Lächeln, das ganz und gar ihr Vertrauen genießt. Der jetzt erst bekannt gewordene Ensembleschutz ist, ebenso wie das ihr bisher unbekannte Schweizer Erbe, gewiss Teil seiner Vorsorge, davon war sie gleich überzeugt.

Helene zerrt mehrere Kleider von den Bügeln, zieht sie aus der Enge und hält sie ins Licht der Halogenlampen, die der Elektriker erst kürzlich in die Decke eingelassen hat. Die letzte Wandlampe musste einem weiteren, dringend benötigten Regal für die Sportsachen der Jungs weichen.

Sie entscheidet sich für ein schwarzes, schmal geschnittenes Kleid mit Silberlitze an den Nähten und einem breiten, mit Silberlitze eingefassten silbernen Reißverschluss, der ihren Rücken bis zu den Kniekehlen teilt. Es hat einen großzügigen Rundausschnitt, unterlegt mit schwarzem Chiffon als Sichtschutz. Sexy, aber dezent, so mag es Peter.

Nach Abschluss ihres Studiums hatte sie in Peters Auktionshaus als Praktikantin begonnen und später durch ihn Alex kennengelernt, als sie ihren Chef zu einem Termin bei der Familie Escher begleitete. Es sollten vier Gemälde der klassischen Moderne aus dem Erbe des Großvaters besichtigt und geschätzt werden.

Bereits die Fahrt hinaus zum Hundekehlesee gefiel ihr über alle Maßen. Sie war in Hannover-Langenhagen aufgewachsen, ihr Vater hatte eine Zahnarztpraxis, ihre Mutter assistierte ihm, sie wohnten in einem Reihenhaus aus den 1960iger Jahren. Als Teenager phantasierte sie sich aus der äußerst schmucklosen, ja, sterilen Umgebung fort und in eine farbigere, glänzendere Welt hinein. Sie wollte Schauspielerin werden, studierte dann aber Kunstgeschichte. Mit Leidenschaft durchlebte sie beinahe inbrünstig die unterschiedlichsten Epochen, liebte jede mehr als die von ihr als glanzlos empfundene Gegenwart. Und so geschah es, dass sie, kaum stand sie mit Peter vor dem Haus der Eschers, sich sogleich von seinem exotischen Flair nicht nur angezogen, sondern schon dort zu Hause fühlte, bevor sie es überhaupt betreten hatte.

Für die Gemälde lagen, wie sich zeigte, weder Expertisen noch Provenienzen vor. Zwecks Erstellung eines Gutachtens mussten sie ins Auktionshaus gebracht werden. Von einem Experten wurden sie als Kopien identifiziert. Peter überließ es ihr, Alexander Escher in die Werkstatt zu begleiten. Ungläubig hörte er das Urteil des Experten, starrte ungläubig auf die Gemälde und schüttelte ungläubig seinen Kopf.

»Aktuell wird auf dem Kunstmarkt die Kopie als eigene Kunstform gehandelt«, sagte sie, als sie Alex verabschiedete, »diese neue Kunstform erfreut sich vor allem in China und durch China großer Beliebtheit.« Sie reichte ihm ihre Hand, sah ihm tief in die Augen und bemerkte die winzige Veränderung: Seine Pupille zog sich zusammen, der Ring seiner graublauen Iris zeigte etwas mehr Farbe: Es war der Moment, da sie Alex erkannte.

Alex gab ihr seine Visitenkarte und bat sie, seiner Familie zu erklären, wodurch die vier Werke der klassischen Moderne, die seit ewigen Zeiten den Großvater als Kunstkenner ausgewiesen hatten, als Fälschungen erkannt worden seien. Wenige Tage darauf weihte Helene die Escher-Familie in die Meisterschaft des Kopierers ein. Sie sei bei dieser Fälschung zum ersten Mal einem Großmeister begegnet, sagte sie am Ende. Sie hatte die aus China bekannte Bezeichnung Großmeister bewusst gewählt, hatte sie schon am Abend vorher als Pfeil in ihren Köcher gelegt. Jetzt hatte sie ihn in ihren Bogen gespannt und abgeschossen. Der Pfeil traf Alex mitten ins Herz. Sie lächelte ihm zu und er lächelte auf die gleiche Weise zurück, sie hatten sich gefunden.

Nach seiner gescheiterten ersten Ehe war Helene die genau Richtige für ihn. Und er der Richtige für sie. Und die Vollendung dieses, ihres speziellen füreinander Richtigseins steht nun bevor: Sie werden demnächst, möglichst noch vor Weihnachten, das Haus am Hundekehlesee beziehen. Allerdings will Alex noch den Erbschein abwarten.

Helene zerrt das Bügelbrett aus der Kammer und klappt es in der Küche auf, und während sie die tiefen Falten ihres kleinen Schwarzen mit der Silberlitze glatt bügelt, stellt sie sich vor, wie sie die wertlosen Kopien, die ihre Söhne Paul und Emil auf Wunsch von Alex geerbt haben, so wie Doras Töchter den wertlosen Schmuck und Benjamins Söhne die wertlose Encyclopaedia Britannica, sie stellt sich also vor, wie sie demnächst diese wertlosen »chinesischen« Kopien abhängen und die Originale aus dem Safe holen und an Weihnachten aufhängen wird: den Kirchner, den Beckmann, den Corinth und den Dix. Expertisen und Provenienzen verbleiben im Safe.

Auch Heiner Lehmann hat sich mit Weihnachten sein Zieldatum gesetzt, bis Weihnachten will er die Rekonstruktion des Betrugsgebäudes der Escherbrüder erfolgreich beenden. Ausgestattet mit Doras Vollmacht ist er bereits mehrfach nach Wien geflogen. Anders als auf die verängstigten Escherinnen mit ihren Panikattacken übt die Atmosphäre im Inneren des Bankgebäudes eine geradezu beruhigende Wirkung auf ihn aus, er fühlt sich hier sicher wie im Auge eines Hurrikans.

Während er auf das Gespräch mit einem der Berater zwangsläufig warten muss, aus Geheimhaltungsgründen kann er sich nicht verabreden, saugt er die von verbotenem Tun geschwängerte Luft genüsslich ein. Es bereitet ihm ein geradezu prickelndes Vergnügen, sich die gewiss unvorstellbar große Anzahl geheimer Konten zu vergegenwärtigen. In Highspeed lässt er ihre Geheimnummern vor seinem inneren Auge vorbei rasen, um dann die Stopptaste zu drücken. Und sein Spiel geht weiter: Mit der Nummer des geheimen Nummernkontos blinkt nun die hier auf diesem Konto versteckte Summe auf, in Sicherheit gebracht nicht nur vor dem Zugriff der Steuer, auch vor dem der rechtmäßigen Besitzer wie im Falle der Escherbrüder.

Zunächst ruft Heiner Lehmann eher bescheidene Summen auf, erhöht aber mit längerem Warten von ein paar Zehntausend auf ein paar Hunderttausend. Ja, ein paar Hunderttausend könnten die Escherboys beiseitegeschafft haben, Alex sicher ein paar mehr als Benjamin. Dann setzt Heiner den Schnelldurchlauf fort, beim nächsten Stopp ist er schon bei den beiseitegeschafften Millionen im einstelligen Bereich. Auch das könnte ihnen gelungen sein, der alte Poppe soll den weitaus größten Teil seines Vermögens in der Schweiz untergebracht haben. Daraus ergibt sich eine Summe im zweistelligen Millionenbereich, das hat er gegen den Widerstand von Dora, die noch immer um ihr seelisches Gleichgewicht kämpft, mit Hilfe der Unterlagen, die er in Elfriedes Büro sichern konnte, errechnet.

Und weiter geht das Spiel, rasen die Nummern der Geheimkonten an seinem inneren Auge vorbei und hinauf in den zweistelligen, dreistelligen, vierstelligen Bereich. Aber da verliert Heiner Lehmann die Lust am Spiel, in diesen hohen Rängen wird die Luft immer dünner und die Gefahr immer spürbarer, in die er sich begibt, und sei es nur fiktional, sollte er es wagen, hinter diesen Nummern die Namen ihrer Besitzer ausmachen zu wollen.

Und doch ist das sein eigentliches Begehren, das ihn in dieses Bankgebäude treibt, denn er sucht die Nummern, hinter denen sich Alexander und Benjamin Escher verbergen.

Bisher sucht er vergebens, ein außerordentlich perfektes System garantiert das totale Verschwinden hinter einer Nummer.

»Nichts als eine Nummer zu sein, das ruft doch normalerweise in jedem Menschen einen ziemlichen Schock hervor«, hat er unlängst zu Dora gesagt, »das verbindet doch jeder normale Mensch mit Demütigung, Grausamkeit oder Mord.«

Dora stöhnte auf, sie habe ihm Vollmacht gegeben, weil sie mit diesen Dingen nichts zu tun haben und nichts davon hören wolle, absolut nichts. Er solle den Mund halten und das Geld beschaffen. Das war ein Befehl.

Und so wartet er wieder einmal in der Bank im Zentrum von Wien auf das Gespräch mit einem der Bankberater, jetzt unter Erfolgsdruck seitens Dora. Ihre Ängste sind inzwischen zunehmend von Rachegelüsten überlagert. Das bringt nun seine Wut auf die Brüder angesichts seiner bisherigen Misserfolge zum Kochen.

Und so lässt er dieses Mal während der unvermeidbaren Wartezeit diese Wut an etlichen der Nummern aus, die er vor seinem inneren Auge aufruft, lässt die Personen hinter den Nummern hervortreten und ihre Köpfe rollen. Er deckt sie auf, die Steuerbetrüger, die Geschäftsbetrüger, die Gesellschaftsbetrüger, die Landesbetrüger, das ganze nationale und internationale Betrügerpack zerrt er hinter den Nummern hervor und rechnet ihm penibel vor: Die Höhe der Geldzahlungen an die Steuer und der Rückzahlungen an die Betrogenen; die Verluste von Pensionsansprüchen und an Ansehen; und vor allem die Länge der zu erwartenden Gefängnisstrafen.

Dabei schreitet Heiner Lehmann als oberster Richter die Reihe der von ihm hinter ihren Nummern hervorgezerrten Delinquenten ab und quittiert mit Genugtuung ihr Stöhnen und Seufzen, und wie sie sich an das Geld klammern, wie sie, bereit zu Mord und Totschlag, versuchen, es zu retten, es in Koffer und Taschen packen und diese in die doppelten Böden ihrer Autos zwängen und losbrausen, bereit, jeden über den Haufen zu fahren, der sich ihnen in den Weg stellt. Zweifelsfrei werden Alex und Benjamin ihn, ohne mit der Wimper zu zucken, aus dem Weg schaffen, sollte er sie dabei überraschen, wie sie ihre Beute vor ihm sichern und über die Grenze bringen ... Oder haben sie ihre Beute bereits gesichert und nach ... ja, wohin wohl gebracht?

Heiner ist so beschäftigt mit dem Ausspähen möglicher Fluchtorte der Brüder, dass er die Stimme nicht hört, die seinen Namen ruft.

»Herr Lehmann? Darf ich Sie bitten«, mischt sich schließlich die Stimme des Bankberaters in das Geschehen in seinem Kopf.

Höchst erregt folgt er ihm in das Beraterzimmer, das dem vorigen gleicht, wie auch der Berater dem anderen davor. Wie alle anderen bestätigt er erneut, dass Dora nur als Erbin Einsicht in die Kontenverläufe hätte verlangen können, diese Möglichkeit durch die Vorvererbung jedoch nicht mehr gegeben sei.

»Und wie sind die Konditionen in Singapur?«, fragt Heiner.

Der Berater lässt sich seine Verwunderung nicht anmerken, mustert seinen Besucher aufmerksam, um ihn dann als einen für sein Bankinstitut möglicherweise problematischen Kunden einzuschätzen. Kurz angebunden rät er ihm zu Auskünften durch ein in Singapur ansässiges Geldinstitut, wechselt dann schnell in seine Beraterfunktion und schlägt eine Umschichtung von Doras Portefeuille vor.

Heiner gibt sich einen Moment interessiert, verschiebt die Entscheidung dann auf einen nächsten Termin und verabschiedet sich schnell. Er wird zum Fahrstuhl begleitet. In der Eingangshalle händigt er dem Pförtner seinen Passierschein aus.

Draußen dämmert es jetzt, glitzernde Eiskristalle in allen Größen und Farben baumeln an Girlanden über Straßen, in den Auslagen türmen sich Weihnachtsmänner aus Schokolade. Er atmet die klare Winterluft tief ein und blickt in Richtung Singapur – oder in die Richtung, in der er Singapur vermutet.

Auf der Fahrt zum Flughafen entwickelt er einen Plan. Seinen ultimativen Plan: Er wird sich einen Ausdruck gehackter Geheimkonten besorgen. Dafür hat er bereits Verbindung zu einem Experten aufgenommen. Diese Dokumente wird er Alex und Benjamin als Warnung unter die Nase halten und ihnen seine Forderung für sein Stillhalten mitteilen. Er wird alles vorbereiten, und dann muss er nur noch den richtigen Moment erwischen

Auch Katrin setzt auf den richtigen Moment. Sie hat ihn allerdings bereits auf einen der Tage zwischen Weihnachten und Silvester festgelegt. An diesem Tag wird sie Benjamin mitteilen lassen … nein, sie wird es ihm selber sagen. Nur, womit wird sie begründen, dass sie sich von ihm scheiden lassen will?

Keinesfalls mit ihrer neuen Liebe, neue Lieben hatte sie immer mal wieder gehabt. Oder liebt sie dieses Mal?

Nein, sie wird Benny nichts von ihrer neuen Liebe erzählen, sie fürchtet seine Eifersucht.

Und wenn es berufliche Gründe sind? Wirtschaftliche? Existenzielle?

Sie wird ihren Schritt mit den familiären Geschäftsinteressen begründen. Und vielleicht ist das ja auch tatsächlich der Grund. Sie hatte ihr Medizinstudium abgebrochen und war ins Steuerberatungsunternehmen ihres Vaters eingestiegen. Sie muss jetzt ihren Vater, muss seinen guten Ruf und den des Unternehmens sowie ihre finanzielle Sicherheit und die ihrer Familie schützen. Ein Schwiegersohn und potentieller Nachfolger, der beim Steuerhinterziehen erwischt wird, ist nicht nur ein schlechter Leumund, er ist eine Katastrophe für das Unternehmen …

Das wird sie ihm sagen. Und so weit sei es nur deshalb gekommen, das wird sie ihm auch noch sagen, weil er sich weigere, und zwar grundsätzlich und prinzipiell, den gesetzlichen Weg zu gehen und sein geerbtes Geheimkonto bei der Steuer zu erklären. Ohne Erklärung sei es jederzeit möglich, erwischt zu werden, sein Name muss nur auf einer dieser CDs erscheinen, wie man sie der Politik zuspielt. Sie kann nicht anders, sie muss sich für ihren Vater entscheiden, wird sie Benjamin sagen. Sie weiß, es ist nicht die ganze Wahrheit, aber es könnte sie sein.

Trotzdem ziemlich unwahrscheinlich, dass Benny ihr glaubt. Er spürt ihre Veränderung. Die Veränderung einer Frau, die verliebt ist, die liebt. Sie spürt seit Wochen, wie er sie beobachtet, ja, heimlich ihre Verabredungen kontrolliert. Sie ist vorsichtig und vermeidet seine Nähe, sie entzieht sich ihm. Sie will keine Konfrontation, sie will eine sanfte Trennung, kein Drama. Wegen der Kinder …

Auch wegen der Kinder hat sie zugestimmt, in Erinnerung an Elfriede Weihnachten ein letztes Mal mit der gesamten Escher-Familie am Hundekehlesee zu feiern. Alle Cousinen und Cousins haben sich das gewünscht, auch Moritz und Anton. Sie will ihnen das Fest nicht verderben …

Nun, sie wird sich ihre Nase ein bisschen pudern und Streitereien mit Bennys Geschwistern oder Helene oder Heiner aus dem Weg gehen. Und auch mit Benny. Sie wird Benny aus dem Weg gehen. Vielleicht wird sie sich ihre Nase im Laufe des Abends öfter pudern müssen, um cool bleiben zu können, die Beziehungen der Eschers untereinander sind mit dem Warten auf den Erbschein heiß gelaufen.

7.

Keiner der Eschers erkennt in dem jungen Mann im dunklen Anzug mit blütenweißem Hemd, das Gesicht von der kalifornischen Sonne gebräunt, das helle Haar ausgeblichen vom Salz des Pazifischen Ozeans, den Jungen aus dem Kutschenhaus. Den Sohn der Vegetarier aus der ehemaligen DDR. An diesem Heiligen Abend ist Max Wollin die große Überraschung.

»Er macht Eindruck«, stellt Olga fest.

Sie beobachtet Mila. Sie sitzt ganz nah bei Max am Klavier. Ihr Gesicht glüht, ihr Blick ist weit, sie hört ihm mit einem sinnlichen Lächeln auf ihrem Gesicht zu. Er spielt Chopin. Für Elfriede.

Gestern, als Mila mit Olga den Baum schmückte, hat sie mit keinem Wort den Besuch von Max an Heiligabend angekündigt. Überhaupt hat sie kein Wort mit ihr über Max gesprochen. Sie wollte auch nichts von Olgas Sorgen wegen ihres Mietvertrags hören. Alex, Dora und Benjamin wollen mit ihr nicht über eine Verlängerung reden, nicht bevor der Erbschein da ist, sagen sie.

»Habe mich für dich eingesetzt, jetzt du dich für mich«, hat Olga schließlich gesagt, aber Mila reagierte nicht, »wo du bist mit deinen Gedanken? In wen du bist verliebt?«

Jetzt sieht sie ihn leibhaftig vor sich, den Mann, in den Mila verliebt ist, das erkennt sie von Weitem.

Vor ein paar Tagen stand er plötzlich in der Kuche. Ohne anzuklopfen, war er durch die Tür geschlüpft, wie er das auch früher immer gemacht hat. Sie erschrak, sie erkannte ihn nicht.

»Wer sind Sie?«, hatte sie gefragt. Aber bevor er antworten konnte, erschien Mila, in Händen das große Tablett, beladen mit Gläsern und Geschirr. Auch Mila starrte den jungen Mann an, und nicht nur das Tablett mit all den Sachen geriet in eine Schieflage, auch ihr Gesicht. Der junge Mann griff schnell zu, stellte es auf den Küchentisch und zog Mila aus der Küche und durch die Seitentür in den Garten, ganz offensichtlich kannte er sich gut aus an der Hundekehle. Olga war ans Fenster gegangen und hatte beiden hinterhergeschaut, wie sie über den gefrorenen Weg Richtung Baumhaus gingen und der junge Mann Mila seinen großen Schal um die Schultern legte …

Max sitzt noch immer am Klavier, er spielt jetzt Beethoven. Die Kinder haben sich mit ihren Geschenken bereits genervt in den Flur und in die Halle verkrümelt. Will Max aber sein Spiel beenden, wird er von Alex und Benjamin stürmisch zu einer weiteren Zugabe gedrängt, ja, geradezu gezwungen. Sie scheinen sich darüber verständigt zu haben, mögliche Konfrontationen, die in der Luft liegen, im wahrsten Sinne des Wortes von Max überspielen zu lassen. Bisher zumindest funktioniert das, alle lauschen, wenn auch eher mit dunklen als mit hellen Mienen.

Außer Mila, nicht nur ihr Gesicht, ihr ganzer Körper strahlt eine lebendige, erotische Erregtheit aus. Das bemerken alle, auch Katrin.

»Sie ist verliebt«, denkt Katrin, und wie gut sie dabei aussieht. Sie ist fast ein bisschen neidisch. Doch dann erinnert sie sich daran, dass auch sie ja verliebt ist und wie verjüngt sie sich dadurch fühlt. Wenn sie doch nur schon die Trennung von Benjamin hinter sich hätte, dann würde sie jetzt wahrscheinlich ähnlich gut aussehen wie Mila.

Dora hingegen versucht, in Mila weiterhin das unscheinbare Mäuschen zu sehen. Als es ihr nicht gelingt, wendet sie sich ab und Heiner zu, registriert zufrieden, dass er gedankenvoll auf seine Schuhspitzen starrt.

Helene aber verbietet sich, Mila auch nur eines Blickes zu würdigen, sie sieht lieber im Geiste bereits die herrlichen Gemälde an den Wänden hängen, den Beckmann seitlich vom Klavier, den Dix in Elfriedes ehemaligem Büro und den Corinth vielleicht in der Halle?

»Was wohl würde Mutter sagen dazu«, denkt Olga angesichts von Milas Verliebtheit, und unwillkürlich suchen ihre Augen die Urne hinter der Glastür im Geschirrschrank. Alex hatte sie in der Bibliothek zwischen zwei Bildbänden deponiert, heute Morgen hat sie kurz entschlossen das Gefäß mit Elfriedes Asche aus dem Regal genommen und in den Wintergarten getragen. Eben dorthin, wo traditionell die Kinder an Weihnachten beschenkt werden. Elfriede soll dabei sein. Olgas Blick geht zurück zu Mila. Sie sitzt nicht mehr neben Max. Sie lehnt jetzt am Klavier. Sie lässt ihn nicht aus den Augen. Und er sie auch nicht.

Sie sind ein Paar, denkt Olga, sieht jeder. Sie löst ihren Blick von Mila und Max, schaut hinüber zu Milas Brüdern Alexander und Benjamin, sehen sie es auch? Sie erschrickt, bekreuzigt sich und senkt schnell ihren Kopf, sie will nicht sehen, was sie gesehen hat. Sie will nicht das Unglück sehen, das sich zusammenbraut. Sie hält ihre Hand vor ihr Gesicht, sie will es nicht riechen, das Unglück, sie kann es von Weitem riechen, sein Geruch weht aus der Geschwisterrunde zu ihr, und sie kann es schmecken, sie schmeckt es auf ihrer Zunge …

Ein Knall lässt Olga zusammenzucken, Mila hat den Klavierdeckel laut zufallen lassen und damit ist endlich das Spiel von Max beendet. Es ist plötzlich ganz still, dann springen alle wie auf Kommando hoch und rufen nach den Kindern, die mit ihren Geschenken in den Wintergarten stürmen.

Max und Mila verständigen sich mit Blicken, den Raum nun schnellstmöglich zu verlassen. Doch bevor ihnen das gelingt, wird Max von Alex und Helene in Besitz genommen, aber schon kurz darauf werden sie, bevor sich Heiner positionieren kann, von einer sich virtuos vordrängelnden Katrin außer Gefecht gesetzt. Sie nimmt Max am Arm und zieht ihn in die Nische neben dem Weihnachtsbaum, baut sich vor ihm auf, redet erregt auf ihn ein und drückt ihn, eine Hand auf seiner Brust, gegen die Wand.

Nicht nur Mila beobachtet verwundert und bald verärgert den Reigen um Max. Und jetzt, wo sich Katrin, von mehreren Strecken Kokain gepuscht, exaltiert in Szene setzt, lässt auch Benjamin Max nicht mehr aus den Augen. Was sich dabei in ihm abspielt, wird Benjamin später nicht mehr erinnern, doch die übertriebene, immer intimere Hinwendung von Katrin an diesen jungen Mann, der jener Max sein soll, der Sohn der DDR-Vegetarier, einstmals Bewohner des Kutschenhauses, macht ihm immer deutlicher bewusst, wie entschieden sich Katrin von ihm abgewendet hat. Er hat versucht, ihre zunehmende Kälte zu ignorieren, jetzt aber dringt sie in ihn ein wie mit feinen Nadelspitzen aus Eis. Sie durchdringen seine Haut und ein furchtbarer Schmerz breitet sich aus, dringt bis in sein Innerstes vor und trifft ihn wie mit einem Fausthieb in den Magen, dass er brüllen möchte vor Pein. Und maßlosem Zorn. Schon wälzt sich eine glühend heiße Zorneswelle durch seinen Körper und nimmt ihm den Atem. Benjamin reißt sich das Jackett vom Leib, reißt sich das Hemd auf und stürzt aus dem Wintergarten hinaus auf die Terrasse und in den Garten. Ein feiner Regen fällt auf den gefrorenen Boden und verwandelt ihn in eine Eisfläche. Und Benjamin stürzt weiter und immer weiter. Und niemand hindert ihn, keiner versteht, was gerade da draußen geschieht …

Als Alex und Heiner endlich Benjamin finden, tippt Alex mit zitternden Fingern 112 in sein Handy. Dann versuchen sie

Benjamin, der offensichtlich auf dem Blitzeis ausgerutscht und dann in den zugefrorenen Hundekehlesee gerutscht ist, auf die Böschung zu ziehen. Unerwartete Kräfte scheinen ihnen plötzlich zur Verfügung zu stehen. Noch bevor der Rettungswagen zu hören ist, haben sie Benjamin geborgen. Er ist ohne Bewusstsein.

»Er ist mein Bruder«, sagt Alex zu den Rettungskräften. Sie heben ihn auf eine Bahre, der Notarztwagen steht bereit.

Zurück im Haus, lässt sich Alex von Helene nicht davon abbringen und fährt trotz Blitzeis dem Notarztwagen hinterher ins Martin-Luther-Krankenhaus. Unterwegs gerät sein Auto ins Schleudern und kollidiert mit einem Baum. Mit zitternden Fingern tippt er erneut 112 in sein Handy, dann wird er bewusstlos. Kurz darauf erreicht die Nachricht, dass sich Benjamin Escher und Alexander Escher in der Notaufnahme des Martin-Luther-Krankenhauses befinden, die Hundekehle.

Nach nervenzerreißendem Warten auf ein Taxi machen sich in größter Sorge und Aufregung und unter Schock, ausgestattet mit Streusalz und Granulat, Helene, Katrin, Dora und Heiner schlussendlich zu Fuß auf den Weg zum Taxistand am Hagenplatz. Bis Mitternacht ist noch immer keiner von ihnen an die Hundekehle zurückgekehrt.

Jenny, Emil und Moritz, die Jüngsten, haben sich in Elfriedes Bett verkrümelt. Die anderen lagern in ihren Schlafsäcken vom Dachboden auf dem Teppich davor. Und Mila liest ihnen, wie früher Elfriede an Weihnachten, zum Einschlafen aus »Pu der Bär« vor.

Anders als früher hört dieses Mal auch Max zu.

Währenddessen ist Katrin im Warteraum des Krankenhauses ihrer kokaingesteuerten Wahrnehmung ausgeliefert. Sie führt ihr in glasklarer Wachheit als Loop vor, wie sie, in Eigenliebe versunken, Benjamin und ihre Familie zerstört hat. Immer wieder springt sie gepeinigt auf und will zu ihm. Muss zu ihm. Sie muss Benjamin retten. Muss ihre Familie retten. Und jedes Mal führt Dora Katrin, die an verschlossenen Türen rüttelt, zurück in den Warteraum.

»Was machen die denn solange?«, ruft Katrin verzweifelt, »was machen die denn so lange mit ihm!«

»Es ist Heiligabend«, versucht Heiner eine Erklärung, »nicht die beste Zeit für ...«

»Gerade an Heiligabend ist man hier auf Notfälle vorbereitet«, unterbricht Dora und wirft Heiner einen Warnblick zu, »gerade an Heiligabend passieren doch die schlimmsten Dinge ...«

Katrin heult auf, Dora hält erschrocken inne.

»Ich hole mal ein Getränk«, verabschiedet sich daraufhin Helene und macht sich auf den Weg, weniger mit der Absicht, ihrer Ankündigung zu folgen, als vielmehr, sich selber zu beruhigen. Sie ist hin und her gerissen zwischen ihrer Sorge um Alex und ihrem Zorn auf ihn. Was alles hätte passieren können! Sie will es sich gar nicht erst ausmalen. Doch dann ist sie wieder hilflos den Bildern ausgeliefert und sieht Alex, wie er neben Benjamin ausrutscht und sich Arme und Beine bricht. Oder wie Alex blutüberströmt über dem Lenkrad hängt, tot! Oder wie er, schwer verletzt, lebenslang zum Krüppel geworden ist ... Helene stampft mit dem Fuß auf: Dieser Idiot, wieso musste er hinter Benny herfahren?! Ist ja nichts passiert, beruhigt eine andere Stimme in ihr, er hat nur ein Schleudertrauma und ein Handgelenk gebrochen, das linke. Im Gegensatz zu Benjamin hat er Glück gehabt ... Aber schon wird sie wieder von der dröhnenden Schicksalsglocke unterbrochen, die weitere Katastrophen heraufbeschwört ...

»Wen suchen Sie?«, wird Helene von einer Stimme außerhalb ihrer Geisterfahrt abgelenkt, sie blickt in das besorgt verwunderte Gesicht einer Krankenschwester.

»Ich suche meinen Schwager Benjamin Escher«, stottert Helene und wird völlig unerwartet und zu ihrer eigenen Verwunderung von einem plötzlichen Weinkrampf erfasst, sie muss sich an die Wand lehnen.

»Einen Augenblick«, sagt die Krankenschwester und kommt mit einer Beruhigungstablette und einem Glas Wasser zurück.

Helene nimmt die Tablette und das Wasser.

»Für meine Schwägerin, sie braucht das mehr als ich, danke«, sagt sie, wieder gefasst, und entfernt sich eilig, zwingt kurz darauf Katrin, die Tablette zu schlucken.

»Wie lange müssen wir denn hier noch warten?«, jammert Katrin weiter.

Sie müssen bis lange nach Mitternacht im Wartezimmer ausharren, dann erst kann sich endlich einer der Ärzte um sie kümmern. Benjamin und Alex seien versorgt und befänden sich jetzt beide wegen ihrer Traumatisierung in einem künstlichen Tiefschlaf, informiert er. Die Folgen von Benjamins Unfall seien noch nicht einzuschätzen, erst in zwei Wochen werde sich herausstellen, ob das linke Bein am Oberschenkel amputiert werden müsse oder ob sich das durch Erfrieren zerstörte Gewebe zumindest partiell regenerieren könne. Katrin hört nicht mehr das Ende des Satzes, das Wort *amputieren* schreit in ihr, löst Schwindel und Übelkeit aus, sie hechelt nach Luft. Helene öffnet den Reißverschluss ihres Kleides. Später folgt Katrin Doras Rat und dem des Arztes und bleibt über Nacht, weil unter Aufsicht, im Krankenhaus. Am Vormittag des nächsten Tages wird sie Benjamin beistehen, wenn er die Diagnose erfährt.

In den frühen Morgenstunden kehren Helene, Dora und Heinrich problemlos mit dem Taxi zurück an die Hundekehle. Auf den großen Straßen ist das dünne Eis mittels des tonnenweise aus den Streuwagen auf den Asphalt gerieselten Salzes zerronnen, in den schmalen Seitenstraßen löst der immer noch anhaltende feine Regen das Eis nur langsam auf.

Es ist sehr still im Haus, nur noch in der Halle brennt die Wandbeleuchtung. Die Heimkehrenden suchen nach ihren Kindern und finden sie nirgends. Als Letztes öffnen sie schließlich die Tür zu Elfriedes Schlafzimmer und atmen erleichtert durch. Berührt blicken sie auf die friedlich Schlafenden, sie liegen zusammengerollt oder ausgestreckt unter Decken oder in Schlafsäcken und auch in Elfriedes Bett. In ihrer Mitte schlummern, eng aneinandergeschmiegt und wie ineinander verschlungen, Mila und Max.

»Ich muss immer an den armen Grützke denken«, flüstert Dora, kaum ist sie mit Heiner in ihrem Dorazimmer.

»Werde jetzt bitte nicht sentimental«, Heiner lässt sich aufs Bett fallen.

»Benny liegt im Koma, wie Grützke …«

»Er liegt in einem künstlichen Koma, und morgen Vormittag wird er zurückgeholt, und Alex ist in ein paar Tagen wieder in seiner Kanzlei, rechnet seinen Vorteil aus dem ganzen Schlamassel zusammen und hockt sich mit seinem Stararchitekten über seine Umbauplänen für die Hundekehle, darauf wette ich …«

»Noch ein Wort, Heiner Lehmann«, unterbricht ihn Dora, »und ich lasse mich scheiden! Bennys Bein wird vielleicht amputiert und du redest von Vorteil und Umbauplänen … das ist böse, böse, böse … Nein, fass mich nicht an!«

Dora läuft aus ihrem Zimmer und nach nebenan ins Alex-zimmer und wirft sich weinend aufs Bett. Helene setzt sich zu ihr: »Beruhige dich«, flüstert sie, nimmt Dora in den Arm und steckt auch ihr eine Tablette in den Mund.

Noch nie hat Olga morgens länger als bis sieben Uhr geschlafen, doch an diesem ersten Weihnachtstag wird sie erst gegen neun Uhr wach. Ungläubig schaut sie auf ihre Uhr und will schnell aufstehen, da zuckt ein schmerzhafter Blitz durch ihren Rücken.

»Mist, verdammter«, murmelt sie mit vom Hexenschuss verzerrten Gesicht und sinkt zurück, legt sich auf die Seite und versucht, den vermaledeiten Wirbel wieder in Reih und Glied zu drücken. Es ist nicht das erste Mal, dass er sich verhakt, bei jedem größeren seelischen Beben springt er aus der Reihe.

Mutter hatte immer Angst wegen Erbe, denkt Olga, und zum ersten Mal kriecht in ihr selber so etwas wie Angst hoch. Es ist eine andere Angst als die, dass Alex ihr kündigen könnte. Sie selber will jetzt kündigen, ja, noch heute wird sie kündigen, sie will auf keinen Fall länger hier in diesem Unglückshaus bleiben!

Der Gedanke beruhigt sie, scheint auch ihren Wirbel zu beruhigen, die angespannte Muskulatur gibt nach. Vorsichtig rollt sie sich vom Bett und steht halbwegs gerade davor. Noch etwas gebeugt versorgt sie sich mit einem ABC-Pflaster und will die Treppe hinauf und in die Küche gehen, hält aber auf der ersten Stufe inne und lauscht: kein Mucks zu hören. Wieder beschleicht Olga diese unheimliche Angst. Die Angst vor etwas Unheimlichem.

»Quatsch«, sagt sie zu sich selbst und schüttelt das Gefühl ab, doch kaum hat sie die leere Küche und den leeren Wintergarten inspiziert und hinter jeder Tür, die sie geöffnet hat, auch die zu Milas Zimmer, niemanden vorgefunden, da wird es ihr erneut unheimlich zumute. Leise wie auf Zehenspitzen geht sie den Flur hinunter. Aus Elfriedes Schlafzimmer hört sie seltsame Laute und merkwürdige Töne und sie zuckt zusammen, als würde Elfriedes Geist hinter der Tür rumoren. »Quatsch«, sagt sie und öffnet entschlossen die Tür, und über die Köpfe der Kinder hinweg, die am Boden lagern und mit ihren Handys Computerspiele spielen, fällt ihr Blick ... nein, nicht auf, er fällt in das Bett von Elfriede, in dem trotz des vieltönigen Fiepens und Piepens und Brummens Mila und Max liegen, im Tiefschlaf.

»Wenn das Mutter ...«, entfährt es Olga, und ihr Mund bleibt ein wenig offen stehen.

8.

Alex verstaut sein Gepäck im schmalen Kofferraum von Helenes Forfour, sie fährt in zum Flughafen. Während der Fahrt sind beide in tiefes Schweigen versunken. Sie können ihr Glück immer noch nicht fassen, sie wagen nicht, darüber zu reden, als könnten sie es mit ihren Stimmen vertreiben, es aufscheuchen wie unlängst den Fasan, der sich in den Garten an der Hundekehle verirrt und schreiend das Weite gesucht hatte.

Ja, es ist wahr, Alex hat es geschafft. Sie haben es geschafft, versichert jeder dem anderen mit Blicken.

Aber es war Dora. Dora hatte fast drohend gesagt, Bennys verkrüppeltes Bein sei ein Warnschuss für sie alle. Die Eschers müssten ihren Streit beenden, man brauche sich doch nur umzuhören, um zu erfahren, wohin Erbstreitigkeiten führten. Nicht nur in die Zerstörung von Familie, sondern auch von Leib und Seele. Noch sei es Zeit umzukehren und zu vergeben. Denn einmal auseinandergebrochene Familienbande wieder zusammenzufügen, sei so heikel wie die Reparatur eines zerrissenen Spinnennetzes. Und deshalb solle Alex die gesamten Anteile an der Hundekehle übernehmen und seine Geschwister auszahlen. Sie und Mila bekämen allerdings das Doppelte vom Schätzwert, es müsse halbwegs gerecht zugehen.

Seit gestern nun liegt der mit Dora, Benjamin und Mila bis ins Feinste ausgehandelte Vertrag unterschriftsreif beim Notar, nach der Rückkehr von Alex und der Auszahlung wird er von allen unterschrieben und Alex ist alleiniger Besitzer.

Der Flughafen ist wie immer überfüllt. Helene nimmt Alex die Tasche ab, er soll sein Handgelenk schonen.

Mein letzter Flug von Tegel nach Singapur, denkt Alex. Es wird keinen Grund mehr für ihn geben, nach Singapur zu fliegen. Er überlässt dem jungen Heißsporn in der Kanzlei die von ihm ohnehin wenig geschätzten Verhandlungen mit den Chinesen und ihren für ihn schwer einschätzbaren Praktiken. Er sei mehr der Mann fürs Solide, hat er seinen Partnern seinen Rückzug aus Singapur erklärt. Ebenso Helene. Er konnte sich bremsen: Besser, er teilt sein letztes, sein größtes Geheimnis nicht mit ihr und behält es für sich.

Bevor er zu seinem Gate aufbricht, umarmt ihn Helene noch einmal: »Denk bitte über die Pläne nach«, flüstert sie ihm ins Ohr und lässt einen Kuss explodieren. Aber er wird keine Zeit haben, sich mit ihren Umbauplänen zu beschäftigen, ein anderer Plan wird seine ganze Aufmerksamkeit in Anspruch nehmen …

»Yes Sir, please«, sagt die Stewardess und reicht ihm die Serviette und das Besteck und beginnt mit dem Service.

Nach dem Essen schaut er auf seine Armbanduhr. Eine neue Patek Philippe. In der Bank wird er mit ihr Eindruck machen. Vielleicht wird man ihm wie beim letzten Mal für seine damals neue Piaget auch für die Patek Philippe ein rasantes Angebot machen? Die Chinesen wollen nicht ihre eigenen Kopien, sie zahlen gern das Doppelte für das Original. Er lehnt sich zufrieden zurück, um jetzt einzuschlafen. Normalerweise gelingt ihm das problemlos und ohne Pille. Heute nicht. Heute ist er mit seiner Planung mehr als nur beschäftigt, er fiebert ihrer Umsetzung entgegen. Nach seiner Ankunft im Hotel wird er nicht wie sonst als erstes seinen Mandanten treffen, er wird gleich seine Bank aufsuchen und einen Termin vereinbaren für seinen Catch-of-the-Day. Und was für ein Fang das wird! Noch nie war die Performance seines Portefeuilles so erfolgreich wie in diesen ersten Wochen dieses ihm Glück verheißenden neuen Jahrzehnts 2020. Die halbe Welt rechnet allerdings mit einem baldigen Platzen der Blase ... Alex spürt plötzlich eine heftige Unruhe auflodern. Er verlässt seinen Sitz und läuft den Flugzeuggang hinunter zum Cockpit, als wolle er schneller in Singapur sein als sein Flieger. Er kommt nur bis zur Toilette und kehrt einigermaßen verwundert über sich selbst an seinen Platz zurück. Er lächelt seinem Sitznachbarn entschuldigend zu. Ausgeschlossen, beruhigt er sich nach einem schnellen Aktiencheck auf seinem Handy. Ein Sturz der Börsen innerhalb der nächsten 24 Stunden ist unmöglich, und bis dahin hat er seinen Fang schon im Netz. Er bestellt bei der Stewardess ein Bier. Dann noch ein zweites, um schläfrig zu werden. Aber erst mit Hilfe einer Schlaftablette schläft er endlich ein und wird kurz vor der Landung in Singapur von der Stewardess geweckt.

Nach dem Einchecken im Hotel nimmt er ein Taxi zum Finanzdistrikt. In der Bank wartet er fast eine Stunde, bis sich eine Bankberaterin um ihn kümmern kann. Ohne eine Miene zu verziehen, nimmt sie seinen Wunsch entgegen. Er muss warten. Wieder wartet er über eine Stunde, bis er aufgerufen wird. In einem winzigen Raum legt ihm die Bankberaterin eine Liste seiner Vermögenswerte und deren aktuellen Wert vor, sein Portefeuille befindet sich auf einem sehr hohen Niveau. Auch das weitaus schmalere von Benjamin. Unter dem Strich ein großer Batzen Geld. Der große Batzen versetzt ihn unverzüglich in die allerbeste Laune. In Hochstimmung bittet er um Auflösung beider Konten und vereinbart zwecks Unterschrift und Überweisung einen weiteren Termin am nächsten Tag.

Getragen von der Überzeugung, den besten Fang seines Lebens gemacht zu haben, kauft er auf dem Rückweg zu seinem Hotel in einem ausgewiesenen Geschäft für asiatische Antiquitäten einen mittelgroßen antiken Buddha, datiert auf das 19. Jahrhundert. Dieser Buddha soll als Unterpfand seiner glücklichen Hand, die sein Schicksal gelenkt hat, das ihn in wenigen Wochen zum Besitzer vom Haus am Hundekehlesee machen wird, einen herausgehobenen Platz auf seinem Schreibtisch in der Bibliothek finden, vormals Elfriedes und bald sein Büro.

Während er nach seinem Buddha-Kauf und vor dem ersten Treffen mit seinem Mandanten noch ein wenig durch die belebten Straßen zu seinem Hotel schlendert, das Paket mit dem sorgfältig verpackten Buddha unterm Arm, poppt in seinem Kopf kurz der Gedanke auf, dass er jetzt seine Geschwister mit dem Geld, das sie ohne die Umleitung auf seine Konten geerbt hätten, auszahlen wird. Und das winzige Lächeln einer Fleur du Mal flackert sekundenlang aus den Tiefen seines schlechten Charakters in der Iris seiner Augen auf, dann lässt er den Gedanken wie eine Seifenblase platzen und das Flackern verschwindet. Und ein Lächeln breitet sich über sein Gesicht aus und leuchtet alles Dunkle weg, als sei es nie dagewesen. In völligem Einverständnis mit sich selbst betritt Alex die Hotelhalle, wo sein Mandant bereits auf ihn wartet.

Am folgenden Tag sucht er zum vereinbarten Termin wieder seine Bank im Finanzdistrikt auf und weist bei diesem zweiten und endgültig letzten Termin seine Singapurer Bankberaterin an, den gesamten Batzen Geld aus den aufgelösten Konten auf sein geheimes Nummernkonto bei seiner österreichischen Bank in Salzburg zu transferieren. Von dort wird sein verlässlicher Kurier den großen Batzen nach Berlin überführen. Dora und Mila werden den vereinbarten größeren Betrag für ihren Anteil erhalten, Benjamin einen kleineren und die Summe aus seinem aufgelösten Konto. Alles in bar.

Einen nicht unerheblichen Teil wird er in die Renovierung und den Umbau des Hauses stecken und den nicht unerheblichen Rest im Safe verwahren.

Mit sich und der Welt zufrieden, verlässt Alex die Bank und sucht vor dem nächsten Treffen mit einem weiteren Mandanten die Hotelbar auf, wo er einen Singapore Sling bestellt. Er verzichtet auf einen zweiten, als die Bar von einer Gruppe angetrunkener chinesischer Geschäftsleute erobert wird. Noch zwei weitere Tage berät er seine Mandanten, ein im asiatischen Raum aktives deutsches Architektenbüro. Danach verabschiedet er sich von ihnen mit einem fast schwärmerischen Verweis auf die herausgehobenen Qualitäten seines Nachfolgers, eines jungen Mannes aus der Riege dieser fabelhaften, international geschulten jungen Workaholics, die gnadenlos für ihren Job brennen.

In euphorischer Stimmung über die erfolgreiche Beendigung seiner Singapur-Connection steuert Alex vor dem Abflug ein letztes Mal die Hotelbar an und saugt im Gefühl großer Erleichterung einen letzten Singapore Sling durch den Papierstrohhalm. Nicht nur tatsächlich, auch mental fliegt er einige Stunden später wie auf Flügeln der untergehenden Sonne entgegen und checkt sich, bevor er zu schlafen versucht, auf seinem iPad bei Lufthansa auf einen Flug von Berlin nach Salzburg und auf einen Rückflug am nächsten Tag ein. Diese Termine hatte er mit seinem Kurier vereinbart. Als ihm kurz darauf die hübsche Stewardess in ihrem hübschen Singapore-Airline-Dress ein Glas Champagner anbietet, lächelt er entspannt und sagt: »Why not«, nimmt es, halt es in die Höhe und beobachtet eine Weile seine Hand. Sie zittert nicht. Die Zeit des Zitterns ist jetzt endgültig vorbei, denkt er und lässt den Champagner in seinem Mund aufschäumen.

Helene hat die Pläne für die Renovierung und die geplanten Umbaumaßnahmen auf der zur vollen Länge ausgezogenen Tischplatte im Wintergarten ausgebreitet. Alex beugt sich darüber. Später kommt Mila hinzu und lässt sich von Alex zeigen, wie die Hundekehle bei Einhaltung des Ensembleschutzes bald in neuem Glanz erstrahlen wird. Auf den Zeichnungen des Architekten erkennt sie, dass Elfriedes Schlafzimmer mit ihrem Zimmer zusammengelegt und zu einer großen Wohnküche umgebaut werden soll. Das versetzt sie in eine melancholische Stimmung, was Alex bemerkt. Er nimmt sie in den Arm, es werde an der Hundekehle immer ein Platz für sie frei sein, verspricht er und zeigt ihr den Buddha, den neuen Hausgeist, Garant des neuen Familienfriedens, sagt er. Mila nimmt ihn in die Hand, da steht plötzlich Larissa im Wintergarten.

»Du hast dein wichtigstes Kapital in deinem Zimmer liegen gelassen«, sagt sie und reicht Mila das umfangreiche Notizbuch mit ihren vegetarischen Rezepten.

»Oh, tatsächlich«, sagt Mila verlegen, stellt den Buddha zurück und klemmt sich ihr Notizbuch unter den Arm, »gehen wir in den Garten.«

»Du fliegst also wirklich nach L.A.?«, fragt Larissa, während sie über den Rasen schlendern, und lächelt, obwohl ihr zum Heulen zumute ist.

»Vielleicht kann ich da Leute für eine vegetarische Imbisskette interessieren«, sagt Mila.

»Geld wirst du ja bald genug haben«, sagt Larissa mit einem schnellen Seitenblick.

»Für eine gute Sache«, verteidigt sich Mila, »Vegetarier reduzieren Tierleid und CO_2.«

Mila begleitet Larissa zur Gartenpforte. Beide zögern, dann umarmen sie sich. Lange und heftig.

Am Abend stellt Mila den Wecker ihres Smartphones auf 6:30, jeden Morgen um 7 ruft Max auf WhatsApp an. Sie braucht mindestens eine halbe Stunde, um wach zu werden. In dieser halben Stunde, in der sie immer wieder kurz in den Schlaf abstürzt, durchbeben sie unterschiedlichste Gefühlswellen, mal panische, mal sehnsuchtsvolle. Wenn sie dann Punkt sieben die Stimme von Max hört, ist sie mit einem Schlag bei ihm und sofort hört das Beben auf. So auch an diesem Morgen.

»Alex hat aus Singapur als neuen Hausgeist einen Buddha mitgebracht«, sagt sie, »er soll über unseren Familienfrieden wachen. Olga will aber trotzdem ausziehen, sie traut dem Frieden nicht … Übrigens, ich habe meinen Flug gebucht!«, jubelt sie, um dann zu flüstern: »Vorher habe ich … haben wir noch einen Notartermin … Max, sag, dass ich nicht träume!«, bettelt Mila, plötzlich im Jammerton.

»Du träumst nicht … Spürst du nicht meine Hand auf deiner Haut? Und meinen Atem an deinem Ohr, nein, nicht an deinem Ohr, etwas unterhalb von deinem Ohr, an diesem Übergang von deinem Gesicht zu deinem Hals …«

Tatsächlich meint Mila nun, den Atem von Max zu spüren und seine Hand auf ihrer Haut, und ein wohliger Schauer rieselt ihren Nacken hinunter. Und jetzt fühlt sie seine Lippen an ihrem Hals, auf ihrem Nacken und dann überall, und ihr Mund füllt sich mit Flüssigkeit, ja, sie selbst wird flüssig, fließt, nein, sie fliegt, sie fliegt ihm entgegen …

»Bist du noch da?«, fragt Max.

»Bin schon im Flieger«, flüstert Mila.

TEIL ZWEI

DIE SCHWARZE WITWE

9.

22. März 2020

Larissa schiebt die sizilianische Tomatensuppe zur Seite und bestellt einen Doppelten.

«Espresso?«

»Grappa!«

»Für mich bitte einen Espresso, einen Doppelten«, sagt Otto.

Luisa räumt den Tisch ab: »War die Suppe nicht gut?«

»Kein Hunger.«

»Liebeskummer,« sagt Otto.

»Quatsch, mir ist übel«, Larissa dreht sich um und schaut in den Spiegel hinter dem Tresen, »sieht man doch, tiefe Ringe unter den Augen, bleiche Hautfarbe …«

»Seit Mila ausgezogen ist, hast du tiefe Ringe unter den Augen,« unterbricht Otto.

»Stimmt. Ist aber kein Liebeskummer, erzwungenermaßen mache ich eine Transformation zum Einzelwesen durch. Das ist mörderisch anstrengend, ich bin es einfach nicht gewohnt, allein zu sein.« Larissa nippt am Grappa, er löst einen anhaltenden Hustenreiz aus.

»Hort sich nicht gut an,« sagt Otto.

Larissa reagiert nicht.

»Ich habe ihre Gefühle verletzt, okay,« sagt sie, »aber Erben ist nun mal keine Privatsache, tut mir leid … und dann taucht dieser Max … taucht quasi aus dem Nichts auf … erst als Erinnerungsstück aus fernen Zeiten … schließlich und endlich in Person als himmlisches Geschenk unterm Weihnachtsbaum …« Larissa hält inne, sie hört ihre Stimme plötzlich hallen und etwas Schweres scheint sich von oben über ihren Kopf zu stülpen. Sie sucht erneut ihr Gesicht im Spiegel hinter dem Tresen und ihr ist, als bewegte sich ihr Kopf dabei in Zeitlupe.

»Ist was?«, hört sie Ottos Stimme, auch mit Hall.

»Mir ist schwindelig«, will sie sagen, aber eine große Müdigkeit legt sich ganz plötzlich auf sie wie dicker Mehltau, sie kann sich nur mit Mühe aufrecht halten, etwas wie Blei fließt durch ihre Adern und legt ihr Gehirn lahm. Sie schaut auf ihre Arme, auch sie liegen bleischwer auf dem Tisch. Sie will sich an den Kopf fassen, der Griff an ihre Stirn ist ein Kraftakt. Ihre Stirn ist heiß. Sie will es Otto sagen und kann es nicht.

»Fieber?« Otto bemerkt den dünnen Schweißfilm, er bildet sich nicht nur in Windeseile auf Larissas Stirn, aus allen Poren dringt Feuchtigkeit und sammelt sich schon zu einem Tropfen an ihrem Kinn.

»Ich glaube, es ist besser, wenn wir gehen«, sagt Otto und bestellt die Rechnung.

Luisa schaut fragend hinterher, als Larissa, auf Otto gestützt, die Tucholskystraße überquert.

Im Treppenhaus spürt sie ein Kratzen im Hals.

»Ich bin vor ein paar Tagen bei Mila gewesen«, will sie Otto erklären, und dass sie auf dem Nachhauseweg in einen Platzregen geraten sei und sich in der S-Bahn wohl eine Grippe eingefangen habe, doch sie bekommt wieder keinen Ton heraus. Etwas nistet sich gerade in ihrem Hals ein. Und dieses Etwas wird mit jedem Atemzug ein bisschen größer. Wie ein sich mit ihrem Atmen aufblasendes Stacheltier, das ihr nur noch erlaubt zu krächzen.

Mit Mühe erreicht sie den dritten Stock, denn auch ihre Beine sind mittlerweile wie mit Blei ausgegossen. Im Flur dann der erste Stoß aus ihrer Kehle. Nein, es ist kein Husten, kein normaler Husten, wie sie ihn kennt, das bemerkt auch Otto gleich und zieht seinen Schal über Mund und Nase.

Das Stacheltier provoziert einen zweiten Stoß, ein trockenes Bellen bricht aus Larissa heraus und eine Hitzewelle überflutet ihren Körper. Sie lehnt sich an die Wand, doch die Beine rutschen ihr weg. Otto fängt sie auf und hilft ihr in ihr Zimmer und auf ihr Bett.

Larissa hört Ottos Stimme trotz des Rauschens in ihren Ohren, sie versteht aber nicht, was er sagt. Und das Tier in ihrer Kehle kennt kein Erbarmen, sie hustet sich die Lunge aus dem Leib. Das T-Shirt unter ihrer Daunenjacke ist jetzt schweißdurchnässt.

In der gleichen Geschwindigkeit, mit der das Stacheltier das gesamte Terrain ihres Halses erobert hat, strömt alle Kraft aus ihrem Körper und sie kann sich auf ihrem Bett nur noch zusammenrollen.

»Achtunddreißigneun«, liest Otto vom Thermometer ab, das er Larissa in den Mund gesteckt hat, und schält sie aus ihrer Kleidung, hilft ihr mit einiger Anstrengung ins Bad, hilft ihr aufs Klo, hilft ihr in den Pyjama und hilft ihr zurück ins Bett.

Larissa nimmt das alles wie losgelöst von sich selber wahr. Sie will nur noch dem Husten entgehen und schlafen. Aber Otto zwingt sie, wach zu bleiben. Er flößt ihr Unmengen von warmem Wasser ein. Immerhin scheint es den Husten zu besänftigen. Und endlich erlaubt Otto ihr, unter die Bettdecke zu rutschen und wegzudriften.

Den nächsten Tag verbringt Larissa in einem Dämmerzustand, sie ist unfähig, auch nur ein Bein oder einen Arm oder ihren Kopf zu heben.

»There is nothing more delightful than the weakest weakness«, behauptet Otto, es soll aufmunternd klingen.

»Nix delightful«, murmelt Larissa, sie fühlt sich wie ein ausgebranntes Haus. Und jeden Augenblick könnte die glimmende Glut wieder aufflammen und die Flammen könnten auch noch die Reste des Mauerwerks vernichten und einstürzen lassen.

Otto ruft aus der Küche beim Notarzt an. Ja, möglicherweise habe Larissa Berger eine Infektion mit dem neuen Virus, sagt er. Daraufhin verweist ihn der Notarzt an die Hotline der Charité. Mit einiger Ausdauer bekommt er schließlich eine Ärztin an die Leitung. Sie notiert: Larissa Berger, 36, Verdacht auf Covid 19. Sie notiert auch seinen Namen, Adresse und Telefonnummer. Nein, Frau Berger müsse nicht ins Krankenhaus, erst wenn sich ihr Zustand verschlechtere und sie größere Atemnot bekomme. Die Ärztin rät zu fiebersenkenden Mitteln wie Paracetamol. Auch Aspirin sei hilfreich. Und viel Flüssigkeit. Natürlich müsse auch er vierzehn Tage in häusliche Quarantäne.

»Shit«, flucht Otto, »eingesperrt! Ich glaube es nicht!«

Lange starrt er aus dem Küchenfenster, kämpft gegen das Gefühl eines drohenden Panikanfalls, das er so gut kennt und dem er unbedingt ausweichen will, nur wie? Er verfällt in Hektik und informiert rundum Eltern und Verwandte, Laras Kolleginnen und seinen Arbeitgeber. Danach auch Freunde. Und zum Schluss Mathilde. Sie wird die Lebensmittel und sonstiges vor die Tür stellen. Insgesamt kocht er die Nachricht vom Verdacht auf Covid 19 aber runter, alles nicht so schlimm, sagt er, es sei bisher nur ein Verdacht. Er selber fürchte das Virus nicht, er sei immun, er habe während seines Jobs als IT-Sicherheitsbeauftragter seines Unternehmens in Dubai eine Infektion mit dem Mers-Virus überlebt. Damit überrascht er alle. Dann ist es still.

»Eingebunkert«, murmelt Otto und sieht sich mit immer müder werdendem Blick panthermäßig an den unsichtbaren Gitterstäben entlang durch die Wohnung schleichen, gefolgt, ja, verfolgt von einem Gespenst. Von seinem sehr persönlichen Gespenst, dem Gespenst der Angst vor der tödlichen Langeweile. Sein Magen zieht sich zusammen, wahrscheinlich sein ganzes Gedärm, eine leichte Übelkeit befällt ihn.

»Hau ab!«, presst er durch die Zähne, und es ist ihm selber nicht klar, ob er das Virus oder die Langeweile meint, und lässt eine Abfolge von Karateschlägen gegen den unsichtbaren Feind los, drischt ihn unter vollem Einsatz von Armen und Beinen den Flur hinunter bis zur Wohnungstür, befördert ihn mit einem letzten Fußtritt durch die Decke in die Berliner Nacht. Und fühlt sich etwas besser.

Er schiebt Larissas Schreibtischstuhl neben ihr Bett und lässt sich hineinfallen. Leise rollt er hin und her und beobachtet Larissas Schlaf. Sie atmet trotz Paracetamol noch immer schwer, aber immerhin leichter als vor vierundzwanzig Stunden.

Wird er jetzt tatsächlich vierzehn Tage lang an ihrem Bett ausharren müssen?

»Hey, Leute«, murmelt Otto genervt und springt hoch und geht in die Küche und von dort mit einem Whiskey in den Clubraum, so nennen sie ihr Zimmer mit der Stuckdecke und der Sofalandschaft. Er schaut hinunter auf die von Auto-, Fahrrad- und Rollerlichtern belebte Tucholskystraße und hinauf auf die gegenüberliegende Hausfassade mit ihren erleuchteten Fenstern bis zu den Nachbarn mit den blickresistenten Gardinen. Ist das jetzt tatsächlich vierzehn Tage lang sein Ausblick? Mehrfach umkreist er die Sofalandschaft und lässt dabei den Whiskey um die Eiswürfel kreisen, schließlich öffnet er die Tür zu Milas früherem Zimmer, das er jetzt zusätzlich nutzt.

Er kauert sich in dieses seltsame Ding von Prunksessel indischen Ursprungs mit viel geschwungenem Ornament, abgeblätterter Goldfarbe und einem Seidenbezug aus verschlissenem Madraskaro. Ein Erbstück, hatte er Larissa die Anwesenheit dieses monströsen Möbels erklärt, und dass er sich als Kind darauf gefühlt habe wie der Kaiser von China. Sein Großvater habe eine Zeit lang ins Ausland fliehen müssen. Aus politischen Gründen. Er habe diesen Pfauenthron von seiner erzwungenen Reise mitgebracht.

Larissa wollte mehr wissen über den geheimnisvollen Großvater, er wehrte ab, Familiengeschichten würden ihn einfach nicht interessieren. Als geborener Nerd sei sein Zuhause das Netz mit seinen endlosen Maulwurfgängen und Höhlen, seiner sich ununterbrochen erweiternden Vernetzung von Territorien und ihren Bewohnern mit ihren territorialen Zusammenschlüssen oder Kämpfen, die sich täglich, aber auch nächtlich ereignen. Davon habe Franz Kafka mit der Beschreibung eines solchen Maulwurf-Territoriums und seiner unentwegten Sicherung, Optimierung und der ständigen Gefahr eines Ausbruchs und Einbruchs wie in einer Vorahnung erzählt.

Und in diesem grenzenlos verzweigten Maulwurfsystem mit einem Regelwerk, das ihm einsichtig sei, fühle er sich einigermaßen sicher. Im System Familie, im System Mensch, im menschlichen Zusammenleben sei es ihm nicht leichtgefallen, ein Zuhausegefühl zu entwickeln.

Otto knipst die Lampe neben dem indischen Prunksessel an und stellt seinen Whiskey auf den Holzfußboden. Erst vor ein paar Tagen hat er seine Tools auf Milas ehemaligem Arbeitstisch deponiert. Er nennt diesen Platz vor den drei Computern abwechselnd seinen Dachsbau oder seine Maulwurfshöhle, auch seinen Einstiegsort in die Hohlwelt, manchmal auch in die Unterwelt, oder auch seine Raketenabschussbasis ins Nirgendwo. Hierher kann er sich vor der Langeweile flüchten.

In seinem Job als IT-Sicherheitsbeauftragter für ein großes Unternehmen hat er häufig Gelegenheit dazu, denn meistens läuft alles glatt. Das ist die Nullzeit, wie er sie nennt, die Zeit der Langeweile. Wenn aber nicht alles glatt läuft, was nicht so oft passiert, dann muss er von Null auf Hundert hochfahren und auf Hundert ist und bleibt er dann Tag und Nacht. Allerdings selten länger als zwei Wochen. Danach fällt er wieder in die Nullzeit, die Zeit der Langeweile zurück.

»Beste Voraussetzung für eine bipolare Störung«, hatte am Anfang einer der Kollegen geunkt und ihm als Gegenmittel die Lektüre von Kriminalromanen empfohlen, vorzugsweise von skandinavischen. Die läsen die meisten von ihnen.

Er folgte dem Rat, langweilte sich aber trotzdem. Da begann er, aus Langeweile, und um eine bipolare Störung zu vermeiden, selber Krimis zu schreiben. Er verkroch sich in seine Maulwurfshöhle und suchte in den Hohl- und Unterwelten nach Beute. Er fand dort tatsächlich Material für seine Stories, mit denen er es immerhin einmal geschafft hat, auf dem Planeten der professionellen Krimischreiber zu landen und veröffentlicht zu werden, wenn auch mit nur mäßigem Erfolg.

Otto kippt seinen Whiskey hinunter und schiebt sich vom orientalischen Prunksessel auf den Hocker vor seinen Computern. Drei Ordner mit jeweils einer Story im Larvenstadium warten in seinem MacBook auf Weiterentwicklung. Vierzehn Tage Langeweile müssten ausreichen, um zumindest eine der Stories zu Ende zu bringen, denkt Otto. Dafür verspürt er aber nicht den geringsten Funken Leidenschaft.

Etwas anderes rumort in ihm, das ihn seit Wochen umtreibt. Er hat bisher nur mit Larissa darüber gesprochen und hat es für sich als das Geheimnis der Schwarzen Witwe gespeichert.

Anfangs bemerkte er sogar, wie seine Augen abends vorm Einschlafen langsam zur Zimmerdecke hochkletterten und in den Ecken nach diesem eher kleinen schwarzen Punkt suchten, der damals riesengroß werden konnte. Er war elf Jahre alt, als sein Vater wegen der Schwarzen Witwe von zu Hause auszog. So hatte er es verstanden. Und die Schwarze Witwe, das war diese große Spinne mit den roten Punkten, die dem Männchen, kommt es ihr zu nahe, den Kopf abbeißt und ihm sein Blut aussaugt. Das wusste er von seinem Freund, bei dem so eine unter dem Bett hockte. Aus Plastik. Bei ihm zu Hause aber, in seinem Zimmer, das er mit seiner Schwester teilte, hockte sie in der Ecke über seinem Bett. Nicht aus Plastik, in echt. Kaum hatte seine Mutter abends das Licht ausgemacht, wurde der kleine schwarze Punkt in der Dunkelheit groß und größer, riesengroß. Um sich nachts, wenn er schlief, abzuseilen und auf seiner Brust niederzulassen und sein Blut auszusaugen. Er hatte Alpträume und schrie im Schlaf und wurde von seiner Mutter geweckt. Als sich seine Ängste weiter verschlimmerten und sich seine Schwester ins Bett seiner Mutter flüchtete, suchte seine Mutter mit ihm ein Institut auf. Mit Hilfe der Desensibilisierung war er nach wenigen Wochen tatsächlich von seiner Spinnenphobie befreit, keine Schwarze Witwe lauerte jemals wieder über seinem Bett, er vergaß sie.

Erst seit dem Gespräch, zu dem sich sein Vater mit ihm am Wochenende nach Neujahr in seiner Wohnung verabredet und das sich durch sein Nachfragen bis in den späten Abend ausgedehnt hatte, hat er sich wieder an diese qualvolle Zeit erinnert.

Was sein Vater ihm erzählte, glich einer Beichte. Einer Lebensbeichte, er glaubt, an einer obskuren Nierenschwäche bald sterben zu müssen. In dieser Beichte sprach sein Vater von der Schwarzen Witwe. Durch seine Mutter hatte Otto erstmals von ihrer bedrohlichen Existenz gehört. In großer Erregung unterhielt sie sich damals auch mit seiner Tante und seiner Großmutter über sie. Und alle drei hatten jedes Mal sehr besorgte Gesichter. Seine Mutter sah er auch weinen.

Während der Beichte seines Vaters verwandelte sich für Otto die Schwarze Witwe seiner Kindheit von einer Spinne in eine Frau. Wegen dieser Frau hatte sein Vater seine Familie verlassen. Seitdem beschäftigt ihn diese Frau. Und die Geschichte seines Vaters, die ja auch seine eigene birgt.

»Vielleicht ein Stoff für dich?«, gockelte er vor Larissa herum. Er las ihr aus seinen Notizen bruchstückhafte Aufzeichnungen der Beichte seines Vaters vor. »Nicht schlecht«, meinte Larissa, »klingt very special.« Wenn für Larissa etwas »very special« ist, heißt das, es ist uninteressant für sie. Weshalb auch sollte diese Lebensbeichte seines Vaters sie zu einer Story für ein Drehbuch inspirieren?

Aber könnte sie nicht Stoff für einen Krimi sein, fragt sich Otto jetzt. Das kann sie nicht, weil sie kein Krimi ist, antwortet er sich selbst, es gibt keinen Mord.

Es wird aber gemeuchelt, und das nicht zu knapp, widerspricht sich Otto im inneren Monolog. Stimmt. Also hau einfach in die Tasten!, befiehlt er sich schließlich, leg los!, feuert er sich an. Tu was, um dich vor all den dummen Gedanken abzuschirmen, die auf dich eindreschen wollen wie immer, wenn Langeweile droht und deine Ängste vor Gott und der Welt den Aufstand proben!, spornt er sich an, also hau in die Tasten!

Aber Otto zögert. Hat er nicht seinem Vater, dem Notar, absolute Verschwiegenheit versprochen, bevor der ihn in sein Geheimnis einweihte? Dass er sich nämlich aus Liebe zu der Frau, für die er seine Familie verließ, schuldig gemacht hatte. Als Notar. Seit dem Tag, an dem diese Frau ihn in seinem Notariat aufgesucht hatte, sei er ihr verfallen gewesen. Er habe völlig den Kopf verloren. Habe komplett kopflos gehandelt. Wohl deshalb habe seine Mutter diese Frau, die Verursacherin seiner Kopflosigkeit, eine Schwarze Witwe genannt. Sie mit dieser Spinne verglichen, die dem Mann nach der Paarung den Kopf abbeißt.

Am Anfang seiner Beichte war seinem Vater das Sprechen schwergefallen, doch kaum hatte er die Schwarze Witwe als die Frau enttarnt, die ihn dazu gebracht hatte, nicht nur seine Familie zu verlassen, sondern auch, sich als Notar schuldig zu machen, geriet er ins Erzählen. Er berichtete von seinen vielen Versuchen, sich von dieser Frau zu lösen. Alle waren vergeblich. Und dass er durch die Wünsche dieser Frau in eine immer fatalere Verwicklung mit K, der ihr Ehemann gewesen war, geraten und durch die Frau erpressbar geworden war. Den vollständigen Namen dieses Mannes sprach sein Vater nicht aus, gab ihn auch nicht preis, als er ihn direkt danach fragte.

Otto hatte geglaubt, mit der Schwarzen Witwe sei die Beichte beendet, doch jetzt packte sein Vater erst richtig aus. Wie aus der Büchse der Pandora entließ er eine Handvoll ambitionierter Mitspieler im Fall K, in dem es um ein großes Erbe geht. Er schonte auch sich selbst nicht in seiner Rolle als betrügerischer Notar, der absichtsvoll Unrecht getan hatte.

Seit dieser so bedrückenden wie beeindruckenden Beichte haben diese Mitspieler mehr und mehr Ottos Phantasie erobert. Bei seinem Vater erschienen sie nur umrisshaft wie Schatten an einer Wand. Aber schon auf seinem Nachhauseweg begann er ihre Umrisse nachzuzeichnen. In den kommenden Wochen malte er sie zu Figuren mit Gesichtern aus. Er zog sie wie Kleiderpuppen an. Er gab ihnen Namen. Dem Mann, den sein Vater nur K nannte, gab er in seinen Notizen den Namen Leonhard K, kurz Leo. Und immer deutlicher sah er die Truppe der Mitspieler vor sich, ja, sie wurden ihm von Tag zu Tag vertrauter. Und schon wurden sie zu Bewohnern seines täglichen Lebens. Wollte er auf diese Weise am geheimen Leben seines Vaters teilnehmen, was er sich einst gewünscht hatte?

Viele Jahre verspürte er eine unablässig nagende Sehnsucht, ja, Wehmut nach dem unbekannten Leben seines Vaters. Jetzt, seit dessen Beichte, ist er geradezu versessen, sich zumindest diesen Teil seines Lebens, in den ihn sein Vater kurz hatte blicken lassen, nicht nur in seiner Phantasie zu erobern. Nein, er will daran tatsächlich teilhaben. Und das einzige Mittel, das ihm diese Teilhabe ermöglicht, ist sein Schreiben …

Otto springt auf, verlässt Milas ehemaliges Zimmer, umkreist mehrfach die Sofalandschaft, sucht Larissa auf und betrachtet eine Weile ihren Tablettentiefschlaf, schenkt sich in der Küche einen weiteren Whiskey ein, wie man es von einem Krimiautor erwartet. Er spürt diesem Autor nach. Und dieser Autor will mit seinem Schreiben nicht nur die Genugtuung der Teilhabe, wenn auch einer verspäteten. Er will auch nicht nur das grandiose Gefühl der Kontrolle, das sich mit dem Schreiben einstellt, wenn er mit Worten Schicksal spielt. Er will etwas Anderes …

Otto kehrt zurück in Milas ehemaliges Zimmer und wirft sich in den orientalischen Prunksessel. Bei seinen Krimis beginnt er erst mit dem Schreiben, wenn er das Ende kennt. Unverzichtbarer Teil des Endes ist für ihn die Wandlung des Täters vom Schuldigen in einen Unschuldigen durch das tiefere Erkennen seiner Schuld. Was also, wenn er Einfluss nähme und das fatale Wirken seines Vaters zu einem besseren Ende führte, zumindest in der Fiktion? Was also, wenn er die Mitspieler im Leben seines Vaters zum Reden und das Unrecht seines Vaters zur Sprache brächte? Auf seine eigene Weise eine ganz andere Art von Krimi schriebe und seinen Vater von seiner Schuld erlöste? Seiner Schuld gegenüber Leonard K, dem Ex der Schwarzen Witwe?

Mit einem veritablen Sprung aus dem orientalischen Prunksessel wechselt Otto auf den Hocker vor seinen Computern und öffnet sein MacBook, schreibt als Titel »Die Schwarze Witwe« und darunter den ersten Satz und gleitet wie ein Orientale ins Erzählen hinein:

»Fanny«, flüstert Leonhard K in die Dunkelheit aus der Tiefe des Krankenhausbetts. Er liegt in einem Einzelzimmer, es ist Nacht.

»Fanny«, flüstert Leo immer wieder in einem gleichbleibend monotonen Singsang, wobei er die erste Silbe höher intoniert und die zweite etwas tiefer im Halbton enden lässt. Und wieder neu ansetzt: »Fan-ny, Fan-ny …«

Seine Augen sind geschlossen. Träumt er oder ruft er um Hilfe? Es klingt nach Sehnsucht, so wie Leonhard K den Namen Fanny ganz ohne Bedrängnis flüstert, mal leiser, mal lauter, endlos.

Die Nachtschwester lauscht kurz an der Tür, schüttelt sich, als liefe ihr ein leichter Schauer über den Rücken, wendet sich ab und geht entschlossen weiter.

Am nächsten Morgen betritt Lena Grau das Chefarztzimmer, der Professor steht auf und kommt ihr entgegen.

Wie stets ist Lena Grau wenig geschminkt, ihr schulterlanges Haar ist wie stets frisch gewaschen, ihre Kleidung wenig körperbetont. Ihr Mienenspiel hat sie in jahrelangem Training auf ein Minimum reduziert, ihr Gesicht wirkt fast ausdruckslos, dadurch umwölkt von Geheimnis. Bevor sie sich auf den angebotenen Stuhl setzt, entnimmt sie der Innenseite ihres Blazers ein prall gefülltes Kuvert und schiebt es unter die Akte von Leonhard K, die vor dem Chefarzt auf dem Schreibtisch liegt.

»Wir sind Herrn K dankbar für seine Spende«, ist die Antwort des Professors.

»Wie lange noch?«, fragt Lena mit leiser Stimme.

»Rechnen sie mit vier, maximal sechs Wochen.«

Lenas Körper strafft sich, Entschlossenheit belebt ihr Gesicht.

»Weiß Herr K Bescheid?«

»Nein.«

»Sonst jemand?«

»Wir haben niemanden informiert, es gab bisher auch keine Nachfrage.«

Anders als die diskrete Indiskretion des Professors über Leos begrenzte Lebenszeit erwarten lässt, reißt sich der von ihm Todgeweihte mit Schwung die Bettdecke vom Leib, kaum betritt seine enge Vertraute und Mitarbeiterin Lena Grau sein Zimmer. Er will sofort raus aus dem Krankenhaus, sie solle Schmidt bestellen, er entlasse sich selbst.

»Ruf die Schwester, ich will gewaschen, gebügelt und angezogen werden!«

Er streckt seine Arme in die Luft, jemand soll nach ihnen greifen, er ist zu schwach, um sich alleine aufrichten zu können.

Lena telefoniert mit Herrn Schmidt, dem Hausmeister von Leo, und klingelt nach der Schwester. Eine gute Stunde später schwebt Leonhard K, wie als Kind eingehakt zwischen den Eltern hängend, zwischen Lena und Herrn Schmidt über den Weg die Treppe hinauf in seine Villa, seine Füße berühren kaum den Boden.

Voller Erwartung steht Frau Schmidt in der Eingangstür, sie hat alles für Leos Rückkehr aus dem Krankenhaus vorbereitet.

»Und gleich gibt's eine Hühnersuppe, und dann werden Sie ganz schnell wieder gesund«, verspricht sie.

Herr Schmidt wirft seiner Frau einen zweifelnden Blick zu, noch nie war der Chef so elend, so abgemagert, er hat ihn kaum wiedererkannt.

Lena verabschiedet sich, es gibt einiges zu organisieren.

»Und wann kommt der Doktor?«, will Frau Schmidt noch von ihr wissen.

»Der Chef will keine Arztbesuche«, klärt Lena auf.

»Aber …« Frau Schmidt fühlt sich umgehend überfordert.

»Sie weiß was, was ich nicht weiß«, murmelt Mark Vonby, als er sieht, wie Lena Grau auf dem Gang im zehnten Stock der Leonard K Mediengruppe GmbH & Co. KG auf sein Zimmer zusteuert.

Vonby ist ein Mann mittleren Alters, auf der Karriereleiter in der Personalabteilung im oberen Segment, in seinem Job eher mittelmäßig talentiert. Aber überdurchschnittlich als skrupelloser Trickser wie der allseits bekannte hinterlistige Diener seines Herrn mit dem Wunsch, selber Herr zu sein. Er ist nicht groß und hager wie der übliche Bösewicht, er ist eher untersetzt, gemütlich, gesellig, einer, bei dem man an nichts Böses denkt. Auch Lena Grau hat nie an etwas Böses gedacht und gern, wenn sie in Sachen Leonard K Rat brauchte, nach Mark Vonbys ausgestreckter Hand gegriffen.

Heute ist Lena nicht bis zu ihrem Office im exklusiven elften Stock hochgefahren, im zwölften residiert Leonhard K, sondern im zehnten ausgestiegen. Dort hat Mark Vonby in einem der begehrten Eckzimmer seine Zelte aufgeschlagen. Wie auf den Gängen und Fluren üblich, man ist kollegial und transparent, ist seine Tür weit geöffnet. Lena schließt sie umgehend hinter sich.

»Leonhard K hat sich selbst entlassen«, überrascht sie Mark Vonby, »ich werde mich um die Organisation seines Haushalts kümmern müssen, außer den Schmidts ist niemand da.«

Nicht nur die beiden Neuigkeiten lassen Vonby aufhorchen, Lenas Gesichtsausdruck und ihre Haltung machen ihn misstrauisch. In den vergangenen Jahren hat er sich in der Kunst geübt, an ihrem Gesicht, ihrer Körperhaltung und ihren Gesten den Stand der Dinge im zwölften Stock abzulesen. Auch den Stand von Lena Grau und ihrer fortschreitenden Selbstpositionierung in Sachen Erbschaft bei Leonhard K. Heute kommt sie ihm verändert vor.

»Es ist niemand da?«, fragt er und runzelt die Stirn, mehr über sie als über ihre Informationen, »wo sind denn die Kinderchen?«

»Leo will sie erst einmal noch nicht sehen.«

»Und Monalisa?«

»Er will erst in einem besseren Shape sein.«

»Wie geht es ihm denn?«

»Er muss sich erholen, sein Stoffwechsel ist zusammengebrochen, ich werde mich um den Diätplan kümmern.«

Jetzt liegt Vonby auf der Lauer.

»Müssen wir uns vorbereiten? Hier im Hause?«

»Er wird nicht gleich von der Stange kippen«, sagt Lena, »ich halte Sie auf dem Laufenden.«

»Sie weiß was, was ich nicht weiß«, murmelt Vonby wieder, während er Lena Grau hinterher schaut, wie sie den Gang hinunter geht und die Seitentreppe hinauf in den elften Stock nimmt.

Sein oder Nichtsein, das ist für Mark Vonby die Frage. Lena Grau hat diese Frage für sich bereits entschieden, es ist ihr gelungen, Erbin zu sein. Nicht durch Leo, sie selber hat sich zur

Erbin gemacht, zumindest in den Augen von Mark Vonby. Mittels ihres Bruders Georg. Sie hat ihm zu Leos Vermögensverwaltung verholfen, nachdem sein Vorgänger Leos Geld aufs falsche Pferd gesetzt hatte. Bruder Georg setzt immer aufs richtige Pferd, vermehrt statt zu vermindern. Das ist sehr gut für Lena. Das hat ihren Einfluss erweitert. Und es ist ihr gelungen, ihn über Leos Tod hinaus zu erweitern, Bruder Georg ist von Leo als sein Testamentsvollstrecker bestellt.

Mark Vonby wird jedes Mal schwindelig bei der Vorstellung, was dieser Job für Chancen bietet, *ihm* bieten würde, und sein Killerschatten erhebt sich groß über Lena Grau. Vergrößert sich noch, seit er von der Idee der Stiftung weiß. In Leonhard K war die Sorge umgegangen, seine Kinder könnten angesichts seines nicht unbeträchtlichen Erbes zu unnützen Geldstinkern verkommen. Um ihn von dieser Sorge zu befreien, entwickelte Lena mit ihrem Bruder Georg die Konstruktion einer Leonhard K-Stiftung, im Vorstand Lena Grau. Diese Stiftung würde sie zu einer echten Erbin küren, sie könnte eine schöne Summe Geldes ganz und gar in ihrem Sinne und zu ihrem Nutzen gestalterisch einsetzen.

Mark Vonby hat nicht mit Beifall gespart. Während er bei der Konstruktion behilflich war, vergrößerte sich sein Killerschatten über Lena Grau erheblich.

Zur Gründung ist es nicht gekommen, Leonhard K hat abgelehnt.

»Das wird sich noch ändern«, prophezeite Vonby Lena und meinte damit insgeheim, das werde *er* noch ändern.

Kaum ist Lena aus seinem Blickfeld, greift Vonby nach seinem Smartphone und drückt die Nummer von Mario, Leos Ältestem. Es klingelt nur kurz, dann meldet sich die Box, er bittet um Rückruf, Mario meldet sich gleich. Ja, er ist informiert, der

Alte hat sich selbst entlassen, nein, es gibt keinen Grund, den Urlaub abzubrechen, er wird sich unter ihrer Pflege schnell erholen, hat ihm Lena Grau versichert.

»Trottel!«, murmelt Vonby.

»Was meinen? Nur kein Neid, Vonby, Amanda bleibt auch noch ein paar Tage, das Wetter ist herrlich, das Meer ausnahmsweise ohne Quallen …«

»Die Grau hat ihr Baby in trockenen Tüchern«, unterbricht Vonby.

»Was für ein Baby?«

»Sie scheint sich ihrer Sache sicher zu sein.«

»Keine Sorge, Amanda und ich haben alles unter Kontrolle.«

»Seien Sie sich mal nicht so sicher«, antwortet Vonby, »außerdem ist da noch Simon.«

Mario legt auf und schickt eine Emoji-Fratze mit rausgestreckter Zunge.

Lena kocht für Leo Diät und verhängt eine Nachrichtensperre. Vor allem Herr Schmidt und seine Frau als Hausmeisterpaar sind davon betroffen: Sie sollen den Chef abschirmen, niemanden zu ihm und nichts über seine Befindlichkeit nach außen dringen lassen. Zudem sind sie die Pfleger von Leo und damit beschäftigt, ihn zu waschen, zu füttern und ihn aufs Klo zu tragen, sie wachen Tag und Nacht über sein Wohlbefinden und sind bald erschöpft. Die Erschöpfung der Schmidts ist das Schlupfloch, durch das Mark Vonby versuchen wird, in die von Lena Grau errichtete Festung einzudringen. Auf Schleichwegen. Er schleicht sich mit dem Angebot zu helfen ein.

Er bestellt Herrn Schmidt zu sich in den zehnten Stock, schließt die Tür und ködert ihn mit allerlei Versprechungen, lobt seine bedingungslose Solidarität mit dem Chef, doch nun sei es an der Zeit, Hilfe von außen anzunehmen.

Aber Herr Schmidt bleibt dabei, der Chef wolle niemand anderen um sich haben als ihn und seine Frau. Und seinen Engel. Herr Schmidt weiß, dass Herr Vonby versteht, wer mit dem Engel gemeint ist, nämlich Lena Grau.

»Nur nachts, da träumt der Chef«, erzählt Herr Schmidt, »da steht er manchmal auf, obwohl er eigentlich viel zu schwach ist. Aber wenn er träumt, ist er behände wie ein junger Mann und geht durch die Räume und ruft ihren Namen, nein, nicht den von seinem Engel, den von seiner letzten Frau, von Fanny. Man hört sein Rufen durchs ganze Haus, Herr Vonby, und selbst wenn er wieder im Bett ist, weil Frau Schmidt ihn vorsichtig dorthin begleitet hat, wagt sie nicht, ihn anzusprechen, denn er ruft noch immer ihren Namen: Fan-ny, Fan-ny, Fan-ny«, ruft Herr Schmidt nun selbst, und es ist auf dem Gang im zehnten Stock zu hören.

»Meine Frau ist sich ganz sicher, dass der Chef schlafwandelt, und dass er, sollte er wach werden, sofort zusammenbrechen würde. Also selbst wenn er wieder im Bett ist, ruft er noch eine ganze Weile ihren Namen, Fan-ny ruft er, und immer weiter Fan-ny ...«

Herr Schmidt, vom nächtlichen Geschehen in der Villa wie im Bann, wiederholt das kindliche Rufen seines Chefs, bis Vonby ihn stoppt.

»Aber Schmidt! So geht das doch nicht weiter!«, trumpft Vonby auf, »da muss man doch seine Kinder informieren! Bitte informieren Sie auf jeden Fall Amanda und Mario, Simon ist ja noch in Boston.«

Von Herrn Schmidt alarmiert, bricht das Geschwisterpaar seine Ferien am Mittelmeer ab und eilt, nein, nicht gleich zum Vater, sondern zuerst in die Kanzleien seiner Anwälte, Amanda zum Notar Dr. Otto Mayer nach Hamburg, Mario nach Berlin.

»Die Schmidts rechnen jeden Augenblick mit dem Schlimmsten«, flüstert Amanda im Hamburger Büro ihres Notars im vierten Stock im Slomanhaus so leise, als könnte Leo ihre Stimme im zwölften Stock auf der anderen Seite des Hafens hören. Sie blickt den Notar beschwörend an. Was auf jeden so beeindruckend wirken würde wie ihr rotes Samtkäppchen im blonden Lockenhaar. Aber Dr. Mayer ist unbeeindruckt und pafft unbewegt seine Zigarette weiter. Schweigen. Dann lacht er plötzlich los, meckernd wie ein Ziegenbock.

»Sie hat ihn geliebt und gehasst. Und ich weiß nicht, ob sie ihn mehr geliebt oder mehr gehasst hat, aber jetzt hasst sie ihn aus vollem Herzen, deinen Vater. Sie nennt ihn einen Würgeengel der Frauen, einen Herzblutsäufer, einen Pinocchio mit runtergerutschter Nase! Oh, ja, sie hat viel Phantasie, deine Mutter!«

Der Notar wirft sich unvermutet theatralisch in seinen Stuhl zurück.

»Ich habe deine Mutter verehrt«, stößt er wie atemlos hervor, »ach was, ich habe sie begehrt, ach was, ich war von Sinnen ... verrückt ... kopflos... wusstest du das? Ich habe alles für sie riskiert und sie hat zugesehen, wie ich mir dabei mein Notarkreuz gebrochen habe! Meine Karriere aufs Spiel gesetzt habe! Meine Familie verlassen habe! Ohne mir auch nur ihren kleinen Finger zu gönnen, den ich mit Wonne abgeschleckt hätte ...«

Wieder lacht er meckernd, bis ihm vor Lachen die Tränen kommen.

»Und nun sitzt du hier und sagst, sie will, dass ich mich für ihre Tochter, oder genauer, für ihren Sohn krummlege, ohne je den vollen Liebeslohn bezahlt zu haben, den sie versprochen hatte!«

Jetzt lacht er nicht mehr. Er schaut düster und stapelt die Mappen, die ausgebreitet auf seinem Schreibtisch liegen, aufeinander. Um dann mit Schwung seine Faust darauf niedersausen zu lassen.

»Sag ihr, die Urkunde ist noch immer in meinen Händen, sie steht bei Bedarf zur Verfügung. Selbst falls ich morgen tot umfalle. Es ist ein Hinweis hinterlegt, wo sie nach meinem Tod verwahrt ist.«

Amanda legt ihre Hand sanft auf seine Faust.

»Danke«, flüstert sie, »ist sie in einer dieser Mappen? Kann ich sie sehen?«

»Du bekommst sie, wenn es Bedarf gibt«, wiegelt der Notar ab, »genauer gesagt, Mario bekommt sie bei Bedarf … oder wie soll ich die Sache sehen … hast du vielleicht vor, sie verschwinden zu lassen? Oder willst du etwa das halbe Bruderherz erpressen?«

»Nix da!«, empört sich Amanda.

»Deine Mutter erpresst mich, das weißt du«, sagt der Notar, und ohne Übergang: »Sie war schön, deine Mutter, animalisch schön. Keiner konnte ihr entkommen, hatte er sich einmal in ihrem Netz verfangen. Sie war eine Schwarze Witwe. Du weißt, was das heißt? Nur deinem Vater ist die Flucht gelungen. Das ertrug sie nicht, deine animalisch schöne Mutter … Wie hieß sie noch, in die sich dein Vater unsterblich verliebte?«

»Fanny«, sagt Amanda, ihre Stimme klingt ganz unbeteiligt.

»Fanny, ja, so hieß sie. Dieses Glück deines Vaters mit Fanny versetzte deine Mutter in eine Raserei, ich habe ihre wüsten Wutausbrüche noch im Ohr …«

»Fanny hat ihn betrogen, sie war eine …«

»Oh nein, das war deine Mutter! Deine Mutter hat deinen Vater mit falschen Beweisen von Fannys Untreue in den Othello-Wahnsinn getrieben …«

»Mein Vater war kein eifersüchtiger Mann«, widerspricht Amanda kühl, »die Affären meiner Mutter haben ihn nicht interessiert.«

»Die Affären deiner Mutter ... ja ... aber Fanny ... Er hat Fanny geliebt ... so wie ich deine Mutter geliebt habe ...«

»Ich will diese alten Geschichten nicht mehr hören!«, explodiert Amanda unvermutet.

Der Notar aber redet unbeirrt weiter, steigert sich in die Erinnerung hinein, wie Leo in seinem Othello-Wahnsinn Fanny erschreckt hat und wie sie daraufhin getaumelt und die Treppe hinuntergefallen ist. Sie war mit ihrem zweiten Kind im vierten Monat schwanger und hat es verloren ...

Amanda greift nach ihrer Tasche, der Notar springt auf.

»Sein Glück war zerbrochen! Und meine Ehe ist kaputt gewesen!«, ruft er theatralisch und stellt sich Amanda, die sein Büro verlassen will, erregt in den Weg.

»Und deine Mutter, was hat sie gesagt? Er brauche jetzt eine Krankenschwester als Frau. So triumphierte deine Mutter über deinen Vater, und jetzt ist er alt und krank und verwirrt und stirbt, sagst du ...«

Der Notar starrt auf die Tür, die hinter Amanda zufällt.

»Und ich werde ihm bald folgen«, murmelt er, »aber vorher ...«, er spricht den Satz nicht zu Ende.

10.

»Liege im Bett wie ein vom Schwersttransporter plattgewalzter Frosch«, will Larissa in ihr Handy sprechen und als Nachricht an ihre Eltern schicken, ihre Stimme ist zurückgekehrt. Doch kaum bewegt sie ihren Kopf, rast das Karussell los. Statt Husten jetzt Schwindel. Vorsichtig schiebt sie ihr Handy unter das Kopfkissen neben sich. Es ist Milas Kopfkissen. Sofort ist ihr zum Heulen zumute. Aber Heulen geht nicht, auch das setzt sofort das Karussell in Gang. Und so starrt sie apathisch vor sich hin. Später flößt Otto ihr Paspertin-Tropfen ein. Mathilde hat sie mit der Lebensmittellieferung vor die Tür gelegt, die Tropfen haben ihrer Mutter bei der Chemo geholfen. Und tatsächlich helfen sie auch Larissa, das Karussell stoppt. Sie wagt sich aufzusetzen, wagt einen Blick in den Spiegel gegenüber von ihrem Bett.

»Mensch, Leute, wie sehe ich denn aus … ziemlich scheiße … wo sind wir denn jetzt angekommen … am Arsch, oder?«

»Mal was trinken? Fieber messen?«

Nach drei Minuten im Mund verharrt die blaue Flüssigkeit des Fieberthermometers bei Achtunddreißigneun.

»Versprich, dass du nicht den Notarzt rufst, auch nicht, wenn ich ohnmächtig werden sollte, ich will lieber hier im Bett sterben als im Krankenhaus an einem Keim!«, fleht Larissa.

»Okay«, sagt Otto nur, »wie wär's mit Hühnersuppe?«

Noch während sie über Ottos Angebot nachdenkt, wird Larissa wieder von der großen Müdigkeit erfasst, die sie wie aus dem Nichts überfällt, ihr Kopf rutscht zur Seite, sie röchelt leise, ist eingeschlafen.

Otto verfolgt eine Weile, wie ihr Atem langsam tiefer wird, dann kehrt er zurück in seinen Dachsbau und checkt die Nachrichten und Mails.

Einer seiner Kollegen hat auf WhatsApp ein Portrait von Isaac Newton geschickt mit dem Text, wie sich Newton zur Zeit der Pest in London aufs Land zurückzog und dort in der Isolation seine Gravitationstheorie entwickelte, eine seiner wichtigsten Arbeiten. *Now is your Opportunity* hat der Kollege seine Message kommentiert und trifft damit Otto ins Herz.

»Now!«, sagt er leise und kehrt zurück zur Schwarzen Witwe und setzt sein Schreiben fort:

Mario tut verlegen. Schummelt sich, Sommerbräune pur, tapsend durch die offene Tür ins rundum verglaste Eckzimmer von Mark Vonby, bleibt stehen: »Bonjour ...«

Vonby springt auf: »Viel auf dem Wasser gewesen, was?«, sagt er zur Begrüßung und vergleicht beim Handschlag Marios braungebrannte Haut mit der blassen seiner Hand.

»Ihretwegen musste ich meinen Urlaub aufschieben«, sagt er dann gespielt vorwurfsvoll und schließt die Tür hinter Mario. Er durchquert den sonnendurchfluteten Raum, bleibt vor der Sitzgruppe mit Blick auf den alten Zollhafen stehen und legt sein Smartphone demonstrativ in die Mitte des Besuchertischs, weist auf einen der beiden tiefen Besuchersessel und setzt sich auf die Besuchercouch.

»Meinetwegen?«, fragt Mario betont belustigt, schiebt den Sessel in Position und setzt sich auf die Kante.

»Ja, Ihretwegen«, Vonby nickt, »Sie werden gleich verstehen, wieso.«

»Die Sache ist nicht ganz legal, haben Sie gesagt«, Mario lächelt spöttisch und bleibt auf der Kante sitzen, bereit, aufzustehen und zu gehen.

»Stimmt, das Gespräch, das Sie gleich hören, ist nicht auf legalem Wege auf mein Handy gelangt.«

»Sie wollen mich doch nicht zu Ihrem Komplizen machen?« Mario bleibt beim Spott, Vonby registriert dessen Unbehagen.

»Im Vergleich zur Komplizenschaft dieser beiden«, er zeigt mit einer Kinnbewegung auf sein Smartphone, »im Vergleich zu diesen beiden spielen wir beide noch im Sandkasten!«

Er wirft einen schnellen Prüfblick zur geschlossenen Tür, tippt auf seinem Smartphone herum, fordert Mario auf, sich so weit wie möglich vorzubeugen. Wegen der geringen Lautstärke. Und falls doch jemand heimlich mithören möchte. Mario folgt zögernd und mit einiger Skepsis Vonbys Anweisungen. Ein letzter Touch, Vonby lehnt sich zurück, behält die Tür im Visier, während die Stimme von Lena Grau zu hören ist, deutlich eine Telefonstimme.

»Ja, die Diät schlägt gut an, unerwartet gut, sogar sehr gut. Die Ärzte haben nicht damit gerechnet.«

»Womit haben denn die Ärzte gerechnet?«, hört Mario eine Männerstimme.

»Bruder Georg?«, flüstert er, Vonby nickt kurz und hart.

»Das ist jetzt egal. Leo möchte, dass du die Verträge für die Leonhard K-Stiftung unterschriftsreif fertigstellst.«

»Er will unterschreiben?«, hört Mario Georgs ungläubige Stimme und seine Miene verdunkelt sich schlagartig. Er beugt sich weiter vor, hält sein Ohr noch näher ans Smartphone.

»So ist es«, hört er Lena, *»er will unterschreiben.«*

»Die Verträge sind fertig, das weißt du doch.«

»Gut. Dann bring sie morgen in dreifacher Ausfertigung vorbei, morgen Abend, zu mir nach Hause.«

»So eilig?«

»Ja, so eilig. Komm gegen neun Uhr, bis morgen.«

»Bis morgen.«

Vonby schaltet sein Smartphone aus, nimmt es vom Besuchertisch und steckt es in seine Jackentasche. Mario rutscht tiefer in den Besuchersessel. Er ist düster in sich versunken.

»Wenn Sie sich nicht von Frau Grau enterben lassen wollen, sollten Sie handeln«, meint Vonby gelassen und schlägt seine Beine übereinander und zündet sich eine Zigarette an, »das Gespräch wurde vor knapp einer Woche geführt.«

»Und Sie informieren mich erst jetzt!«, braust Mario auf.

»Ich habe Sie gewarnt, Sie sollten sich nicht so sicher fühlen.«

»Das habe ich anders verstanden ...« Mario hält inne, mustert Vonby misstrauisch. Später wird er Amanda fragen, ob Vonby von »der Sache, du weißt schon« Wind bekommen hätte. »Ausgeschlossen!«, wird Amanda ihn beruhigen.

»Was werden Sie tun?« Vonby blinzelt in die Sonne, als hätte er die Frage gar nicht gestellt, als erwarte er keine Antwort. Nur sein wippender Fuß verrät, wie angespannt er ist.

Mario schweigt und schiebt seine Unterlippe vor. Gedankenverloren durchkämmt er mit einer Hand sein Haar.

»Schmollen nützt nichts«, stichelt Vonby.

Mario reagiert nicht.

Vonby wird jetzt laut: »Sie müssen die Unterschrift Ihres Vaters verhindern, Sie ...« Er hält das Wort zurück, aber Mario hat es gehört, er lächelt.

»Nicht nötig«, sagt er, »Leos Unterschrift gilt nicht, er ist nicht mehr geschäftsfähig.«

»Wie das?«

»Die Schmidts werden es bestätigen«, ist sich Mario sicher.

»Gilt nicht. Gilt nur, wenn es amtlich bestätigt ist«, meint Vonby trocken.

»Tatsächlich«, sagt Martin unbeeindruckt, starrt vor sich hin, dann scheint er einen Entschluss gefasst zu haben und hebt sich aus dem tiefen Besuchersessel. Vonby steht auch auf.

»Vielen Dank für das wirklich beeindruckende Gespräch«, sagt er und tippt auf Vonbys Jackentasche mit dem Smartphone und lächelt sein Schulbubenlächeln: »I will do my best!«

»Das sollten Sie. In Ihrem eigenen Interesse.«

Vonby schaut ihm grimmig hinterher. »Heuchler,« murmelt er.

Auf leisen Sohlen schleicht Mario durch die abgedunkelten Räume im Erdgeschoss der Villa. Er hat für seinen Besuch bei seinem Vater nicht ohne Absicht die Stunde von Leos Mittagsschlaf gewählt, denn er gilt vor allem Lena Grau.

Lena bietet ihm Tee an, er lehnt ab. Er schaut durch sie hindurch. Oder über sie hinweg. Er tippt auf seinem Handy herum und demonstriert, dass sie Luft ist für ihn. Wie nebenbei inspiziert er die zum großen Wohnraum offene Küche, schaut in den Kühlschrank, liest die Namen der Kräuter und Gewürze in den Packungen im Regal, macht hin und wieder Fotos mit seinem Handy, öffnet den Brotkasten am Rande der Anrichte, schaut hinein und schließt ihn sogleich wieder, eine seiner Augenbrauen ist reflexhaft in die Höhe geschnellt.

Das ist Lena Grau entgangen. Fieberhaft denkt sie darüber nach, wie sie Marios offensichtliche Ignoranz durchbrechen und ihn überzeugen kann, wie unentbehrlich sie jetzt an der Seite seines Vaters ist. Durch niemanden zu ersetzen. Er kann ihr vertrauen. Und sie vertraut ihm. Vertraut ihm an, wie gefährdet sein Vater war. Und vielleicht noch immer ist.

Lena beginnt leise, fast beschwörend, Mario in das Wunder, das gerade geschieht, einzuweihen. In das Wunder von Leos fortschreitender Heilung, der Balancierung seines Stoffwechsels durch ihre ausgeklügelte Diät, die sie mit Hilfe von ausgewiesenen Experten habe entwickeln können. Letztendlich habe diese Diät die bisherige Genesung, so gering sie auch erscheinen möge, bewirkt. Ja, geradezu einen Umkehrschub eingeleitet. Nämlich weg von der Bahre und zurück in den Kreislauf des Lebens, zurück zum Stoffwechsel.

Und weil Mario ihr nun tatsächlich zuhört und sich sogar für ihren Einsatz bedankt, fühlt sie sich ermutigt, von ihren besonderen, außergewöhnlichen intuitiven Fähigkeiten zu sprechen. Sie seien die Voraussetzung für Leos Heilung. Ohne diese hätte sie keinen Kontakt zu Leo gefunden. Genauer gesagt zu Leos Leber, die ihren Geist so gut wie aufgegeben hatte und Leo verhungern ließ. Und wie sie mit diesem seinem Lebergeist kommuniziert, sich mit ihm verbunden und sich in ihn hinein gefühlt habe. In das äußerst delikate Befinden von Leos Leber am Rande des Erlöschens ihrer Funktion. Und wie sie mit Hilfe von Kräutern und aufbauenden Elixieren …

Jetzt hört Mario nicht mehr zu, er weiß schlagartig, welches Kraut gegen die potenzielle Vernichterin seines Erbes, gegen die Erbschleicherin Lena Grau gewachsen ist. Wie er sie hinauskatapultiert. Nicht nur aus der Villa, sondern auch aus ihrem Job. Er wird mit einer kleinen, aber feinen Aktion, deren eindrucksvollstes Requisit er gerade zufällig hier entdeckt hat (aber gibt es Zufälle?), das Vertrauen seines Vaters in seine engste Vertraute, in seinen Engel, nicht nur erschüttern, sondern auslöschen. Durch diese Aktion wird in Leos verwirrtem Kopf das Bild von der Heilerin Lena Grau von dem der Kräuterhexe Lena Grau überlagert werden. Das wird gelingen, ganz sicher. Gemeinsam mit Amanda wird es ihm gelingen. Mario zückt sein Handy und sucht die Toilette auf.

Nicht lange darauf summt die Klingel an der Haustür. Frau Schmidt eilt herbei, gefolgt von Herrn Schmidt. Falls nötig, muss er seine Frau gegen hartnäckigen Besuch, der sich von ihr nicht abweisen lassen will, unterstützen. Lena hat befohlen, sie dürften, um den Chef zu schonen, nur angemeldete Dienstleister ins Haus lassen und müssten unangemeldete Besucher freundlich, aber bestimmt abweisen.

Amanda ist nicht angemeldet.

Frau Schmidt reagiert verunsichert, sie will Lena konsultieren, aber Amanda ist schon an ihr vorbei und stürmt in das Allerheiligste, in Leos Krankenstation im großen Wohnraum.

Herr Schmidt folgt ihr, besorgt wegen des Lärms, den sie veranstaltet, der sich durch Lenas versuchter Abwehr von Amanda noch verstärkt, sodass der dringend schonungsbedürftige Genesende unweigerlich wach wird.

Bevor Leo erkennen kann, welcher Art die Turbulenz ist, die sich um ihn herum entwickelt, kniet Amanda bereits neben seinem Chaiselongue und legt ihren Kopf auf die wollene Decke, auf der seine Hände ruhen. Mit ihnen ertastet er nun ihr Haar, er hat keine Brille auf.

»Das ist doch mein Mandalein, wenn mich nicht alles täuscht«, flüstert er, um dann, als er hinter Lena schemenhaft Mario erkennt, mit brüchiger Stimme zu rufen: »Was machen denn meine beiden Hotzenplotze hier? Will die Räuberbande mich schon jetzt beerben? Da hat sie sich aber getäuscht! Ihr seid zu früh, falls ihr deswegen gekommen seid. Aber genau richtig, um auf meine Gesundheit anzustoßen. Schmidt, öffne eine Flasche Champagner, Mandelchen, steh auf, Mario, hilf mir auf die Beine.«

Leo schiebt die Wolldecke beiseite, unter seinem Bademantel trägt er einen hellblauen Pyjama, an den Füßen rote

Strümpfe. Er streckt die Arme aus: »Ziehen!«, fordert er seine beiden Kinder auf.

Amanda und Mario stehen sich bei ihrem Versuch, Leo vom Chaiselongue hochzuziehen und auf die Beine zu stellen, gegenseitig im Weg, bis Mario schließlich den fliegengewichtigen Leo kurzerhand hochhebt, ihn auf seinen Armen in die angrenzende Wohnküche trägt und in den Lehnstuhl, den Lena sorgend zurechtrückt, an den großen Marmortisch setzt.

Frau Schmidt wartet schon mit den Wolldecken, wickelt Leo vorsichtig ein, zuletzt noch die Füße.

»Sie behandeln ihn wie ein Baby, ekelhaft«, flüstert Amanda Mario zu, deutlich angewidert über die Betulichkeiten um ihren Vater herum.

Mario verzieht keine Miene, ordnet die von Frau Schmidt herbeigebrachten Sektschalen im Kreis auf der Marmorplatte an, nimmt die von Herrn Schmidt geräuschlos geöffnete Champagnerflasche entgegen und lässt sie über den Schalen kreisen, bis sie gefüllt sind, und ohne dabei auch nur einen einzigen Tropfen des aufschäumenden Getränks zu verschütten.

»Da zeigt es sich doch wieder«, kommentiert Leo aufgekratzt, »unser Mario ist und bleibt ein echter, rechter Bonvivant!«

Lena nimmt eine der Sektschalen aus dem Kreis und reicht sie Leo, hilft seiner Hand, sie zu umfassen, und nimmt sich selbst eine, die anderen verteilt Mario.

»Auf meine Gesundheit und die gemeinsame schöne Zeit, die vor uns liegt, auf meinen Engel!« Leo nickt glücklich lächelnd Lena zu.

»Auf die Diätköchin!«, bringt Mario einen Toast aus und hebt sein Glas, stößt mit Leo an und bittet Lena Grau, sie möge doch nach ihm nun auch Amanda in ihre Diätkünste einweihen.

Lena, hocherfreut, ist sofort bereit. Und Amanda folgt ihr mit ungeteilter Aufmerksamkeit, sie fragt sogar hier und da nach. Was Lena dazu verleitet, sich in Einzelheiten zu verlieren. Herr und Frau Schmidt langweilen sich demonstrativ, so viel Aufmerksamkeit für Frau Grau, das mögen sie nicht. Und auch Leo gähnt bald und schließt demonstrativ die Augen. Er reißt sie auf, als Mario plötzlich mit lauter Stimme und im Ton größter Überraschung ruft: »Hallöchen, hallöchen, was haben wir denn hier?« Er balanciert den geöffneten Brotkasten, als hielte er ein brandheißes Ding in seinen Händen.

»Hallöchen, hallöchen!«, trompetet Mario erneut, lässt den Brotkasten auf den Marmortisch nieder und entnimmt ihm, wie der Zauberkünstler dem Zylinder das Kaninchen, mit gespreizter Hand ein großes Etwas und hält es hoch in die Luft. Dieses große Etwas ist dick ummantelt und über und über mit Schimmel und Pilzen in allen Grau- und grüntönen überzogen. Mario schwenkt es leicht hin und her.

»Igitt!«, entfährt es Frau Schmidt.

»Hallöchen, hallöchen, wie nennt man denn das hier?«, fragt Mario nun fuchsig, schaut antwortheischend fragend in die Runde und schüttelt das haarige Etwas leicht, sodass es Staubwölkchen von sich gibt. Amanda schreit leise auf, Herr und Frau Schmidt sehen sich verstört an, zwischen Lena Graus Augenbrauen bildet sich eine steile Falte.

Mario hält das pelzige Ding hoch: »Nennt man das hier Diät?«, fragt er, um dann marktschreierisch zu bestätigen: »Also das hier nennt man Diät!« Er wirft das grausliche Ding mit Schmiss auf die Marmorplatte, sodass es auseinanderbricht und seine Teile in einer Pilzstaubwolke über den Tisch schlittern. Ein allgemeiner Aufschrei.

»Oh Hilfe, das ist Gift!«, ruft Amanda wie in Panik, »das ist pures Gift! Alle weg vom Tisch! Mario, trag Vater sofort weg vom Tisch, das hier ist pures Gift für ihn.«

»Gift? Was für ein Gift?«, ruft Leo mit brüchiger Stimme.

Schnell legt Amanda ihm ihren Schal um Mund und Nase, hebt Mario seinen Vater aus dem Stuhl und legt ihn aufs Chaiselongue. Schon reißt Amanda das Küchenfenster auf, drängt die sprachlose Lena und die verwirrten Schmidts aus dem Küchenbereich und schließt hinter ihnen die großen Schiebetüren, die den Wohnbereich von der Küche trennen, ist gleich wieder bei ihrem Vater und streichelt seine Hand.

»Was ist das für ein Gift?«, fragt Leo unsicher und blickt verstört, »will mich hier etwa jemand vergiften?«

Amanda und Mario sehen zu Boden.

Die Schmidts wissen nicht, wohin, sie würden sich am liebsten verkrümeln.

»Vergiften? Wieso denn vergiften?«, sagt Lena und schaut fragend in die Runde, »ich verstehe hier nur noch Bahnhof …«

»Ja, wieso denn vergiften?«, wiederholt Leo und ruft nach Fanny: »Fan-ny, Fan-ny …«

»Das war einfach zu viel Turbulenz für den Chef«, meldet sich Herr Schmidt.

»Richtig«, hakt Lena nach, »es ist besser, wenn Sie jetzt gehen«, fordert sie Amanda und Mario auf, »Ihr Besuch hat Ihren Vater sehr mitgenommen, das wird sich unschön auf seine Leber auswirken.«

Aber Mario und Amanda ignorieren Lenas Aufforderung, stattdessen kniet Amanda sich neben das Chaiselongue und flüstert ihrem Vater ins Ohr, es sei alles in Ordnung, sie habe die Türen geschlossen, und die Schmidts würden das Gift in der Küche umgehend beseitigen.

Leo hört auf, nach Fanny zu rufen.

»Und wie beseitigen sie das Gift?«, fragt er.

»Sie desinfizieren alles«, flüstert Amanda ihm ins Ohr, kein einziger dieser milliardenfachen ekelhaften Pilze bekäme jemals wieder die Chance, in seine Leber einzudringen, um sie zu zerstören.

»Mandelchen, mein liebes kleines Mandelchen«, flüstert Leo erschüttert und tätschelt mit zittriger Hand ihr Gesicht, »sag mir, wie kommen denn diese giftigen Pilze in meine Küche?«

Er schaut von Amanda zu Mario, dann schweifen seine Augen suchend umher, finden endlich Lena.

»Lena, mein Engel, weißt du das?«

»Vielleicht weiß es Frau Schmidt, der Brotkasten fällt nicht in meine Kompetenz, Brot kommt in meiner Diät nicht vor!«

Lena wirft den Schmidts einen ganz und gar nicht engelhaften Blick zu, die wenden sich hilfesuchend an Mario. Er jedoch bleibt stumm, nur eine seiner Augenbrauen schnellt in die Höhe. Und langsam wittert Lena hinter Marios exzentrischer Schau und Amandas assistierender Hysterie einen Angriff der Geschwister auf sie.

Auch wenn sich sein körperlicher Zustand verbessert und damit seine mentale Befindlichkeit, so bleibt Leonhard K doch extremen Gefühlsschwankungen ausgesetzt. Aggressionsschübe überwältigen ihn geradezu, wechseln sich ab mit euphorischen Höhenflügen, in denen er Fanny umschwärmt, ja, sie ein zweites Mal heiraten will, wie er den Schmidts verrät.

Lena Grau, Mark Vonby, Amanda und Mario sind auf sehr unterschiedliche Weise, jedoch aus demselben Grund vollauf damit beschäftigt, Leos Gemütsschwankungen zu beobachten. Sie wollen sie, nein, sie müssen *ihn* in den Griff bekommen. Jeder von ihnen will, nein, *muss* jetzt sichern, was etwa für Lena Grau zum Greifen nah, für Mark Vonby zum Greifen nah geworden und für Amanda und Mario in Gefahr geraten ist: das Erbe von Leonhard K, zumindest Teile davon.

Das aber entgeht Leo nicht, nicht in seinen klareren Momenten, und dann macht er, was er lebenslang am liebsten gemacht hat, er spielt. Er spielt ihnen etwas vor. Zeigt sich verwirrter, als er zu dieser Zeit, in diesem Moment tatsächlich ist: Er stellt sich taub, obwohl er noch leidlich gut hört; er gibt vor, gänzlich erblindet zu sein, obwohl er, wenn auch keine Buchstaben, so doch Personen durchaus zu unterscheiden weiß.

In diesen Momenten glaubt er, die Fäden in der Hand zu halten, und spielt ihnen eine Komödie vor, um sie dann aus seinem Versteck heraus zu beobachten und zu überprüfen. Versuchen sie, ihn zu täuschen? Haben sie es doch nur darauf abgesehen, ihn um sein letztes Hemd zu bringen? Nun, wenn dem so sein sollte, wird er ihnen wie Kasperle mit dem großen Knüppel eins über die Rübe hauen. Und so folgt er erst einmal brav der Giftspur, die Mario und Amanda ausgelegt haben, und gibt schließlich selber vor, Lena Grau zu verdächtigen, ihn, den sie gerettet hat, vergiften zu wollen. Er spielt deren Spiel mit.

»Sie sind wieder Küchenchefin«, sagt er zu Frau Schmidt, »informieren Sie bitte Frau Grau, ich benötige sie nicht mehr als Diätköchin.«

Aber er will auch sein eigenes Spiel spielen.

»Und teilen Sie bitte Vonby mit, er möge morgen zwischen zehn und elf Uhr höchstpersönlich in meinem Auftrag der Signora Monalisa Pane fünfzig rote Rosen vorbeibringen«, weist er Herrn Schmidt an.

»Zeichen und Wunder geschehen«, tippt Vonby an Mario, »die Grau ist von den Fleischtöpfen verbannt, was oder wer steckt dahinter?«

»Betriebsgeheimnis«, tippt Mario und schickt eine lachende Emoji-Fratze hinterher.

»Akzeptiert!«, gibt Vonby Bescheid. Leos Auftrag, bei Mona-lisa Pane mit fünfzig roten Rosen aufzutreten, verschweigt er.

11.

Otto fährt erschrocken herum, in der Fensterspiegelung hat er Larissa in der geöffneten Tür gesehen, sie ist nackt.

»Ich brauche unbedingt eine kalte Dusche, es ist heiß!«

»Heiß? Es ist eher kühl.« Otto schaut zum Fenster, es ist geöffnet. »Vielleicht ein neuer Fieberschub, hast du gemessen?«

»Nix Fieber!«

Larissa lässt sich aufs Sofa fallen und wickelt sich in ein Tuch: »Was ist das für ein Lärm?«

»Vogelgezwitscher.«

»Das ist ja hammerartig laut.«

»Weil es draußen so leise ist, alle Bars und Clubs und Restaurants sind geschlossen.«

»Luisa auch?«

Otto nickt: »Wir haben einen Lockdown.«

»Eine Katastrophe … da kriegt man es ja mit der Angst zu tun … Pandemie! Noch nie gehört …«

»Willst du wissen, wie es weitergeht?«, unterbricht Otto, um Larissa abzulenken.

»Ich weiß doch gar nicht, wo es aufgehört hat, und schon gar nicht, wie es angefangen hat.«

»Leo will sich bei Monalisa Pane mit fünfzig roten Rosen in Erinnerung bringen, Vonby soll den Rosenkavalier spielen …«

»Nein, bitte rede nicht weiter«, unterbricht Larissa, »das hält mein Kopf noch nicht aus … Lockdown, Pandemie, ich bin noch nicht schwindelfrei … was da draußen in der Welt passiert, damit kann und will ich mich erst beschäftigen, wenn …«

»Wenn wir wieder in Freiheit sind,« ergänzt Otto.

»Genau. Und gesund.«

Larissa wälzt sich vom Sofa, an der Tür dreht sie sich um: »Du solltest dich auch aufs Ohr hauen, du siehst aus wie Braunbier mit Spucke, wie mein Opa zu sagen pflegte, Augenringe bis zur Nase!«

Otto folgt Larissas Rat, kann aber nicht einschlafen. Er öffnet sein Fenster zum Hinterhof und hofft auf das hammerartig laute Vogelgezwitscher als Lullaby, doch das Kreiseln in seinem Kopf, angetrieben vom ungewohnten Schreiben über Stunden und Tage, kreiselt weiter: Also, wie geht die Story von Leonhard K und den Frauen? Er steht auf und geht ans Fenster, atmet die nach Frühling schmeckende Luft, der Himmel ist sternenklar. Kann oder will sich Leo nach dem unseligen Bruch mit Fanny für keine andere mehr entscheiden?, überlegt er. Hat er vielleicht zwei oder drei Favoritinnen, die sich abwechseln, mal für kürzere, mal für längere Zeit? Und eine davon ist Monalisa Pane? Ja, so könnte es sein. Er geht zurück in sein Bett. »Monalisa Pane«, murmelt Otto, eingelullt vom Vogelgezwitscher kurz vor seinem Sinkflug in den Tiefschlaf. Vonby wird den Auftrag von Leo nutzen und mit Hilfe von Monalisa Pane seinen Fuß in die Tür zu seiner Villa schieben, ist Ottos letzter Gedanke. Und sein erster, als er wieder wach ist: Monalisa Pane wird Vonby den Zugang zur Villa von Leonhard K verschaffen, zur Homebase von Lena Grau. Auch wenn sie aus der Küche verbannt ist, so ist die Grau weiterhin Vonby im Wege: Sie ist im Besitz der Schlüssel zur Villa. Und zum Safe.

Nach einem schnellen Frühstück mit viel Kaffee, einem kurzen Besuch am Bett von Larissa, die ihn aus ihrem Zimmer scheucht, öffnet Otto sein MacBook, überfliegt den letzten Abschnitt seines Textes und setzt sein Schreiben fort:

Von ihrem Küchenfenster aus beobachtet Monalisa Pane den munter ausschreitenden Mann mit dem überdimensional großen Rosenstrauch auf der gegenüberliegenden Straßenseite. Instinktiv ahnt sie, dass er auf dem Weg zu ihr ist, und wirft einen prüfenden Blick in den Spiegel, ordnet ihr tiefschwarzes Haar und ihre Bluse. Als es klingelt, öffnet sie ohne Hast.

»Sagen Sie bloß, die Rosen sind für mich!«

Gutgelaunt schaut sie auf den prächtigen Blumenstrauß, dann auf den Mann, der ihn im Arm hält.

»Wenn Sie Frau Monalisa Pane sind, dann gehört er Ihnen.«

»Wer ist denn Ihr Auftraggeber?«, will sie wissen und mustert Vonby mit einem Blick von oben bis unten und zurück.

Vonby lässt sich seine Verunsicherung nicht anmerken.

»Leonhard K hat mich gebeten …«

»Dann nehmen Sie das da gleich wieder mit, den Strauß kann er sich sonst wohin stecken!«

»Die Rosen sind ein Zeichen seiner Genesung!«, erfindet Vonby schnell.

»Genesung? Krank? Wieso hat er mir das nicht gesagt? Wochenlang habe ich keinen Mucks …«

»Deshalb«, unterbricht Vonby, »Leonhard K war nicht in der Lage, auch nur einen Mucks von sich geben zu können.«

Monalisa schlägt die Hände vors Gesicht.

»Nein, das glaube ich nicht!«

Sie macht eine einladende Geste in ihr Appartement, nimmt sie jedoch gleich wieder zurück, ihre Wohnung ist ein halbes Desaster, schnell befreit sie Vonby vom Rosenstrauß.

»Wie geht es ihm jetzt? Was kann ich für ihn tun? Kann ich ihn besuchen?«

»Leo erwartet Ihren Besuch, deshalb die Rosen«, erfindet Vonby.

»Bestellen Sie Leo …« Monalisa hält inne: »Wer sind Sie eigentlich?«

»Mark Vonby, Diener meines Herrn, und mein Herr ist Leonhard K«, stellt sich Vonby vor, »was darf ich Leo ausrichten?« Er deutet eine dienende Geste an.

Durch Vonbys albernes Getue misstrauisch geworden, legt Monalisa ihren Kopf in den Nacken und mustert ihn erneut. Sagt er die Wahrheit?

»Richten Sie ihm Grüße aus«, meint sie kurz angebunden, »und eine gute Besserung.« Sie lässt die Wohnungstür vor Vonbys Nase ins Schloss fallen.

In ihrer Küche stellt sie den voluminösen Strauß in einen Eimer und räumt die Gläser und Flaschen und das Geschirr zusammen. Monalisa ist Ende fünfzig und lässt keine Feier aus. Beim Aufräumen findet sie unter einem der Sofakissen einen Schlüpfer, sie wirft ihn in den Wäschekorb, dann tippt sie eine Nummer in ihr Handy. Herr Schmidt meldet sich.

Die Ankündigung ihres Besuchs löst bei Leo einen Energieschub aus, er wirft die Decken, in die er gehüllt ist, zurück, rollt sich zur Seite, richtet sich auf, platziert seine Füße neben seine Pantoffeln, wehrt die Hilfe von Frau Schmidt ab und stellt sich auf seine Beine. Wenn auch schwankend, macht er ein paar Schritte, hebt triumphierend die Arme, kippt ein wenig nach vorn, doch da eilt das Ehepaar Schmidt schon zu Hilfe und fängt den Sturz ab.

Mit Unterstützung der Schmidts empfängt er am Nachmittag, gekleidet in ein weißes Hemd mit schwarzer Hose, sitzend im großen Lehnstuhl am Couchtisch, der für zwei Personen gedeckt ist, daneben ein Behälter mit Eis und einer Flasche Champagner, Monalisa zum Tee.

Nachdem sie wieder gegangen ist, vertraut er Frau Schmidt euphorisch an, sie sei sein Lebenselexier.

»Sie ist für meine Gesundheit besser als die ganze Diät und alle meine Pillen. Ich brauche keine Pillen mehr!«

»Sie müssen erst einmal wieder völlig auf die Beine kommen«, mahnt Frau Schmidt.

»Bin ich bereits«, ist Leo überzeugt, »ich werde mein gewohntes Leben wieder aufnehmen und ins Büro fahren, ab heute ist die Krankenstation geschlossen, der Giftschrank verschlossen!«, krakeelt er vergnügt.

Frau Schmidt schüttelt missvergnügt den Kopf.

Bei ihrem zweiten Besuch wünscht sich Monalisa von Leo, für ihn kochen zu dürfen, er sei viel zu dünn.

»Man hat mich vergiftet«, erklärt Leo.

»Vergiftet? Wer?«

»Mein Engel Lena.«

Monalisa mustert Leo verstohlen, dann sagt sie nur: »Aha«, und stößt zart mit ihrem Glas gegen seines: »Santé.«

»Sie hat mich bestimmt nicht mit Absicht vergiftet«, erklärt Leo weiter, »sie hat einfach keine Ahnung von Haushaltsdingen. Du hättest die Giftwolke sehen sollen, ich läge tot am Boden, wäre nicht Amanda gewesen, sie hat mich gerettet.«

»Jetzt bin ich ja da«, sagt Monalisa leise.

»Ja, jetzt bist du hier«, sagt Leo und verzieht sein Gesicht zu einem seltsam kindlichen Lächeln, um dann mit großer Bestimmtheit aufzutrumpfen: »Und du bleibst jetzt auch hier!«

»Ich übernehme«, informiert Monalisa tags darauf Mark Vonby und beauftragt ihn, Nachtdienste zu organisieren, damit Leonhard K auch nachts umsorgt ist, die Schmidts seien am Limit, der Chef würde schlafwandeln.

»Damit nicht auch ich an mein Limit komme, sorgen Sie doch bitte für eine Vorleserin. Leo muss mit den neuesten

Nachrichten versorgt und mit Kriminalromanen unterhalten werden, Sie wissen ja, er ist schriftblind.«

Als Leo nach der aufwendigen morgendlichen Prozedur des Waschens und Ankleidens mit Hilfe der ungeschickten Hände von Frau Schmidt und mit Unterstützung des nicht minder ungeschickten Herrn Schmidt mittags erschöpft auf sein Chaiselongue sinkt, kündigt Monalisa ihre alte philippinische Glücksfee Joy als Geschenk an.

Leo verzieht sein Gesicht: »Alt?«

»Nein, nein, sie ist nicht alt, ich kenne sie nur schon seit über zehn Jahren, du wirst sehen, sie ist eine Wohltat, ein Juwel!«, verspricht Monalisa.

Gleichermaßen misstrauisch wie hoffnungsvoll öffnet Frau Schmidt Joy die Haustür.

»So klein, so zart«, murmelt Frau Schmidt, dann übernimmt Monalisa das Kommando. Einem zunächst skeptischen Leo werden von Joy die Haare geschnitten, ebenso die Fuß- und Fingernägel, im Anschluss an ein Sitzbad wird er auf eine Massagebank gehoben und sanft mit duftenden Ölen eingerieben und kräftig massiert.

»Ich nehme das Geschenk an«, murmelt Leo, »täglich!«

Monalisa lächelt, wer, wenn nicht sie, weiß von der belebenden, ja, erotisierenden Wirkungsmacht der sanften Hände ihrer lieben Joy. Am Abend küsst Leo voll Dank Monalisa die Hand, am nächsten Tag schon zieht Joy in die Villa ein.

Der Pförtner hinter dem Desk in der Eingangshalle der Leonhard K Medien GmbH & Co. KG wählt die hausinterne Nummer von Mark Vonby. Vor ihm stehen drei jüngere Frauen von der Vermittlung für Nachtdienste.

»Sollen raufkommen«, befiehlt Vonby, der Pförtner schaut verwundert auf den Hörer, die Stimme von Herrn Vonby ist ungewohnt herrisch.

»Zehnter Stock, Sie werden am Fahrstuhl abgeholt«, informiert der Pförtner und schaut den jungen Frauen fragend hinterher. Es ist gegen Mittag und Mitarbeiter durchqueren die Halle Richtung Kantine, eine junge Frau betritt sie durch die Drehtür, sie will sich als Vorleserin bewerben.

»Ich möchte zu Herrn Vonby«, wendet sich die Vorleserin an den Pförtner, erneut wählt er Vonbys Nummer.

»Soll raufkommen!«, herrscht ihn Vonby wieder an, dieses Mal hebt der Pförtner verwundert seine Augenbrauen.

»Zehnter Stock, Sie werden abgeholt«, sagt er und schaut auch dieser jungen Frau hinterher.

Vor dem Fahrstuhl im zehnten Stock wartet Vonbys Mitarbeiterin, sie geleitet die Vorleserin zu ihm.

»Sie haben verstanden, alle Rechnungen landen hier, und auch alle Berichte!« Vonby klopft auf seinen Schreibtisch, »besonderen Wert legen wir auf detaillierte Berichte.«

Die drei Frauen vom Nachtdienst nicken und verabschieden sich, vor der Tür begegnen sie der Vorleserin.

»Jetzt habe ich keine Zeit mehr, Mittagskonferenz!«, wehrt Vonby ab. »Eingestellt,« sagt er dann nach kurzem einschätzenden Blick auf die junge Frau zu seiner Mitarbeiterin, »Rechnungen und detaillierte Berichte über die Verfassung von Herrn K landen auf meinem Schreibtisch,« wiederholt er und stürmt den Gang hinunter, öffnet die Tür zum kleinen Konferenzraum. Die Augen des Geschäftsführers und des Chefredakteurs richten sich auf ihn.

»Sieh da, unser Informant!«, ruft der Chefredakteur, »immer zu spät.«

»Zu spät im Dienste meines Herrn«, sagt Vonby, rückt sich einen Stuhl zurecht und lächelt.

»Schießen Sie los«, fordert ihn der Geschäftsführer auf, »was hat sein Diener uns denn heute über seinen Herrn zu berichten?«

Vonby lässt sich Zeit, er genießt die ungeteilte Aufmerksamkeit der beiden. Seit Lena Graus Vertreibung aus der Küche und seiner Mission als Rosenkavalier ist er derjenige, der Zugang zum Geschehen in der Villa hat. Jetzt wird er hofiert und nicht mehr Lena Grau, die Herren an der Spitze erwarten nun von ihm den Wink für den Startschuss. Nach dem Tod des großen Leonhard K wird in seinem Reich neu verteilt werden, die Diadochen hocken in den Startlöchern, bereit zum rivalisierenden Kampf um Positionen und Territorien.

»Auf was müssen wir uns aktuell einstellen?«, will der Geschäftsführer wissen.

»Auf Monalisa Pane«, sagt Vonby und grinst breit.

»Wer ist das?«, fragt der Chefredakteur verärgert.

»Die aktuell amtierende Favoritin …« Vonbys Handy brummt, »Leonhard K«, sagt Vonby mit Behagen und weist auf sein Handy, nimmt das Gespräch an.

»Ich gebe weiter«, hört er die Stimme von Herrn Schmidt, dann spricht tatsächlich Leonhard K persönlich.

»Sind Sie allein?«

Vonby bejaht, stellt auf Lautsprecher, die anderen hören aufmerksam mit.

»Ich will Monalisa ein Geschenk machen«, hören sie seine brüchige Stimme, »ich will ihr ein Bild aus meiner Sammlung schenken, die Grau soll den Katalog herbeischaffen, gleich, sofort, haben Sie verstanden?«

»Ein Bild aus Ihrer Sammlung? Das kann ein Loch hinterlassen«, gibt Vonby wichtigtuerisch zu bedenken, »das könnte der Einmaligkeit Ihrer Sammlung schaden …«

»Ich bin kein dummer Junge, der von Ihnen belehrt werden muss!«, legt Leo erstaunlich laut los, »Sie Taugenichts!«, steigert er sich, »in einer halben Stunde ist der Katalog hier auf meinem Tisch!«, brüllt er nun fast, dann ist das Gespräch beendet.

Der Geschäftsführer fasst sich als erster.

»Worauf also müssen wir uns einstellen?«, wiederholt er seine Frage und schaut bedenklich.

»Wenn die Leber nicht mehr richtig verstoffwechselt, wird ihr Eigner von Aggressionsschüben heimgesucht, er ist nicht mehr Herr im eigenen Haus«, erklärt Vonby expertenhaft Leos Befindlichkeit.

»Und was sagt die neue Herrin dazu?«, will der Chefredakteur wissen.

»Das haben Sie doch gerade gehört, Frau Monalisa Pane wünscht, mit einem Gemälde aus der Sammlung von Leonhard K beschenkt zu werden … Ich muss Sie jetzt leider verlassen!«

Der Chefredakteur und der Geschäftsführer schauen Vonby hinterher und auf die Tür, die hinter ihm ins Schloss gefallen ist.

»Und diesem … wie hat Leo gesagt? Taugenichts? Diesem Taugenichts sollen wir trauen?«

»Er ist zurzeit unser einziger Informant«, seufzt der Chefredakteur.

»Das ist der Anfang vom Ende«, frohlockt Lena, »von ihrem Ende! Diese Schenkung ist eine Prüfung, und die wird Frau Pane nicht bestehen!«, gluckst sie bei Vonbys Nachricht ins Telefon. Kurz darauf öffnet sie in Leos Büro den Safe mit Schlüssel und Geheimcode, wuchtet den schweren Katalog, der Leos Sammlung dokumentiert, heraus und in den Schuber und diesen in einen schwarzen Plastikbehälter mit Tragegriff, verschließt den Safe sorgfältig und schleppt die schwere Last zum Fahrstuhl. Dort wartet Vonby.

»Darf ich?«, sagt er und nimmt Lena die Last ab, »ich fahre Sie zur Villa. Auf Wunsch vom Chef.«

Lena lässt sich ihre Enttäuschung nicht anmerken, lieber wäre sie die alleinige Überbringerin gewesen.

»Die Schmidts meinen, dank Ihrer Diät sei es dem Chef gelungen, dem Tod von der Schippe zu springen,« schmeichelt Vonby auf der Fahrt in seinem Porsche.

Lena wirft ihm einen misstrauischen Blick zu: »Wollen Sie mich verarschen?«

»Nein, im Ernst, das haben die Schmidts tatsächlich gesagt. Hat mich auch gewundert, ich meine, der Chef sieht nicht gerade fit aus, wie war es denn dann vor der Diät?«

»Schlechter«, sagt Lena Grau kurz angebunden. »Und es wird auch wieder schlechter werden«, unkt sie dann, »und er wird nach mir jammern, darauf wette ich!«

Lena gelingt es nicht, ihr siegessicheres Lächeln zu verbergen.

»Nur weil Leo nicht mehr so fit ist, glauben seine beiden Leckerbissen, ich meine Mario und Amanda, sie könnten ihm mit einem präparierten verschimmelten Brotlaib aus einer Horrorfilmrequisite weismachen, dass ich ihn vergiften wollte. Ein Einfaltspinsel, dieser Mario, ganz und gar nicht der Sohn seines Vaters!«

Am Abend telefoniert Vonby über Facetime mit Mario und informiert ihn über das von Leo angekündigte Geschenk für Monalisa Pane und den Katalogtransport in die Villa.

»Er hat also einfach das Pferd gewechselt und galoppiert jetzt weiter auf Miss Djerba!«, ruft Mario mit vor Zorn verzerrtem Gesicht, »dann war unsere ganze Aktion also ein Schuss in den Ofen.« Hektisch fährt er sich durchs Haar.

»Miss Djerba? Wer ist denn Miss Djerba?«

»Codename zwischen mir und Amanda für Frau Pane, sie hat sich vor fünf Jahren auf Djerba von einem röchelnden Tattergreis, dem sie wie Leo auf die Pelle gerückt war, ein Haus auf ihren Namen übertragen lassen, die Familie hat prozessiert und gewonnen.«

»Gut zu wissen.« Vonby grinst.

»Wieso haben Sie diese Frau nicht verhindert!«, explodiert Mario, »wir haben Kenntnis erhalten von Ihrer Funktion als Rosenkavalier.«

»Leos Wunsch. Trotz aller Verwirrtheit kann man ihn nicht hinters Licht führen.«

»Dieses Mal müssen *Sie* sich einfallen lassen, wie man die Dame wieder loswird, Vonby!«

»Okay, Boss«, sagt Vonby, »wird gemacht.« Er legt seine Hand zum militärischen Gruß an die Stirn.

»Lassen Sie den Unsinn!«, regt sich Mario auf und bricht das Facetime-Telefonat ab.

Ein Kunsttransporter hält vor der Villa, drei Männer springen heraus, öffnen die Ladetüren, verschwinden im Inneren des Transporters, tragen dann nacheinander drei aufwändig verpackte Gemälde vorsichtig heraus, balancieren sie, von Herrn Schmidt geleitet, durch den Vorgarten bis in den großen Wohnraum im Erdgeschoss. Dort lösen die Kunsttransporteure unter den erwartungsvollen Blicken einer erregt umherschwirrenden Monalisa ein Bild nach dem anderen aus seiner kunstvollen Verpackung.

Von seinem Lehnstuhl aus verfolgt Leo, eingehüllt in einen übergroßen blütenweißen Frotteebademantel, das Geschehen. Er ist gut rasiert, sein Haar ist frisch gewaschen und seine Miene heiter. Es scheint ihn zu vergnügen, wie die Kunsttransporteure, die Hände in weißen Stoffhandschuhen, die drei Gemälde nach den Anweisungen von Monalisa im Raum verteilen. Dann verabschieden sie sich.

»Eins ist schöner als das andere«, schwärmt Monalisa, »ich kann mich immer noch nicht entscheiden.«

»Das musst du auch nicht, Lieschen, wir hängen erst einmal alle drei auf.«

»Leo, du bist so lieb. Und so klug«, Monalisa wirft ihm Kusshände zu, »diese Farben! Die reinste Farbtherapie, sie werden dir guttun!«

Sie schaut sich um: »Aber wo willst du sie aufhängen? Hier an den Wänden gibt es keinen einzigen freien Platz.«

»Wir hängen sie in den zweiten Stock.«

»Aber da sehen wir sie nicht, da siehst *du* sie nicht!«

»Wenn du im zweiten Stock wohnst, siehst du sie jeden Tag, und ich sehe sie, wenn ich dich besuche.«

»Mammamia! Quäl mich nicht!«

Monalisa schnappt sich ein Bier aus der Bierkiste unter dem Tisch. Gekonnt kickt sie den Kronenkorken am Türschloss vom Flaschenhals und nimmt einen Zug.

Es klopft und Herr Schmidt steht im Raum, fragt nach der Einkaufsliste, dabei wandert sein Blick von der Bierflasche in Monalisas Hand hinunter zum Bierkasten unter dem Tisch.

»Einen ganzen Kasten und nicht etwa alkoholfreies Bier hat sie ins Haus geschmuggelt«, informiert Herr Schmidt umgehend Vonby, »dem Chef ist Bier doch verboten worden!«

Aber Vonby ist nicht so sehr an Monalisas Bierschmuggel interessiert, umso mehr an Monalisas Auswahl der drei Gemälde. Er lässt sie sich von Herrn Schmidt beschreiben und leitet die Beschreibung umgehend an Mario weiter, und Mario umgehend an Amanda.

»Er ist dabei, ihr den Picasso zu schenken. Vonby ist ein Versager!«, tippt Amanda umgehend an Mario.

12.

»Schüttelfrost?«, fragt Otto, Larissas Rufen hat ihn aus dem Schlaf geholt.

Es ist ihre Angst vor einem neuen Schub, die Larissa zittern lässt, ihre Zähne klappern. Otto hilft ihr, aufrecht zu sitzen, misst Fieber, es ist mit über neununddreißig Grad zurückgekommen. Er holt Wasser und löst zwei Aspirin-Tabletten auf und gibt ihr eine Paracetamol.

»Ich bin wirklich nicht besonders ängstlich«, sagt sie nach einer Weile, »du weißt, Otto, bei Bedarf steht mir ein reichhaltiges Waffenarsenal zur Verfügung, von der Tarnkappe über Fallstricke, Hinterhalte, blitzschnelle Wortgefechte und treffsichere Pfeile mitten ins Herz …« Larissa hält inne und wischt sich den Schweiß aus dem Gesicht.

»Aber dieser Gegner in meinem Körper, der mich als Brutstätte für seine perverse, milliardenfache Vervielfältigung nutzt, meine Organe als Nährboden für weitere Heerscharen benutzt und mein Blut als Transporter auf allen Straßen meines gesamten Systems bis in die feinsten Verästelungen meines Gehirns missbraucht … verdammter Mist!«

Otto legt seine Hand auf Larissas Stirn.

»Eine zweite Fieberwelle liegt absolut im Bereich der Norm dessen, was bisher beobachtet worden ist«, versucht er, sie zu beruhigen, »vielleicht ist es aber doch angezeigt, dass ich mal den Notarzt rufe«, versucht er sich selbst zu beruhigen.

Larissa protestiert trotz ihrer Schwäche lautstark.

»Krankenhaus ist nicht, da kriegen mich keine zehn Pferde hin, und auch du nicht … verdammter Mist …«, ihr Protest strengt sie an, sie rutscht wieder unter ihre Bettdecke.

»Ich Job verlieren, ich nie mehr eine Zeile schreiben, aus und kaputt, Kopf kaputt, komplettamente kaputt …«, jammert sie.

»Kopf nix kaputt!«, widerspricht Otto.

»Ich nix mehr verstehe! Nix, nix, nix«, klagt Larissa, »ich brauche Luft!«, jammert sie, »Luft, Luft!« Sie wird wieder von Schüttelfrost überwältigt, das ganze Bett vibriert.

Otto reißt das Fenster auf und greift zum Handy, er lässt es gefühlt hundertmal klingeln, dann meldet sich die müde Stimme einer Ärztin.

»Paracetamol«, sagt die müde Stimme, »bei Kopfschmerzen zusätzlich Aspirin. Wird das Atmen für Frau Berger schwerer, bekommt sie immer weniger Luft, dann hopp, hopp auf Station, okay? Nichts riskieren! Wegen möglicher Spätfolgen, wir wissen noch zu wenig, okay?«

Nach einer weiteren Tabletteneinnahme wird Larissa ruhiger, der Schüttelfrost verebbt.

»Erzähl mal was …«, sagt sie, dann wird sie von dem blitzschnell auftretenden Komaschlaf überwältigt.

Zurück in Milas ehemaligem Zimmer öffnet Otto das Fenster, der Hinterhof, ein Viereck, ist fast vollständig ausgefüllt von einer hochgewachsenen, weiß blühenden Kastanie. Im Widerschein der beginnenden Morgenröte, die hinter den Dächern hochkriecht und das Dunkel verschluckt, erglimmen ihre Kerzen in einem transparenten Rosa.

Otto legt sich auf sein Bett und wünscht, wie Larissa von einem Komaschlaf überwältigt zu werden. Er zieht die Decke bis ans Kinn, hört wieder den lärmenden Vogelstimmen zu. Trotz des Krähenschwarms, der den Monbijoupark und seine Umgebung in Besitz genommen hat, können sich die Hinterhofsänger behaupten. Ihr Lärmen begleitet ihn bis zur Schwelle, von der er normalerweise lautlos in die Tiefe eines kurzen traumlosen Schlafs abstürzt. Heute aber wird er wieder einmal von seinen Gedanken gebremst. Sie verharren bei Leonhard K. Otto sieht Leo vor sich, wie er schlaflos in seinem Bett liegt und wie seine Gedanken kreisen, immer um dasselbe kreisen. Wie jetzt seine eigenen Gedanken auch. Sie kreisen immer um dasselbe. Um denselben. Um Leo. Bis Otto nicht anders kann, als aufzustehen und sich an sein MacBook zu setzen und zu schreiben:

Leo liegt wach. Sein Schlaf ist flach, er sinkt nicht ab in die traumlose Tiefe, sondern dümpelt an der Oberfläche herum. Lena hat im Auftrag seiner Leber die vielen kleinen Helfer vernichtet, die ihm in der Vergangenheit anfangs nur hin und wieder, dann immer öfter und schließlich jede Nacht einen Knockout verpasst haben. Sein Jammern, nur with the little help of my friends einschlafen und absinken zu können, hatte Lena ignoriert und Herrn Schmidt, der für die Pillenbeschaffung zuständig ist, verboten, für Nachschub zu sorgen. Leos nächtliche Schlafwandelei, die Frau Schmidt beobachtet, gilt nicht zuletzt der Suche nach möglichen Pillenverstecken.

Auch jetzt schleicht sich Leo aus dem Bett. Es ist eine etwas mühsame Prozedur, er ist noch immer schwach und ungelenk. Monalisa neben ihm schnarcht.

Leo weckt Joy.

»Monalisa schnarcht«, sagt er, »und wenn Monalisa weiterhin schnarcht, wenn sie nicht aufhört zu schnarchen, nicht aufhören kann, weil sie einen Defekt hat, ihr Mund offensteht und ihr Gaumen austrocknet und sie schnarchen muss, muss ich die Hilfe meiner kleinen Pillen-Freunde wieder in Anspruch nehmen«, klärt Leo Joy auf.

»Leg dich aufs Sofa, ich massiere deine Füße, dann wirst du gleich einschlafen«, sagt Joy und so geschieht es.

Leo sagt am nächsten Tag zu Monalisa: »Lieschen, du weißt, ich liebe dich, und ohne dich ist mein Leben ein Dreck, aber so geht das nicht weiter, wir müssen eine Lösung für dein Schnarchen finden.«

»Es gibt eine«, sagt Monalisa, »Joy.«

Leo nickt, sie sei wirklich ein Geschenk, aber er könne nicht jede Nacht auf dem Sofa schlafen.

»Ich könnte keine einzige Nacht auf dem Sofa schlafen«, sagt Monalisa.

»Du könntest im zweiten Stock schlafen, du könntest mit Sack und Pack in den zweiten Stock einziehen und dich an den schönen Bildern erfreuen«, schlägt Leo erneut vor.

»Du willst das also wirklich?«

Leo nickt. Monalisa überlegt. Sie überlegt sehr lang.

»Was meinst du?«, drängelt Leo schließlich.

»Du machst mich sehr glücklich, Leo, aber …«

Monalisa hält inne und schaut ihm tief in die Augen.

»Aber was, mein Lieschen?«

»Weißt du, Leo, das musst du verstehen, ich will nicht eines Tages, und möge Gott, dass dieser Tag in weiter Ferne liegt, ich möchte an diesem in weiter Ferne liegenden Tag nicht von deinen Kindern aus deinem Haus vertrieben werden, mit meinen Sachen, die sie mir hinterherwerfen werden, aber ohne meine Bilder, die du mir geschenkt hast, die sie von den Wänden nehmen und zurück ins Lager sperren werden. Das alles will ich nicht! Das verstehst du doch, nicht wahr?«

»Das verstehe ich. Was können wir da machen?«

Monalisa denkt nach.

»Du könntest mir die Wohnung schenken«, schlägt Monalisa schließlich vor.

»Daran habe ich auch schon gedacht, aber sie ist keine Eigentumswohnung, diese alte Villa mit ihren alten Holzböden und Rohren und knarrenden Treppen kann nicht in Eigentumswohnungen unterteilt werden, baurechtlich geht das einfach nicht.«

»Dann könntest du mir die Villa schenken«, schlägt Monalisa daraufhin vor.

»Das geht natürlich«, sagt Leo, »ich schenke dir die Villa, das geht, mein Lieschen.«

Mark Vonby ist auf dem Weg nach Berlin. Amanda auch. Sie kommen ungefähr zur gleichen Zeit an und treffen sich in Marios Wohnung in der Chausseestraße. Sanierter Altbau im ersten Hof, Erdgeschoss, drei Zimmer, Wohnküche und Bad, karg eingerichtet, auffallend nur eine Harley Davidson mitten im Wohnzimmer. An den Wänden hängen großformatige Portraits von Oldtimern: Ein Maserati Baujahr 1957, ein Cadillac Baujahr 1961 und ein Alfa Romeo Baujahr 1965.

Marios Freundin stellt ein Tablett mit Sushi und Schälchen auf den langen Holztisch, prüft, ob Gläser, Wasser und Tee vorhanden sind, und verabschiedet sich.

Mark holt Unterlagen aus seinem Aktenkoffer, setzt sich und legt sie vor sich hin. Er wird sie am Ende des Treffens unangerührt zurück in den Koffer packen. Er zeigt jedoch stets auf sie, als enthielten diese Mappen die Beweise oder Belege für die Forderung von Monalisa Pane und ihre Einlösung durch Leo. Was nicht der Fall ist, diese Beweise sind nicht in seinem Besitz.

Er hätte dieses Zusammentreffen auf sozusagen neutralem Terrain nicht vorgeschlagen, gäbe es nicht zwingende Gründe, beginnt Vonby, der zwingendste sei Monalisa Pane. Keinesfalls dürften sie und Leo von der Zusammenkunft erfahren und nichts von dem, was er zu berichten habe und was es, wie er darlegen werde, zu verhindern gelte.

»Wir sind gespannt«, sagt Mario, wirft seinen Kopf in den Nacken und durchkämmt mit beiden Händen sein Haar.

»An den Wänden der Villa lehnen Gemälde von Picasso, Magritte und Max Ernst, die Schenkungsurkunde wartet nur noch auf die Unterschrift eures Vaters. Neben dieser Urkunde wartet noch eine weitere darauf, unterschrieben zu werden, sie wird die Villa mit allen beweglichen und unbeweglichen Dingen, ebenso wie weitere Gemälde, in den Besitz von Frau Monalisa Pane überführen, die Kosten für Umbauten inbegriffen. Die Pläne dafür liegen bereits auf dem Marmortisch, dem Ort eures inszenierten Giftanschlags mit Lena Grau als Opfer. Jetzt stellt sich die Frage: Wie werdet ihr Monalisa Pane los?«

»Wollen wir sie denn loswerden?«, stellt Amanda die Gegenfrage, »wer kommt denn, wenn sie geht? Für wen inszeniert denn Leo diese Schau? Wen will er denn damit anlocken?«

»Wieso anlocken? Die Pane holt alles aus ihm heraus, was sie kann«, schnauft Vonby, »und offenbar kann sie viel und vielleicht noch mehr, lockt ihn schließlich noch in die Ehefalle und heiratet ihn, er ist doch jetzt schon ziemlich over, um nicht zu sagen gaga!«

»Die Lady ist doch nur Leos Lockvogel!«, sagt Amanda.

»Unsinn!«, widerspricht Mario.

»Hat mein Brüderlein vergessen, wie er einmal eine große Wut auf seinen Papa hatte? Und wie dieser Papa trotz deiner großen Wut es geschafft hat, dich in seine Arme zu locken? Vergessen?«

»Vergessen«, sagt Mario, »und das ist auch gut so!«

»Ich habe es nicht vergessen«, lässt Amanda nicht locker, »mit Geschenken hat er deine Freunde in seine Arme gelockt, bis du vor Eifersucht geplatzt bist und deine Wut auf ihn vergessen und deine Freunde von ihm weggeschubst und dich in seine Arme geworfen hast. Und genau das hatte sich dein Papa gewünscht. Vergessen?«

Mario stöhnt genervt.

»Und was ist die Moral von dieser Geschichte?« Vonby beugt sich neugierig zu Amanda.

»Genau das wünscht Leo sich seit Langem und immer wieder von Fanny, dass sie vor Eifersucht platzt und ihre Wut auf ihn vergisst und die andere, in diesem Fall also Monalisa Pane, beiseite schubst und ihn wieder heiratet!«

»Unsinn! Purer blanker Unsinn!«, widerspricht Mario erregt.

»Klingt auf jeden Fall danach«, stimmt Vonby Mario zu.

Amanda beugt sich zu ihm: »Was Sie nicht wissen, lieber Herr Vonby, was auch du nicht weißt, lieber Mario, mein Vater leidet seit Jahren unter einer schlimmen Krankheit, unter tagtäglicher nächtlicher Schlaflosigkeit. Deshalb die vielen Tabletten, die seine Leber ruiniert haben. Er ist süchtig geworden. Und warum? Weil er sich nicht nur einbildet, sondern glaubt, fast religiös glaubt, nicht mehr schlafen zu können, seitdem Fanny nicht mehr neben ihm schläft. Und dieser beinahe religiöse Glaube ist mehr als nur ein Tick, er ist mehr als nur ein krankhafter Tick, er ist zu seiner Krankheit geworden. Besser also, der Platz neben Leo wird nicht frei, er muss besetzt sein und besetzt bleiben!« Amanda fixiert Mario: »Wegen Fanny. Du weißt, welche Gefahr sie als Mutter von Simon für uns, aber vor allem für dich ist.«

Mario durchkämmt wieder sein Haar, deutlich nervös.

Vonby hat es aufgegeben, Amandas Monolog zu folgen, und sich ein Sushi nach dem anderen in den Mund geschoben. Jetzt hebt er wie in der Schule den Finger.

»Ein Hinweis sei erlaubt«, bittet er und zieht seinen Finger wieder ein, »euer Vater hat mich beauftragt, im zweiten Stock versteckte Kameras installieren zu lassen. In jedem der Zimmer. Er wolle Monalisa niemals aus den Augen verlieren, selbst wenn er sie nur noch verschwommen sehen könne, so groß sei seine Liebe, sagte er. Ziemlich verrückt, oder?«

»Mark, Monalisa ist nichts anderes als der Lockvogel für Fanny, glauben Sie mir! Nix Liebe!«, explodiert Amanda.

»Beiß dich nicht fest, Amanda«, warnt Mario, »was ist Ihre Idee, Mark, Sie haben doch eine Idee, oder? Deshalb sitzen wir doch hier um meinen Tisch herum, oder?«

»Sie müssen die Schenkung des Hauses verhindern«, sagt Vonby, »ganz klar. Denn ist Frau Pane erst einmal die Besitzerin, kann sie den Zutritt zu ihrem Haus verbieten. Vielleicht nicht Ihnen, Sie haben sicherlich ein Recht, Ihren Vater zu sehen. Es ist aber auch das Recht Ihres Vaters, es Ihnen zu verweigern. Frau Pane kennt sich da aus. Sie ist mit einem Juristen verheiratet gewesen. Als Hausbesitzerin kann sie zumindest mir jederzeit die Tür vor der Nase zuknallen. Was sie tun wird. Sie wird und sie kann, wie zuvor Lena Grau, jeden Außenkontakt Ihres Vaters verhindern, sie geht schnurstracks auf ihr Ziel los, und das ist zweifelsfrei erst einmal, Besitzerin der Villa zu werden.«

»Und wie können wir die Schenkung und alles Weitere verhindern?«, fragt Mario.

»Zählen wir doch einmal alles auf«, beginnt Vonby zögerlich, »der depressive Gemütszustand nach dem Leberkoma, die Zornesausbrüche, die Aggressionsschübe, die anhaltende Hinfälligkeit … zählen Sie doch einfach mal eins und eins zusammen!«

»Sie meinen, mein Vater ist nicht mehr in der Lage, eins und eins zusammenzuzählen«, sagt Amanda bissig.

»Das habe ich nicht gesagt«, Vonby beugt sich zu Mario: »Wie beurteilen Sie denn als Federführender in spe die Lage?«

Mario zeigt Anzeichen von Unruhe, er fühlt Amandas lauernden Blick auf sich.

»Ich beurteile sie wie meine Schwester, wir haben bereits darüber gesprochen.«

Mark lächelt dünn: »Da bin ich jetzt aber neugierig.«

»Ich habe Doktor Hertel gesprochen …« Amanda wird gleich von Mario unterbrochen.

»Hast du? Du hast mit Hertel gesprochen? Davon weiß ich ja noch gar nichts!«

»Richtig«, bestätigt Amanda kurz, »also Hertel sagt, die Tabletten haben Leos Gehirn nachhaltig geschädigt …«

»Sagt er? Woher weiß er das?«, unterbricht Mario wieder.

»Er hat die Untersuchungsakten im Krankenhaus eingesehen, ich habe ihn bevollmächtigt …«

»Hast du?«, unterbricht Mario erneut.

»Ich habe ihn bevollmächtigt, und das war auch gut so, es ist eindeutig.«

»Ihr Vater ist, wenn ich Sie richtig verstehe …«

»Wenn Sie Doktor Hertel richtig verstehen …«

»Also, wenn ich Doktor Hertel richtig verstehe, ist Ihr Vater nach Einsicht von Doktor Hertel in die Krankenhausakte nicht mehr geschäftsfähig?«

»Diagnose Doktor Hertel.«

Es ist sehr still in Marios Wohnung.

»Ich könnte für Sie einen Termin mit unserem Geschäftsführer vereinbaren«, durchbricht Vonby die Stille.

»Falls notwendig, holen wir uns den Termin selber«, sagt Amanda kühl.

Der schändliche Versuch von Mario und Amanda, ihren Vater entmündigen zu wollen, ihn für geschäftsunfähig erklären zu lassen, findet privat in der Wohnung des Geschäftsführers statt. In seiner Küche.

Der Geschäftsführer der Leonhard K Medien GMBH & Co. KG unterstützt das Vorhaben. Er setzt auf Mario, den bald federführenden Erben, auch wenn darüber bisher niemand Genaueres weiß. Bisher hat Leonhard K seine Kinder aus seinem Unternehmen ferngehalten. Sie arbeiten bei der Konkurrenz. Gute Vorbereitung, lobte der Geschäftsführer einst den klugen Vater, jetzt drückt er Mario sein privates Mobiltelefon in die Hand, die Nummer der befreundeten Richterin hat er bereits eingegeben.

Mario zögert einen Moment, stellt dann die Verbindung her, die Richterin hat seinen Anruf erwartet.

Als überzeugendes Beispiel, wie verwirrt der Geist seines Vaters ist, hat Mario die Geschichte von Lena Grau parat, der engsten Vertrauten und Mitarbeiterin von Leonhard K, die ihn durch ihren aufopfernden Einsatz aus dem Leberkoma gerettet hat, um dann von ihm als Giftmischerin angeklagt zu werden.

»Oh, oh, oh, das klingt nicht gut«, sagt die Richterin, »doch als Sohn …«, sie hält inne, »Sie sind doch der Sohn? Als Sohn können Sie keinen Antrag stellen, das erlaubt der Gesetzgeber nicht. Nein, auch nicht Ihre Schwester, sie ist ja wohl die Tochter Ihres Vaters, oder? Aber seine Mitarbeiterin Frau Grau oder sein Geschäftsführer oder ein anderer Betroffener im Unternehmen kann im Interesse des Unternehmens und seiner Beschäftigten Geschäftsunfähigkeit beantragen …«

»Dann reiche ich gleich mal den Hörer weiter«, unterbricht Mario, doch der Geschäftsführer hebt abwehrend beide Hände, schüttelt heftig seinen Kopf. Er ist geneigt, die Küche zu verlassen, er persönlich will mit der Sache nichts zu tun haben …

»Hat nicht geklappt«, tippt Mario umgehend an Vonby.

»Okay«, antwortet Vonby nur, er ist beschäftigt, Marios Nachricht erreicht ihn in der zweiten Etage der Villa, wo er die Techniker beim Einbau der versteckten Kameras überwacht. Frau Schmidt steht mit dem Staubsauger neben ihm.

»Das fällt nur einem verliebten Mann ein«, meint einer der Techniker vertraulich zu Frau Schmidt.

»Ist nicht Liebe, ist Eifersucht«, tuschelt Frau Schmidt.

»Ist doch dasselbe«, mischt sich Vonby ein, »aber Sie irren hier beide, es geht weder um Liebe noch um Eifersucht«, stellt er klar, »Leonhard K muss aus Sicherheitsgründen informiert sein oder informiert werden, wer sich in seinem Hause aufhält und was in seinem Hause geschieht.«

Frau Schmidt nimmt ihn später beiseite. »Er will sehen, ob sie heimlich Männerbesuch empfängt, dann schmeißt er sie nämlich gleich raus«, weiß sie und lächelt überlegen.

»Von Rausschmeißen kann keine Rede sein, das Haus gehört demnächst Frau Monalisa Pane«, klärt Vonby auf.

»Wenn es ihr überhaupt jemals gehören sollte, so erst nach Leos Tod, und bei Fehlverhalten auch das nicht, dann geht sie nämlich leer aus«, triumphiert Frau Schmidt.

»Sie sind gut unterrichtet«, wundert sich Vonby.

»Von Frau Grau. Sie bereitet die Verträge vor. Sie versucht, Leo zu schützen, denn im Augenblick weiß er heute nicht, was er gestern gesagt hat, und manche Leute nutzen das aus. Auf Frau Grau kann sich Herr K wirklich verlassen. Das ist unsere Meinung, die von mir und meinem Mann!« Frau Schmidt schaut kämpferisch.

Mark Vonby verzieht sich in eine Ecke.

»Die Grau ist schon wieder im Steigflug, sie hat den Vertrag für die Pane aufgesetzt«, schreibt Mark umgehend an Mario, »ich ziehe die Reißleine, okay?«

»Nicht ziehen, kappen!«, kommt umgehend die Antwort von Mario.

Von den Geschwistern autorisiert, entscheidet Vonby sich für eine Intrige gegen seine wieder einmal höchst erfolgreiche Rivalin. Lena Grau ist in sein ureigenes Revier der Ausarbeitung von Verträgen für Leos Privatangelegenheiten eingedrungen, das versetzt ihn in Alarm.

Für den Start seiner Intrige gegen Lena Grau bittet er Frau Pane um ein Vier-Augen-Gespräch und tischt ihr die Lüge auf, die Grau habe vor, Leo wegen seiner mentalen Ausfälle für geschäftsunfähig erklären zu lassen. Zumindest zeitweilig. Verträge wie die Schenkung der Villa wären dann nichtig, gibt er zu bedenken.

Monalisa zündet sich erst einmal eine Zigarette an. »Haben Sie Beweise?«, fragt sie kühl.

»Frau Grau hat in der Wohnung unseres Geschäftsführers, genauer: in seiner Küche, mit einer Richterin telefoniert. Diese Richterin hat ihr bestätigt, dass sie als verantwortlich Beschäftigte berechtigt ist, die Geschäftsunfähigkeit von Leonhard K zu beantragen«, lügt Vonby frech. »Das wäre ein Vertrauensbruch, den Leo kaum überstehen dürfte, darf ich?« Auch Vonby zündet sich eine Zigarette an. »Meinen Informanten kann ich leider nicht nennen.«

Monalisa denkt nach und beschließt, Vonby zu misstrauen. Sie erzählt Leo von Vonbys Information aus zweiter Hand und schlägt ihm vor, erst einmal Mark Vonby zu prüfen: Vonby selber solle dem Geschäftsführer vorschlagen, er halte es für nötig, Leo wegen mentaler Ausfälle für geschäftsunfähig erklären zu lassen. Geht der Geschäftsführer darauf ein, ist er als Mittäter überführt und die Verdächtigung gegen Lena Grau handfest bewiesen.

»Lieschen, mein Lieschen«, sagt Leo nur und bestellt Vonby ein.

»Finden Sie heraus, welch üble Chose gegen mich im Gange ist!«, befiehlt er harsch und bringt seine brüchig gewordene Stimme in Stellung: »Los, Vonby, hauen Sie ab! Machen Sie sich an die Arbeit. Machen Sie, was Monalisa sagt. Worauf warten Sie? Ihnen ist nicht wohl? Der Verrat ist Ihnen in die Glieder gefahren? Mir auch! Schmidt, bringen Sie uns Champagner!«

Vonby ist verunsichert, damit hat er nicht gerechnet, ihm muss etwas einfallen. Er bemerkt Leos lauernden Blick. Er schaut auf seine Schuhe. Nach einer Weile schüttelt er langsam den Kopf.

»Sie verlangen viel von mir!«, sagt er leise, blickt auf und schaut Leo fest in die Augen, »sehr viel! Zuviel! Ich bin kein Schauspieler. Und dazu kommt, dass niemand mir den Verrat glauben wird. Und die, die einen Verrat planen, werden in mir unweigerlich den Undercoveragenten erkennen … Es muss einen anderen Weg geben.«

»Was für einen anderen Weg?«

»So etwas wie ein Dokument. Ein Papier. Etwas schwarz auf weiß Geschriebenes.«

»Dann besorgen Sie das, Vonby!« befiehlt Leo, »besorgen Sie das Papier, auf dem schwarz auf weiß der Verrat zu lesen ist. Darauf trinken wir! Schmidt, schenken Sie bitte ein!«

Und Vonby besorgt das Papier. Durch Erpressung. Er erpresst den Geschäftsführer, sagt ihm auf den Kopf zu, er habe in seiner Küche Mario Schützenhilfe beim Abschuss des Alten gegeben. Um seine Haut zu retten, bestätigt der Geschäftsführer in einem Schreiben, genannt Protokoll, die Anklage gegen Lena Grau. Und Leonhard K lässt Lena Grau fallen wie eine heiße Kartoffel.

Von seinem Erfolg angespornt, lauert Vonby nun auf eine Gelegenheit, Monalisa Pane, wenn auch gegen den Einwand von Amanda, aus dem Weg zu räumen. Aus *seinem* Weg, der mit ihm als alleinigem Platzinhaber an der Seite von Leonhard K enden soll.

Täglich überprüft er nun mehrfach die Eingänge auf seinem privaten Handy, dass ihm auch ja keine Gelegenheit entgeht. Er hat sich mit der Installation der versteckten Kameras in der zweiten Etage den Zugangscode zu den Aufzeichnungen auf sein Handy spielen lassen. Und endlich, eines glücklichen Tages, kann er dann auch im Anschluss an den Besuch von Monalisas Ex, dem Anwalt, deren mehrstündiger Begegnung nachträglich beiwohnen. Kurze Zeit darauf dann auch Leo in einer von Vonby arrangierten geheimen Vorführung. Der Ton ist exzellent, die Stimmen und Geräusche sind deutlich und klar, nicht minder das Bild. Wenn auch sein Augenlicht schwach ist, kann Leo doch verfolgen, wie Monalisa die Entwürfe der Schenkungsverträge für die Villa inklusive Mobiliar inklusive aller Gemälde bis in alle Einzelheiten von ihrem Ex prüfen lässt. Und wie beide im Anschluss an die Feinjustierung der Verträge die glorreichen Aussichten mit Champagner und Kaviar und Sex feiern. Im neuen Doppelbett.

13.

»Endlich denkst du mal an Sex!«, sagt Larissa.

Es geht ihr deutlich besser, sie hat es sich im orientalischen Prunksessel bequem gemacht.

»In deiner Story gibt es bisher nicht nur keinen Sex, es scheint auch kein Verbrechen zu geben, kein wirkliches Verbrechen! Du kennst doch die hohe Kunst des Verkaufens: Sex and Crime sells.«

Otto hebt seine Schultern und lässt sie wieder fallen: »Wieso verkaufen, daran denke ich vorerst nicht …«

»Trotzdem, in deinem Text muss es um mehr gehen als nur um rivalisierende Beutemacher, verstehst du?«, mahnt Larissa, »deinen Protagonisten geht es offensichtlich um nichts anderes, als Leonhard K möglichst unabgespeckt zu beerben, alle Erbschleicherinnen und Erbschleicher werden von ihnen auf die eine oder andere elegante oder unelegante Weise genötigt, das Feld zu räumen. Reicht das?«

»Du meinst, Erben ist keine Privatsache, sondern eine gesellschaftliche Angelegenheit.«

»Genau.«

»Aber meine Sache ist ganz und gar privat, mir geht es um die Schwarze Witwe meiner Kindheit und ihr Geheimnis.«

»Geheimnis? Da bin ich aber neugierig!«

Otto weicht aus und erzählt Larissa von einem Autor, der sich während seiner Arbeit an seinem Buch, völlig überlastet von seinem Stoff, als Ein-Mann-Karawane beschrieben hat …

Genau so fühlt er sich, als eine Ein-Mann-Karawane, hochbepackt mit den Geschichten und Schicksalen seiner Protagonisten. Und bis er am Ziel ist, werden noch weitere hinzukommen. Wird er da durchhalten?

Er muss Gepäck abwerfen, will er ankommen und nicht vorher aufgeben müssen, weil ihm die Luft ausgeht, sagt er sich, als er wieder vor seinem MacBook sitzt. Und nun lässt er auch Monalisa Pane fallen. Nach dem Sex mit ihrem Ex hat sie bei Leo ausgespielt. Mark Vonby hingegen spielt sich immer weiter in den Vordergrund. Es ist ihm zwar geglückt, mit Monalisa Pane und Lena Grau zwei der Stützsäulen von Leonhard K wegzubrechen, aber Lena wird am Ball bleiben, Vonby ist noch nicht am Ziel, noch muss er mit ihr rechnen. Es geht weiter:

Der Hausapparat klingelt, Vonby nimmt den Hörer ab, es ist Amandas Stimme, sie will ihn sprechen.

»Sie sind im elften Stock«, stellt Vonby mit einem Blick aufs Display fest. Die Nummer kennt er auswendig.

»Und Sie wissen auch wo im elften Stock, ich erwarte Sie«, sagt Amanda kühl.

Vonby nimmt die Stufen in das höher gelegene Stockwerk. Er geht zielgerade auf das Büro von Lena Grau zu.

Amanda empfängt ihn am leergefegten Schreibtisch von Lena. Er ist nur noch mit einem unternehmenseigenem PC und dem Hausapparat bestückt.

»Sie wissen, weshalb ich ausgerechnet in diesem Zimmer mit Ihnen sprechen will? Sie haben keine Ahnung? Ich sage es Ihnen: Ich werde mich von Ihnen nicht aus dem Weg räumen lassen, wie Sie Lena Grau aus dem Weg geräumt haben, ist das klar?«

»Nicht im Geringsten, darf ich mich setzen?«

»Nein.«

Amanda steht auf, sie ist aggressiv aufgeladen, geht auf Vonby los: »Wie ein Hedgefonds-Hai spekulieren Sie auf die Unberechenbarkeit meines Vaters!« Sie bleibt dicht vor ihm stehen und Vonby rechnet damit, dass sie vor ihm auf den Boden spucken wird, wenn nicht sogar ihm ins Gesicht. Er bleibt standhaft und weicht nicht zurück.

»Wen gedenken Sie als nächstes zu killen?«

»Sie irren, Lena Grau hat gekündigt, sie schreibt an einer Biografie über ihren hochverehrten Chef Leo, sie hat keine Zeit, hier am Schreibtisch ihre kostbaren Stunden zu verdaddeln, hat sie gesagt.«

»Erzählen Sie das Ihrer Großmutter!«

»Ist schon gestorben«, sagt Vonby frech.

Amanda lässt sich nicht aus der Fassung bringen.

»Sie halten Kontakt mit Mario, nicht mit mir, Sie spekulieren auf Mario als Nachfolger. Das ist nicht ohne Risiko … wohin gehen Sie? Was machen Sie da?«

Vonby ist zur Tür gegangen, er öffnet sie, schaut auf den Gang, schließt die Tür wieder und kommt zurück.

»Ich will sicher gehen, dass wir nicht belauscht werden, falls Sie mir verraten wollen, weshalb es ein Risiko ist, auf Mario als Nachfolger zu spekulieren.«

»Ich werde es Ihnen nicht verraten, ich warne Sie nur.«

»Ich kenne das Risiko, Mario hat mich informiert«, sagt Vonby und schaut gleichgültig, zumindest probiert er es.

»Wann?« Amanda wird der Mund trocken.

»Er wollte es mir sagen, bevor Sie erfahren, dass Ihr Vater seine testamentarischen Verfügungen zugunsten von Mario geändert hat.«

»Was für Verfügungen?«, sichtbar steigt Hitze in Amanda hoch.

»Testamentarische«, lügt Vonby lässig.

Amandas Gesicht verdüstert sich und läuft rot an, um kurz darauf leichenblass zu werden, dann braust sie wieder auf: »Weiß mein Vater eigentlich, was für eine erbärmliche Laus in seinem Pelz sitzt?«, platzt es aus ihr heraus, »was für ein gemeines Stinktier seine Luft verpestet? Welche übel verseuchte Ratte ihn gebissen hat? Und welches Schwein im Anzug …«

»Sie beleidigen die Tiere«, unterbricht Vonby kalt, »tut mir leid, ich muss in die Konferenz«, gibt er an und verlässt eilig den Raum.

Amanda wirft sich in den Schreibtischstuhl und dreht sich mit ihm wie in einem Karussell, beschleunigt, um dann mitten in der wilden Fahrt abzuspringen und aus Lenas Zimmer zu stürmen. Im Waschraum wirft sie sich kaltes Wasser ins Gesicht, lässt es über ihren Nacken laufen. Alles nützt nichts. Sie kann ihre Tränen nicht aufhalten, sie schließt sich in eine der Toiletten ein, ihr Körper bebt vor unterdrückter, ohnmächtiger Wut.

Leo döst vor sich hin. Es ist früh am Vormittag. Im Gefühl, sowohl von Lena Grau als auch von Monalisa Pane verraten und verlassen worden zu sein, sitzt er gebeugt und ein wenig in sich zusammengesunken in seinem Lehnstuhl im großen Wohnraum. Er lauscht auf die Geräusche und Stimmen seiner Umgebung, die er kennt. Was er sieht, ist verschwommen, er trägt keine Brille.

In diese Verschwommenheit tritt eine Figur, die näher kommt und deutlicher wird.

»Guten Morgen, Papa!«, sagt die verschwommene Figur.

Leo erkennt die Stimme: »Simon, was machst du denn hier? Hast du schon deinen Doktor in der Tasche oder hat man dich in Boston rausgeschmissen?«

Er sucht nach seiner Brille, setzt sie auf, und nun sieht er seinen Jüngsten deutlicher, die Schmidts haben ihn angekündigt, es ist ihm entfallen.

»Ich habe einen Job hier an der Uni, und heute will ich mit dir in den Garten gehen und ein paar Schritte wagen«, sagt Simon und lächelt aufmunternd. Er ist Mitte zwanzig und um einiges jünger als Amanda und Mario. Wenn er lächelt wie jetzt, glimmt in seinen Augen ein warmes Feuer. Das weiß Leo. Auch wenn er Simon nur ungefähr sieht, spiegelt sich das aufglimmende Lächeln seines Sohnes auf Leos Gesicht wider.

»Willst du mit mir in den Garten kommen? Die Sonne scheint, es ist milde, es wird dir guttun.«

»Wo ist deine Mutter?«

»Fanny ist zu Hause.«

Als habe er Simon nicht gehört, wiederholt Leo: »Wo ist deine Mutter? Wo ist Fanny?« Leo lauscht wie auf eine ferne Antwort und dabei wird es vor seinen Augen heller, Simon wird immer heller, er löst sich auf in einer totalen Helligkeit, in die hinein Leos Stimme, weitaus kräftiger und jünger jetzt, wiederholt: »Wo ist deine Mutter?«, und aus der Helligkeit poppen Bilder auf, Erinnerungen, die nur Leo sieht, die sich ihm aufdrängen, die seinem Ruf »Wo ist deine Mutter« quasi antworten: Er sieht Fanny mit Simon im Garten und Simon ist noch ein Kind, er sieht sich mit Fanny im offenen Cabriolet durch die Straßen einer Stadt fahren. Und am Meer mit Freunden feiern, tanzen, lieben …

»Komm, Papa, wir gehen in den Garten«, dringt Simons Stimme zu Leo und holt ihn aus seinen Erinnerungen zurück, sie reißen einfach ab.

Simon hält ihm seinen Arm hin, Leo ergreift ihn und geht an seiner Seite hinaus auf die Terrasse und die wenigen Stufen hinunter in den Garten. Nach einer anfänglichen Leichtigkeit aber dehnt sich der eigentlich kurze Weg bis zu der alles überschattenden Rotbuche. Er erscheint Leo immer länger, immer endloser, und der Baum immer entfernter, immer höher. Gleichzeitig dazu werden die Schreie der Wildgänse, die sich im Kanal am Ende des Gartens die Plätze streitig machen, immer lauter.

Simon bemerkt, wie sich Schweißperlen auf Leos Stirn bilden, und hört, wie schwer sein Atem wird. Er lenkt ihn zurück ins Haus, erschöpft sinkt der Vater in seinen Stuhl.

»Alles okay? Ein Glas Wasser?«, fragt Simon.

Leo antwortet nicht, er fragt wieder: »Wo ist deine Mutter?« Und wieder gleitet er hinüber in eine halluzinatorische Erinnerung und sieht sich, einen Schlüsselbund in der Hand, vor der Eingangstür zu seiner Villa. Ganz langsam öffnet sich die Tür, es ist dunkel dahinter. Schwach zeichnen sich die Konturen des Eingangsbereichs ab, die Treppe, die Möbel. Türen öffnen sich lautlos in die Räume, es ist ein Tasten durch das Dämmerlicht. Und wie als Antwort auf seine Frage »Wo ist deine Mutter« hört Leo das Wispern von Fanny aus dem dämmrigen Dunkel: »Hier«, wispert ihre Stimme, »hier.« Es klingt einladend, nach Wärme, Geborgenheit, Glück. »Fanny«, flüstert Leo und hört ein lautes »Hier«, es ist die Stimme von Simon, sie holt ihn zurück in seine Gegenwart, er blickt auf das Wasserglas in Simons Hand.

»Du trinkst zu wenig«, mahnt Simon.

»Stimmt«, sagt Leo, »ich bin halb verdurstet. Ich habe schon Visionen wie ein Verdurstender in der Wüste. Ich sehe Fanny, ich höre Fanny … Ich bin froh, dass du da bist. Und du bleibst jetzt etwas länger, ja? Und du wohnst wie früher in der zweiten Etage, ja? Tu mir den Gefallen …«

Leo ruft nach Frau Schmidt, sie soll alles herrichten, Simon wird die nächsten Monate im zweiten Stock wohnen, und wer weiß, vielleicht … Er hält inne, dann ruft er nach Herrn Schmidt und bestellt den obligaten Champagner.

Die Fenster sind dunkel verhängt, von der Peitschenlampe im Innenhof fällt durch einen Spalt ein greller Streifen Licht über ein Doppelbett und streift Amanda. Sie trägt eine Lammfellweste und sitzt im Schneidersitz am Fußende. Ihr Gesicht ist in geisterhaftes Handylicht getaucht, lautlos tippt sie auf ihrem Display herum, dann ist es plötzlich schlagartig hell. Mario hat den Knopf neben der Konsole gedrückt und damit die gesamte Beleuchtung seines Schlafzimmers eingeschaltet. In Erwartung eines Einbruchs ist er im Bett hochgeschnellt. Jetzt erkennt er seine Schwester, lässt sich aufstöhnend zurückfallen und legt seine Hand auf sein Herz. »Musst du mich immer zu Tode erschrecken? Willst du mich umbringen!«

»Verräter!«, sagt Amanda nur.

Mario setzt sich auf, sogleich hellwach. »Ich bin dir nur zuvorgekommen«. Er greift nach der Zigarettenpackung auf der Konsole.

»Mach das große Licht aus und lass die Zigaretten liegen, ich bin allergisch, das weißt du!«

Mario gehorcht, legt die Zigaretten beiseite und löscht das große Licht, jetzt brennt nur noch die Nachttischlampe.

»Du machst mit Vonby gemeinsame Sache, nicht mit mir, wieso?«, sagt sie leise, dann schreit sie: »Wieso«?

»Du warst immer und bleibst für immer mein Partner! Nicht Vonby! Aber Vonby ist gefährlich, man muss mit ihm in Kontakt bleiben, ihn unter Kontrolle halten, ihm seine Grenzen zeigen … wir müssen ihm seine Grenzen nicht nur zeigen, wir müssen sie ihm in seinen Schädel rammen!«, fordert Mario düster.

»Worte, alles nur Worte! Wenn wir nicht zusammenhalten, bist du verloren!«

Amanda lächelt überlegen.

»Ich weiß«, sagt Mario wie unbeteiligt, nimmt nun doch eine Zigarette aus der Packung und das Feuerzeug aus dem Aschenbecher auf der Konsole und zündet sie sich an, pafft hektisch ein paar Züge, Amanda wehrt den Rauch ab.

»Unsere Mutter …«

»Lass unsere Mutter aus dem Spiel!«, unterbricht Mario und pafft vor sich hin.

»An dem Tag, an dem du durchgedreht bist …«

»An diesem Tag, an meinem achtzehnten Geburtstag, hast du mich gerettet, ich weiß«, unterbricht Mario, es gelingt ihm nicht, sein ironisches Lächeln zu verbergen, »seit diesem Tag bin ich durch deine Gunst und Gnade der Sohn von Leonhard K.«

Amanda hüstelt, wehrt die Rauchschwaden ab.

»Mach bitte die Zigarette aus, ich ersticke gleich.«

Mario gehorcht.

»Wir haben unserer Mutter geschworen …«

»Lass unsere Mutter aus dem Spiel! Reden wir lieber von Simon. Er bestimmt doch, dass ich Leos Sohn bin und bleiben muss, ja, muss, damit nicht Simon meinen Platz einnimmt. Deine Worte! Wir sind die wahren Erben, nur zusammen sind wir stark. Deine Worte! Stimmt für mich, aber auch für dich, mit Simon wärst du in der schwächeren Position.«

»Er ist bei Leo eingezogen, in die zweite Etage.«

»Simon?! Seit wann?«

Mario greift umgehend erneut zur Zigarettenpackung und zündet sich eine an, ohne auf Amandas Protest zu achten.

»Deswegen bin ich hier. Ich wette, er hat seine Mutter im Schlepp, und wenn Fanny auch nur einen Fuß über die

Schwelle der Villa setzt, lässt Leo umgehend die Hochzeitsglocken läuten, das wäre dein Ende! Und wem verdanken wir diese ganze Schweinerei? Rate nicht, ich sag's dir: Deinem dir ergebenen Diener Mark Vonby! Er hat Monalisa, die Harmlose, vertrieben und eine weiberfreie Zone geschaffen, wir müssen sie schnellstens wieder mit einer Frau möblieren, bevor uns Simon mit seiner Mama zuvorkommt. Mach die Scheißzigarette aus!«

Amanda wirft sich auf Mario und entwindet ihm die Zigarette, drückt sie in den Aschenbecher und hockt sich auf seine Brust.

»Wir sind die wahren Erben«, wiederholt sie in beschwörendem Ton, »das war von Anfang an so, und das wird so bleiben.« Sie beugt sich zu seinem Gesicht hinunter: »Wir halten zusammen, bis ans Ende aller Zeiten … wiederhole es …«

Mark Vonby sitzt an einem Tisch in der Nische eines lärmvollen, kleinen Restaurants in der Nähe des Hamburger Pressehauses. Er steht auf, als eine Frau mit einem Hündchen an der Leine das Restaurant betritt und sich suchend umsieht. Anders als Monalisa Pane mit ihren schwarz gefärbten Locken und ihrem knallroten Mund und ihrer fülligen südländischen Figur ist Pia Hein sportlich schlank. Mit ihrem nur leicht geschminkten Gesicht und leicht ergrautem Haar setzt sie offensichtlich auf authentische Natürlichkeit. Ihre Kleidung ist unauffällig und teuer, ihr Gesicht voller Enttäuschungen und dennoch frohgemut.

Sie setzt sich zu Vonby an den Nischentisch. Sie kennt ihn, sozusagen geschäftlich, als Abwickler. Er hat ihre mehrfachen Ein- und Auszüge in die Villa und aus der Villa organisiert und Rechnungen beglichen. In Anspielung auf ihren Mund, der beim Einfordern von Geld in auffälliger Weise seine Form verändert, nennt Vonby Pia Hein insgeheim Lady Piranha.

Erneut ist er als werbender Bote unterwegs, dieses Mal jedoch im geheimen Auftrag von Mario und Amanda zwecks Hausbesetzung, wie Mario sagt. Amanda spricht von weiblicher Möblierung.

Pia schüttelt entschieden ihren Kopf, nein, sie wird nicht noch einmal auf Leonhard K hereinfallen, als Abwickler wisse er, wie sie bereits mehrfach in die Villa eingezogen und wieder ausgezogen sei, noch einmal werde sie nicht der Stimme seines Herrn folgen.

»Leonhard K ist ein anderer geworden«, setzt Vonby seine Werbung fort, »schauen Sie doch wenigstens einmal vorbei, Sie werden sofort sehen, wie sehr er sich verändert hat.«

Vonby setzt eine mehrdeutige Miene auf.

Pia stutzt.

»Wie meinen Sie das?«

»Wie ich es gesagt habe, er hat sich verändert, überzeugen Sie sich.«

Vonby grimassiert vielsagend.

»Ich komme nur, wenn er mir ein Angebot macht«, fordert Pia cool, kann aber aufsteigende Tränen nicht verhindern, sie kneift ihre Augen zusammen.

»Okay«, meint Vonby lässig und begleicht die Rechnung für zwei Cappuccino mit einem Schein, den er unter den kleinen Blumentopf aus Plastik schiebt.

»Es geht hier ja nicht um Liebe«, sagt Pia kühl, »er liebt ja nur diese Eine, diese Einzige, diese Unerreichbare, diesen Mythos Fanny, und das hat sich ja wohl nicht geändert.«

»Ein Mythos verändert sich nicht, aber Leonhard K hat sich verändert, notabene.«

Dieses Mal zieht Vonby bedeutungsvoll seine Augenbrauen in die Höhe.

»Sie machen mich tatsächlich neugierig«, sagt sie und bückt sich unter den Tisch und taucht mit ihrem Hündchen im Arm wieder auf.

»Dann wollen wir unserem Herrchen doch mal einen Besuch abstatten«, spricht sie zu ihrem Hündchen.

Zwei Wochen darauf jagt das Hündchen an Joy vorbei durch die Räume im Erdgeschoss der Villa und springt am Ende auf Leos Schoß.

Joy ist genervt, scheucht den Hund weg und man sieht, dass sie das auch sehr gern mit seinem Frauchen machen würde: Pia Hein ist gerade beschäftigt, Leos schmerzendes Knie mit einem Quarkwickel zu versorgen.

»Quarkwickel, so ein Unsinn«, murmelt Joy missmutig. Sie kennt die Diagnose, Lena Grau hat sie ihr, wie auch den Schmidts, anvertraut. «Da helfen keine Quarkwickel,« hat sie zu Pia gesagt und auch ihr die Diagnose anvertraut. Aber Pia will nichts davon wissen, spricht sogar von einer Lüge der Grau.

Amanda speist mit ihrem Freund Philipp in einem stylishen Restaurant, sie trägt ein glamouröses Kleid mit Spaghettiträgern. Ihr Freund zeigt sich sehr verliebt, aber auch an Geschäften interessiert. Er hat in eine Filmproduktion investiert, die Serien für Streamingdienste produzieren will. Er schlägt Amanda vor, sich zu beteiligen.

»Ich habe noch nicht geerbt«, sagt Amanda, »und ich hoffe, es werden noch viele Jahre vergehen …«

»Das hoffen wir doch alle!«, unterbricht Philipp, »aber der Papa wird doch …«

»Nein«, unterbricht Amanda streng, »das wird der Papa nicht!«

»Auch nicht für sein Mandelchen?«

Amandas Smartphone zeigt eine Nachricht an.

»Mario«, sagt sie und schiebt das Handy beiseite, doch dann folgt Nachricht auf Nachricht.

»Entschuldige«, sagt sie und verlässt ihren Platz, geht auf die Straße und öffnet das Video, das Mario mit der Textzeile *Vonby weiter auf Erfolgskurs* versehen hat. Es zeigt, von einer der versteckten Kameras in der zweiten Etage aufgenommen, wie Pia Hein vom Balkon der Villa Simons Kleidung erst Stück für Stück und schließlich ein ganzes Bündel samt Rucksack in den Vorgarten der Villa wirft, danach schließt sie die Balkontür. Dann erscheint Simon im Bild: Er will die Haustür aufschließen, der Schlüssel passt nicht, er blickt sich um und erkennt einzelne Teile seiner Kleidung im Vorgarten, das Video bricht ab.

Amanda geht schnellen Schritts zurück an ihren Tisch im Restaurant, verstaut Schal und Smartphone in ihrer Tasche und nimmt ihren Mantel.

»Ich muss sofort gehen!«

»Was ist passiert?«

Sie schüttelt den Kopf, zieht ihren Mantel an.

»Kannst du für mich bezahlen?«

Sie ist schon auf dem Weg, Philipp hält sie auf: »Kann ich helfen?«

Sie schüttelt ihn ungeduldig ab, entscheidet sich dann aber doch für eine schnelle Umarmung und stürmt aus dem Restaurant, nimmt ein Taxi zum Bahnhof, sitzt eine halbe Stunde später im ICE, steigt in Berlin am Hauptbahnhof aus, hält mit dem Taxi in der Chausseestraße, klingelt bei Mario, mehrfach, er meldet sich nicht, sie geht durch die Einfahrt in den Hinterhof, sieht die Balkontür offen stehen, klettert an der Fassade zum höher gelegenen Erdgeschoss hinauf und über das Balkongitter, schlüpft durch die offene Balkontür und steht in Marios Schlafzimmer. Dieses Mal überrascht sie ihn beim Liebesakt, aber nicht mit seiner Freundin.

Die junge Frau schreit auf, Mario fährt erschrocken herum und erkennt seine Schwester. »Schon wieder hier? Schon wieder über den Balkon!«

»Wir müssen reden«, sagt Amanda und setzt sich ans Fußende des Betts und lächelt der jungen Frau kurz zu.

»Meine Schwester Amanda«, klärt Mario auf, »und wieso steigt meine Schwester schon wieder über meinen Balkon in mein Schlafzimmer?«

»Ich muss mit dir über Vonby reden. Wegen Simon.«

»Jetzt? Mitten in der Nacht?«

»Ja.«

Mario greift nach der Zigarettenschachtel, Amanda protestiert. Die junge Frau verschwindet unter der Bettdecke, Mario zündet sich eine an.

»Vonby wird zu mächtig, er schafft ein Hindernis nach dem anderen beiseite. Ach was, Hindernis! Bollwerke! Erst Lena Grau, dann Monalisa Pane, und jetzt Simon in Kooperation mit dieser Hein … Der Mann ist mir unheimlich und er wird mir immer unheimlicher!«

Amanda wehrt den Zigarettenrauch ab. »Musst du immer noch weiter die Luft verpesten! «

»Können wir nicht morgen in Ruhe …«

»Nein!«, schneidet Amanda Mario das Wort ab, »morgen schon lässt Vonby Leo vielleicht bereits eine Vollmacht über seine Konten unterschreiben, eine Vollmacht für Mark Vonby, über den Tod hinaus, ohne dass Leo weiß, was er unterschreibt. Vonby hat die Kontrolle übernommen!«

Mario pafft vor sich hin, Amanda beobachtet ihn aus zugekniffenen Augen, nicht nur wegen des Rauchs.

»Du siehst Gespenster«, murmelt Mario und pafft weiter.

Die junge Frau steckt ihren Kopf unter der Bettdecke hervor, sieht den Qualm in der Luft, hustet, springt aus dem Bett, Amanda nimmt kurz ihre Nacktheit wahr.

»Komm bitte wieder zurück«, ruft Mario ihr wenig überzeugend hinterher. Die junge Frau sammelt eilig ihre Kleidungsstücke zusammen, murmelt etwas Unverständliches, was nicht gerade freundlich klingt, und verlässt das Schlafzimmer. Sofort nimmt Amanda ihren Platz ein.

»Uns wäre das alles nicht gelungen, was Vonby mit links erledigt. Und Pia ist sein Werkzeug, die beiden stecken unter einer Decke. Vonby hintergeht uns!«, stößt Amanda atemlos hervor, »es war ein Fehler, ihn zu beauftragen, es war überhaupt ein Fehler, sich mit ihm einzulassen, genauer, es war dein Fehler, jetzt denk mal scharf nach, wie wir da wieder rauskommen!«

»Deine Fantasie geht mir dir durch, du siehst Gespenster, glaub mir«, sagt Mario mit unsicherer Stimme, sehr überzeugend klingt es nicht.

14.

Es klingelt an der Wohnungstür, Otto reagiert nicht. Dann klopft jemand sehr laut und sagt sehr laut, er sei der Postbote.

»Bin auf dem Weg«, ruft Otto und kämpft sich müde aus seinem Bett. Im Vorbeigehen hört er aus dem Bad das Wasser rauschen. Er wirft einen Blick in Larissas Zimmer, sie ist nicht in ihrem Bett.

Der Postbote beschwert sich, der Briefkasten quelle über, man müsse ihn sofort leeren. »Nix passt mehr rein!«.

»Wir sind in Quarantäne«, entschuldigt sich Otto und legt, obwohl er hinter der geschlossenen Tür steht, reflexhaft seinen Schal um Mund und Nase.

»Shit«, sagt der Postbote vor der Tür, »aber trotzdem, Sie müssen eine Lösung finden, ich krabbel hier nicht die Treppe hoch und sammle dabei noch ein paar Viren ein, nee danke!«

Er legt den Stapel Post vor die Tür und poltert die Treppe hinunter. »Einmal und nie wieder!«, ruft er nach oben.

Otto öffnet die Tür, nimmt den Stapel Post vom Boden, obendrauf liegt ein Briefumschlag mit schwarzem Trauerrand, er ist an Larissa adressiert. Otto schaut auf den Absender: *Familie Escher* liest er und die Adresse, er starrt auf sie und denkt an Mila.

Sie träume fast jede Nacht von ihr, hatte Larissa gestern gesagt, aber in dieser Nacht sei sie aufgewacht und Mila habe am Fußende ihres Betts gestanden. Sie habe sie ganz deutlich gesehen. Mila habe die Hand nach ihr ausgestreckt, habe sich dann aber von ihrem Bett entfernt und in Luft aufgelöst.

»Das ist eine Seelenerscheinung gewesen«, sagte Larissa, »und das bedeutet, entweder ist die Person in großer Gefahr

und braucht deine Hilfe, oder sie ist bereits gestorben und verabschiedet sich von dir …«

Larissa war kurz vorm Heulen.

Sie würde am liebsten Mila anrufen, aber die sei ja bereits
bei Max in L.A.

»Du glaubst es also nicht wirklich!«, hatte er gesagt und ge-
lacht und Larissa mit seinem Lachen angesteckt.

Otto starrt noch immer auf den Absender. Welche Nachricht der Brief auch enthält, sie wird Larissa aus ihrem noch
wackeligen Gleichgewicht kippen. Rückfall inbegriffen, denkt
er und deponiert den Brief mit dem schwarzen Trauerrand
hinter der großen Salatschüssel im Küchenschrank. Später,
denkt er, wenn sie safe ist …

Otto geht ins Bad, Larissa liegt in der Badewanne und
wäscht ihr Haar, taucht unter und taucht wieder auf, nimmt
ein Handtuch und wickelt es um ihren Kopf.

»Meinst du, du kannst das deinem Kopf schon zumuten?«
Otto schaut zweifelnd.

»Es hat wie tausend Läuse gejuckt, und das ist schlimmer als
Kopfschmerzen und Schwindel, hilf mir.«

Larissa zieht sich an Ottos Hand hoch und steigt aus der
Badewanne, schlüpft in ihren Bademantel, föhnt ihr Haar und
schlürft zum Sofa im verwaisten Clubraum, lässt sich drauf
fallen und ihren Blick umherschweifen.

Früher saß hier immer jemand, denkt sie und wundert sich,
dass früher noch keine zwei Wochen zurückliegt.

»Es war einmal«, sagt sie zu Otto, »so fangen doch die Mär-
chen an, oder? Und wie geht es in deinem Marchen weiter? Mit
der bösen Lady Piranha? Aus welcher Gruselkiste hast du denn
diese Lady rausgezogen?«

»Sie ist die letzte von Leos Favoritinnen. Sie hat durchge-
halten. Sie ist zäh … tut mir leid, Larissa, ich muss wieder an

meinen Mac, ich habe nur noch ein paar Tage, dann öffnen sich wieder die Tore …«

»Für dich! Und wie sieht es für mich und meinen Job aus?«

»Jetzt, wo man nirgends mehr hingehen kann, bleibt man auf dem Sofa vorm Fernseher sitzen, und Streaming wird mehr geguckt als vor der Pandemie, also braucht man mehr Drehbücher für Filme …«

»Aber wird man sie auch drehen können?«

»Bis du deine Erben-Serie geschrieben hast, ist alles vorbei.«

»Sicher?«

»Ich denke schon«, sagt Otto. Dann fällt ihm der Brief mit dem Trauerrand und dem Absender *Familie Escher* ein, der jetzt hinter der Salatschüssel liegt, und er ist froh, dass er wieder zurück kann an sein MacBook. Er schreibt weiter:

Leo sitzt in einem Rollstuhl und wird von Mario in einen geräumigen Fahrstuhl geschoben, der von einem Pförtner bedient wird. Außer von Mario wird Leo von Pia, Mark Vonby und Amanda begleitet. Oben im Festsaal soll Leo in einem Festakt ein Preis, eine Anerkennung für sein Lebenswerk, verliehen werden. Pia setzt Leo eine Brille mit dunkel getönten Gläsern auf.

»Wegen der Blitzlichter«, erklärt sie lächelnd.

Vor dem Festsaal angekommen, hebt sich Leo, gestützt von Pia auf der einen und Vonby auf der anderen Seite, aus dem Rollstuhl. Langsam gehen sie mit ihm in ihrer Mitte den Weg bis zu seinem Platz in der ersten Reihe. Die Strecke erscheint Leo endlos zu sein. Eingerahmt von Pia links und Vonby rechts nimmt er schließlich unterhalb des Rednerpults in einem Armsessel Platz, vor sich die bildmächtigen Wandmalereien, allesamt Darstellungen hanseatischer Größe.

»Frau Hein hat Simon von der Einladungsliste gestrichen«, flüstert Amanda, sie sitzt mit Mario auf der gegenüberliegenden Seite. Mario verzieht keine Miene.

Die Feier beginnt mit Brahms, gespielt von einem Kammerorchester. Die Klänge fluten durch den hohen Saal mit seinem altertümelnden Pomp, umspielen das Auditorium, prallen ab an der maskenhaft lächelnden Pia Hein. Derweil versichert sich Vonby seines Manuskripts in der Brusttasche seines Sakkos, während Leos Kopf langsam ein wenig seitlich nach vorn sinkt. Es macht den Eindruck, als sei er ganz Ohr, aber hinter den dunklen Gläsern seiner Brille, die seine Augen vor dem Blitzlicht der Fotografen und dem Scheinwerfer der TV-Kamera schützen sollen, sind seine Lider geschlossen.

In Leos ganz eigener Wahrnehmung entfernt sich nun die Musik von Brahms und wird von einer anderen überlagert, die sich in den Vordergrund spielt, und mit ihrer Melodie gleitet Leo in das Reich seiner Träume und halluzinatorischen Erinnerungen, das ihm willig seine Pforten geöffnet hat: Es ist ein Walzer von Schostakowitsch, der Walzer Nr. 2, nach dem er sich mit Fanny unter einem Kristallleuchter dreht. Er hält sie im Arm und gleitet inmitten einer Ballgesellschaft übers Parkett. Fannys Gesicht ist nah, ihr Körper fest an seinem, sie schwingen vor und zurück und wieder vor in totaler Harmonie. Da zerfetzt ein greller Blitz die Szenerie …

Abrupt richtet Leo Kopf und Oberkörper auf, sieht undeutlich den Fotografen, der mit einer Blitzlichtkamera vor ihm kniet, hört aber deutlich die Stimme von Mark Vonby, der hinter dem Rednerpult steht und die Dankesrede von Leonhard K ankündigt. Er habe die Ehre, diese vorzutragen, erklärt er den geladenen Gästen, dem Preisträger sei leider eine böse Erkältung auf die Stimme geschlagen. Aber Gott sei gedankt nur auf die Stimme …

Amanda und Mario tauschen überraschte Blicke, sie beugen sich vor, wollen sehen, wie Leo auf Vonbys Anmaßung reagiert, der Blick ist ihnen aber durch Pia Hein verstellt.

Am Ende der Rede weicht Vonby vom Text ab, der in Zusammenarbeit von Chefredaktion und Geschäftsführer entstanden ist. Leonhard K habe immer betont, sagt er jetzt, dass das, was ihm gelungen ist, nur mit Hilfe seiner großartigen Mitarbeiter gelingen konnte. Und weil das Schicksal es gut mit ihm gemeint habe, sogar sehr gut, wolle Leonhard K einen Teil seines Geldes in eine Stiftung einbringen. Das Ziel dieser Stiftung sei nach dem Willen des Stifters die Förderung von Bildung und Forschung.

Das Auditorium spendet Beifall. Vonby erkennt in seiner Mitte den Geschäftsführer und den Chefredakteur. Beide erheben sich nun und klatschen demonstrativ, und das Auditorium folgt ihnen und erhebt sich auch, Beifall klatschend. Schon will sich Vonby verbeugen, realisiert jedoch im letzten Moment, dass nicht ihm, sondern Leonhard K der Beifall gilt, und er hält abrupt inne, registriert jedoch den anerkennenden Blick seitens der Unternehmensspitze und antwortet mit einem leichten Nicken, ja, er gehört jetzt dazu, zur Spitze.

Leo senkt verwirrt den Kopf, bemerkt die Hand von Pia auf seiner Hand und schüttelt sie unwillig ab, während Vonby unter dem noch immer anhaltenden Klatschen seinen Platz neben Leo wieder einnimmt.

»Das waren nicht meine Worte!«, wendet sich Leo erzürnt an ihn.

»Wie Sie hören, kommen Ihre Worte aber sehr gut an!« Vonby beugt sich näher zu Leo. »Wir stiften, weil wir Unterstützung brauchen. Für unser Steuerproblem brauchen wir dringend die Unterstützung der Stadt«, erklärt er hinter vorgehaltener Hand.

»Unsinn!« Leo reißt sich zornig die Brille vom Gesicht, sofort stürzen Fotografen vor, ihre Blitzlichter zucken um ihn herum, hastig greift Pia nach der Brille und drückt sie Leo wieder auf die Nase, die Musik setzt ein.

Amanda und Mario stecken ihre Köpfe zusammen. »Das wird Vonby büßen, das wird er nicht überleben«, presst Mario durch die Zähne und Amanda grollt böse: »Dieses Stück Scheiße, in den Gully mit ihm!«

Vonby aber schmunzelt vor sich hin.

Pia lauscht erhobenen Hauptes der Musik, während Leos Kopf langsam nach vorne sinkt.

Später, im Anschluss an die Feier, wirft sich Vonby in seinen Porsche und rast los. Eine Nacht mit viel Alkohol bei Piero im Milano und danach in seinem favorisierten Edelbordell liegt vor ihm, er feiert sich als *The Winner Himself*, lässt die Edelfrauen auf seine ständig wiederholte Frage: *And The Winner Is?* lautstark mit Gejauchze antworten: *Mark Vonby!* Von sich selbst und auch tatsächlich besoffen endet sein Rausch in einer Kneipe auf der Reeperbahn, wo man ihm seine Brieftasche abnimmt. Er bemerkt es zu spät und beschuldigt erst den, der neben ihm am Tresen hockt, dann einen anderen und noch einen, bis ihn einer vom Barhocker stößt, was ihm eine Blessur am Kopf einbringt.

»Oh …«, bemerkt Frau Vonby am nächsten Morgen beim Frühstück nur und zeigt auf das große Pflaster über seiner Augenbraue, seine Töchter kichern.

»Stress! Kaum noch auszuhalten!« erklärt Vonby, »die Kantinentür war im Weg«. Er steht auf, küsst seine Frau auf die Stirn und nacheinander seine Töchter ebenso, »wird sich am Ende aber auszahlen, vor allem für euch!«

»Hoffentlich«, meint seine Frau.

»Oh …«, bemerkt auch der Pförtner am Empfang und tippt sich an seine Stirn.

»Meine Töchter«, sagt Vonby und lächelt und ist schon auf dem Weg in sein Büro, von dem aus er seinen Freund Piero vom Ristorante Milano anruft, er solle ihm mit dem Kurier ein Päckchen in sein Büro schicken, es sei dringend. Danach tigert er unruhig seine Fensterfront ab, drückt die Mails und SMS und Anrufe allesamt weg, er ist blass, seine Hautfarbe entwickelt sich Richtung grün, er zittert, er ist in der Krise: Kurz vor dem Ziel lassen ihn seine Nerven im Stich. Endlich wird ihm der Kurier gemeldet.

»Soll raufkommen!«

Vonby nimmt das Päckchen höchstpersönlich entgegen, das Trinkgeld ist reichlich, er schließt seine Tür und öffnet es hastig, unter Unmengen von Styropor kommt eine kleine Plastiktüte zum Vorschein, die flugs in der Innentasche seines Sakkos verschwindet. Eilig verlässt er sein Zimmer, schließt sich in der Toilette ein und zieht auf der Ablage gekonnt eine Linie, es ist nicht das erste Mal, dass er Kokain schnupft, danach bedient er die Spülung. Zurück am Schreibtisch ist er wie ausgetauscht, ganz und gar entspannt verabredet er sich mit Mario zu einem Spaziergang im Jenischpark an der Elbe.

»Aber ohne Amanda«, verlangt Vonby in gehobener Stimmung.

Mario stimmt sofort zu und informiert Amanda.

Die Geschwister sitzen in Amandas Mini, sie hat ihn unweit von einem der Eingänge in den Park abgestellt. Von hier verfolgen beide, wie sich Vonby aus der entgegengesetzten Richtung dem verabredeten Treffpunkt unter einem der Bäume nähert, der von beeindruckenden Stützgerüsten in seiner Schieflage gehalten wird.

Mario zückt sein Smartphone und drückt Amandas Nummer. Sie nimmt seinen Anruf an und drückt auf Aufnahme. Er verlässt Amandas Mini, verstaut sein Smartphone in der Brusttasche und geht auf Vonby zu. Amanda bleibt in ihrem Mini sitzen, stellt auf Lautsprecher und hört die Schritte ihres Bruders und das leichte Rascheln, das seine Kleidung beim Gehen verursacht, dann hört sie sehr deutlich Marios Begrüßung und Mark Vonbys Stimme, beide sind in ihrem Blickfeld.

»Ich habe Ihnen einiges zu sagen«, hört sie Vonby.

»Einiges zu erklären«, korrigiert Mario scharf, »wem ist die Idee zu dieser Stiftung eingefallen?«

»Ursprünglich Lena Grau, wie Sie wissen, ich habe sie übernommen«, sagt Vonby gelassen, »wir sollten uns ein bisschen bewegen«, meint er und schlendert Richtung Wiese.

»Scheißkerl«, schimpft Amanda vor sich hin.

»Das ist Selbstermächtigung!«, hört sie Marios Stimme.

»Ich bin von Leonhard K bevollmächtigt.«

»Das müssen Sie beweisen.«

»Das kann ich.«

»Mein Vater ist nicht mehr geschäftsfähig.«

»An Ihrer Stelle würde ich das nicht behaupten, das könnte schlecht für Sie ausgehen …«

»Sie drohen mir! Sie wollen mich erpressen!« Marios Stimme dreht hoch.

Amanda verlässt ihren Mini, Mario und Vonby sind nicht mehr in ihrem Blickfeld, mit ihrem Handy am Ohr schleicht sie am Rand des Parks entlang, bis die beiden wieder in ihrer Sichtweite sind, und verfolgt mit leisem Knurren ihr Gespräch.

»Sie sollten mir vertrauen, Mario«, hört sie Vonby sagen, »ich habe Sie immer unterstützt, Sie sollten mit mir zusammenarbeiten …«

»Ich soll Ihnen helfen, das Vermögen meines Vaters in einer Stiftung zu versenken, zweifellos unter dem gemeinsamen Vorsitz von Ihnen und Ihrer Lady Piranha«, unterbricht Mario aufgebracht.

»Tritt ihm in die Eier!«, wütet Amanda mit kaum gebändigter Lautstärke.

»Sie vergessen die Verdienste von Frau Hein, sie hat Ihre ärgste Konkurrenz, den legitimen Erben, wenn Sie erlauben …«

»Schnauze, Vonby!«, entgleist Mario und erntet ein leises »Bravo« von der am Parkrand herumschleichenden Schwester.

»Jetzt aber«, Vonby legt eine bedeutungsvolle Pause ein.

»Jetzt aber was?«

»Jetzt aber muss Ihr Vater und müssen auch Sie vor der Lady geschützt werden, Sie und ich müssen …« Die Verbindung bricht ab, der Akku ist leer, wie Amanda fassungslos feststellt.

»Mist!«, schimpft sie und läuft zurück zu ihrem Mini und hängt ihr Handy an das Ladekabel, aber die Verbindung mit Mario ist beendet. Kann sie ihn anrufen? Ihm eine SMS oder eine Mail schicken? Würde sie damit ihre Lauschaktion verraten?

Unentschlossen kehrt sie an den Rand des Parks zurück und sucht Mario zwischen den Bäumen und Büschen, doch er ist mit Vonby in die Tiefe des Parks verschwunden. Mit sich im Zorn startet sie ihren Mini, fädelt sich in den Verkehr der Elbchaussee ein und hält nach schneller Fahrt durch die Stadt vor der Villa ihres Vaters.

Frau Schmidt öffnet, packt Amanda sogleich entschieden am Arm und zieht die Überrumpelte entschlossen durch eine Tür zur Treppe, die in den Keller und zum Arbeitsraum mit der Waschmaschine und dem Wäschetrockner führt. Im Arbeitsraum baut sich Frau Schmidt vor Amanda auf, die Hände in den Hüften, die sie gleich wieder fallen lässt. Sie sucht nach den richtigen Worten. Schließlich sprudelt es aus ihr heraus.

»Ich werde nicht darüber reden, mit niemandem, aber was hier unter diesem Dach mit Ihrem Vater passiert, das geht über meine Hutschnur, das ist unwürdig, jawohl, zutiefst unwürdig, nein, lassen Sie mich ausreden, ich sag es Ihnen: Ihr Vater ist von Tag zu Tag mehr verwirrt und er wird von Tag zu Tag mehr betrogen! Jetzt soll er, der gar nicht weiß, was mit ihm geschieht, heiraten! Stellen Sie sich das vor!«

»Heiraten? Wen denn?«

»Diese Frau da oben, die Hein, sie lässt sich ein Kleid nach dem anderen für die Hochzeit schicken und wirft jedes in die Ecke. Es ist zu auffällig! Es soll nicht auffallen! Es soll bloß nicht auffallen, dass sie einen fast blinden und todkranken Leonhard K zur Unterschrift zum Standesamt schleift! Sie müssen das verhindern, Amanda, Sie sind doch seine Tochter, Sie sind doch sein Mandelchen!«

Frau Schmidt steckt ihre Nase in ein Taschentuch, sie kämpft mit den Tränen.

»Nicht doch, Frau Schmidt! Mein Vater hat so manchen Unsinn im Kopf, aber gewiss nicht den, Frau Hein zu heiraten«, beruhigt Amanda Frau Schmidt und auch sich selbst.

»Aber er hat doch gar keinen Kopf mehr!« Frau Schmidt tippt sich gegen den eigenen, »er ist verwirrt, er ist ein alter, kranker, verwirrter Mann, der liebevolle Pflege und Unterstützung braucht. Sie dürfen nicht zulassen, was jetzt geschieht, Amanda.«

»Was kann ich denn machen?!«, ruft Amanda gereizt.

»Die Hein muss aus dem Haus, und der Vonby gleich mit, der ist ein übler Charakter, wenn ich das so frei sagen darf, der würde mich und meinen Mann sofort rausschmeißen, wenn er wüsste, dass ich sage, was ist.«

Frau Schmidt nimmt wieder ihr Taschentuch, sie ist von Leos Schicksal überwältigt, aber auch von ihrem eigenen, das ihr droht, sollte Leonhard K das Mündel von Pia K, geborene Hein, werden.

»Nicht weinen!« Amanda schaut Frau Schmidt kurz, aber fest in die Augen, »es wird alles gut«, sagt sie und wendet sich schnell ab, ist blitzschnell über die Treppe verschwunden und verlässt die Villa, ohne ihren Vater aufzusuchen. Sie ist zu aufgewühlt, sie fürchtet, die Kontrolle zu verlieren und loszuschreien.

Im Mini spricht sie Mario auf seine Box, er solle gleich zu ihr kommen, Philipp sei auf Reisen, sie könnten offen reden. Sie drückt eine Taste, hämmernde Bässe begleiten ihre Fahrt bis in die Garage ihrer Wohnung, dann Stille, sie schüttelt so heftig ihren Kopf, dass ihr schwindelig wird. Sie hält inne und springt aus ihrem Auto.

Mit dem Öffnen ihrer Wohnungstür beleuchtet ein dezent indirektes Licht die modernen Räume mit den großen Glasflächen. In einiger Entfernung blinken die Lichter der Containerkräne durch die Dämmerung. Als einzige weitere Lichtquelle schaltet Amanda die *Fregatte* hinzu, ein aus Kristallglasteilen nachgebautes, komplett elektrifiziertes historisches Segelschiff, ein Fliegender Holländer auf luftiger Geisterfahrt, ein Requisit von ihrem Ex, einem Schiffsmakler.

Ohne ihren Mantel abzulegen, eilt Amanda in ihr Bad. Während sie die Toilettenspülung bedient, klingelt in ihrer Tasche im Flur ihr Handy, sie hört es nicht. Mario spricht auf ihre Box. Er steht vor einem italienischen Restaurant im pittoresken Blankenese mit Blick auf die Elbe.

»Hallo Manda, ich bin mit meiner alten Liebe verabredet und kann erst später vorbeikommen, kann dir aber schon mal versichern, dass Vonbys Strategie uns durchaus nützlich ist.

Er meint, wenn die Hein Leo heiratet, sind wir vor Fanny und Co. safe. Er sorgt dafür, dass die Hein bis auf den Namen von Leo nichts kriegt. Er sichert das vertraglich wasserdicht ab. Ist nicht so schlecht, oder? Alles Weitere später.«

Mario verstaut sein Smartphone und kehrt zurück ins Restaurant, nicht etwa zu seiner alten Liebe, sondern zu Mark Vonby.

»Ich kann noch viel mehr für Sie tun«, sagt Vonby, er ist in Hochform, an seiner Nase kleben Spuren des weißen Pulvers.

»Zum Beispiel?«

»Zum Beispiel kann ich Ihnen ein von den legitimen Erben nicht angreifbares Erbe sichern.«

»Wie das?« Mario bleibt so gelassen wie möglich.

»Wir machen Schenkungen, das heißt, alle drei Kinder von Leo verzichten auf ihren Pflichtteil, danach heben wir das bisherige Testament auf und verwandeln das Erbe in Schenkungen, geschenkt ist geschenkt, daran ist nicht zu rütteln.«

»Wer ist *wir*?«

»Ich. Mit Ihrer Zustimmung natürlich. Und selbstverständlich auf Wunsch und nach dem Willen von Leonhard K.« Vonby grinst.

»Amanda wird das nicht gefallen.«

»Amanda kann wählen, entweder vertraut sie mir oder die Hälfte des Erbes geht an Pia K.«

»Shit!«, sagt Mario und kaut auf seiner Unterlippe.

Vonby fasst sich an seine Nase, leckt seine Finger grinsend ab, was Mario entgeht, der gerade einen weiteren Anruf von Amanda wegdrückt.

Sie liegt auf ihrem Sofa mit Blick auf die Fregatte, den erleuchteten Fliegenden Holländer über ihrem Kopf. Sie hört Marios Nachricht ab und wiederholt die Passage. »Er meint, wenn die Hein Leo heiratet, sind wir vor Fanny und Co. safe …

Er meint, wenn die Hein Leo heiratet, sind wir vor Fanny und Co. safe …«

Einige Tage, nachdem über Amandas Kopf die Fregatte, der Fliegende Holländer, ins Schwanken geraten war, halluziniert sich Leo auf ein echtes Schiff, wenn auch ein Traumschiff. Auf diesem Schiff ist er auf Hochzeitsreise und feiert im Kreise einer großen Gesellschaft seine Hochzeit mit seiner Traumfrau, tanzt er mit Fanny den Hochzeitstanz … bis er sanft aus diesem Traum geweckt wird. Von Joy. Sie sitzt am Fußende seines Bettes und massiert sanft seine Füße, sagt leise, sie habe alles vorbereitet und werde ihn gleich waschen und putzen und schön anziehen, denn heute ist sein Hochzeitstag, heute heiratet er.

Leo ist in seinem Traumland und lächelt. »Ja, heute heirate ich«, sagt er.

Joy steht vom Fußende des Bettes auf und zieht die Vorhänge zurück, Licht fällt ins Zimmer.

Leo blinzelt: »Wo bin ich?«

»Zu Hause in Ihrem Bett«, sagt Joy und beugt sich zu ihm, »aber jetzt müssen Sie aufstehen.«

»Heiraten, hast du gesagt?«, fragt Leo.

»Ja, heiraten«, antwortet Joy, und wieder lächelt Leo. Er lässt sich von Joy aus dem Bett helfen und sie hilft ihm ins Bad.

Von Joy herausgeputzt, verlässt er zwei Stunden später an ihrem Arm die Villa, Herr Schmidt chauffiert beide zum Flughafen. Dort wartet ein von Vonby gecharterter Privatjet.

Als Leo von Joy die fragile Gangway hinaufgeschoben wird, läuft ihm eine Schweißperle die Schläfe hinunter. Wie eingefroren liegt nun das Lächeln auf seinem Gesicht, die Anstrengung, die ihn das alles kostet, ist so groß, dass sein Blick starr wird. Doch sein Traum, den er geträumt hat und den er nicht mehr von der Wirklichkeit unterscheiden kann, vielmehr ist das, was er geträumt hat, jetzt seine Wirklichkeit, dieser Traum mobilisiert alle Kräfte, die noch in ihm stecken.

»Meine Herren Piloten, Sie befinden sich auf meinem Hochzeitsflug!«, ruft er, als Joy ihn auf dem Sitz anschnallt.

Der Jet hebt ab, fliegt eine Kurve und dann Richtung Westen, Ziel ist Groningen, die holländische Kleinstadt nahe der deutschen Grenze.

Dort erwarten Pia Hein und Mark Vonby, die Braut und der Trauzeuge, in einer Hotelsuite Leos Ankunft.

Pia ist aufgebracht. Noch immer ist sie erbost über den Ehevertrag, den Vonby aufgesetzt hat: Sie ist keine Erbin. Zwar garantiert der Vertrag ihr einen vorzüglichen und lebenslangen Unterhalt, doch vom Erbe ist sie ausgeschlossen. Und das sei hinsichtlich des Vermögens von Leonhard K eine Schande, empört sie sich. Und nach deutschem Recht sei dieser Ehevertrag vielleicht noch nicht einmal gültig, wettert Pia, das beweise allein schon die Wahl dieses holländischen Kaffs, das Vonby für die Trauung vorgesehen hat.

»Sein oder Nichtsein, das ist hier die Frage«, blödelt Vonby, »Pia K werden oder Pia Hein bleiben«, sagt er mit Spott im Gesicht.

Pia wirft ihren Kopf zurück, als Pia K wird sie ihm schon zeigen, wo Gott wohnt. Sie schaut auf die Uhr und geht zum Fenster und beobachtet die Auffahrt zum Hotel.

Wenig später sieht sie, wie Leo mit Unterstützung des Chauffeurs und von Joy das Taxi verlässt. Sie gibt Vonby ein Zeichen.

»Vonby, best Boy, gut, dass du da bist«, begrüßt Leo Vonby aufgekratzt in der Hotellobby, »ich heirate heute! Pia, ich heirate heute! Ihr beide seid meine Trauzeugen! Wo ist Fanny?«

Leo, am Arm von Joy, schaut sich um.

Vonby und Pia schauen sich an, einen Moment sprachlos, dann ergreift Pia die Initiative.

»Sie ist in der Suite«, erfindet sie schnell und geht voraus zum Fahrstuhl, sie will eine Entgleisung von Leo, einen seiner neuartigen Zornesanfälle unbedingt vermeiden, denn sie hat die von ihr bestellten Fotografen bereits in der Hotellobby gesichtet.

In der Suite, noch immer am Arm von Joy, folgt Leo Pia ins Schlafzimmer.

»Sie bleiben bei Vonby im Salon«, sagt Pia und will Joy von Leos Seite drängen und seinen Arm nehmen.

»Joy bleibt bei mir«, bestimmt Leo, »wo ist Fanny?«

»Setz dich erst einmal und trink einen Schluck Champagner«, bestimmt Pia und drängt Joy nun entschieden beiseite. Dann führt sie Leo zu einem Stuhl, drückt ihm ein Glas Champagner in die Hand und scheucht Joy mit einer ungehaltenen Geste aus dem Schlafzimmer.

Joy wagt nicht, Pia zu widersprechen, und wischt aus der Tür, sieht Vonby im angrenzenden Salon an einem Tisch Papiere ordnen und stellt sich neben ihn.

»Das sind die Dokumente für die Trauung«, erklärt er, »wie geht es denn unserem Hochzeitspaar?«

Joy zuckt mit den Schultern, gibt sich gleichgültig.

»Okay«, sagt Vonby und wirft einen Blick auf seine pompöse Armbanduhr, »wir haben noch ein gutes Stündchen, bis Meneer Sassen hier erscheint, um unser Paar zu trauen. Halten Sie sich bitte bereit, Sie sind die zweite Trauzeugin.«

Joy nickt und startet einen Erkundungsgang durchs Hotel und um das Hotel herum, blickt zu den Fenstern, hinter denen sie Leo vermutet, schaut auf ihr Handy nach der Uhrzeit, kehrt zurück, sieht Vonby und Pia im Salon in die Dokumente vertieft. Unbemerkt schleicht sie sich ins Schlafzimmer zu Leo.

Er liegt mit geschlossenen Augen angezogen auf dem Bett. Sie nimmt seine Hand und massiert sie sanft.

»Ich will nach Hause, Joy«, sagt Leo leise, »sag mir, wo bin ich?«, flüstert er.

»Sie sind in Groningen in Holland.«

»Ich will nach Hause, Joy.«

»Sie wollen nicht heiraten?«

»Ich will sofort nach Hause«, Leo verfällt in einen zornigen Jammerton, »jetzt gleich! Sofort! Verstehst du, Joy?«

Joy nickt, rührt sich aber nicht.

Leo wird lauter: »Bestell das Flugzeug, bestell es sofort, ich will sofort nach Hause! Nach Hause!«

»Okay, Chef, okay.«

»Bestell es, jetzt sofort!« Leo ist hypererregt, seine Stimme laut.

»Okay, Chef«, Joy nimmt ihr Handy, tippt die Servicenummer. Bevor sich jedoch der Service meldet, ist Pia im Zimmer und reißt ihr das Handy aus der Hand, ein Blick darauf genügt, sie drückt die Nummer weg.

»Raus hier!«, zischt sie und folgt Joy auf den Fersen, die Tür zum Schlafzimmer schließt sie hinter sich ab, verwahrt den Schlüssel in ihrer Jackentasche, ruft von ihrem Handy den Service an, Abflug in einer Stunde.

Die Heirat fände nur zum Schutz von Leo statt, informiert Pia Joy erregt. Ein reiner Liebesakt! Sie habe auf ein Erbe verzichtet. Sie erwarte jetzt Joys Unterstützung. Leo sei hilfsbedürftig und gefährdet, er dürfe sich nicht aufregen, das verschlechtere seine Befindlichkeit, jede Aufregung zerstöre etliche Zellen in seinem Gehirn, er brauche jetzt eine Suppe, um sich zu beruhigen, der Kellner habe sie gerade gebracht.

»Die Suppe wird ihm guttun«, sagt Pia und weist auf ein Tablett mit einer Terrine unter eine Wärmehaube.

»Sie wird Leo beruhigen. Ihnen zuliebe, Joy, wird er sie zu sich nehmen, kommen Sie.«

Pia geht voraus, Joy folgt ihr mit dem Tablett und der Suppenterrine samt Schöpfkelle, einer Suppentasse mit Löffel und einer Stoffserviette. Pia schließt die Schlafzimmertür auf und hinter Joy wieder ab.

Als Leo, eine gute Stunde später, frisch vermählt am Arm von Pia die Treppe zur Hotellobby hinuntergeht, wird er von den bestellten Fotografen mit Blitzlichtkameras erwartet.

Die aufzuckenden Blitze animieren Leo, zu posieren, ja, er ist so überschwänglich gut gelaunt, dass er wie früher in ausgelassenen Momenten, etwa bei Familienfeiern, Geburtstagen oder Jubiläen im Unternehmen, eine Opernarie schmettern will, doch seine Stimme versagt ihm ihren Dienst, und so gelingt ihm, und das auch sehr reduziert, nur ein alter Schlager aus seinem Operettenrepertoire. »Gern hab ich die Frauen geküsst«, hört man ihn singen. Pia lächelt dazu, lenkt Leo aber Richtung Ausgang, um eine weitere Gesangsdarbietung zu verhindern. Denn die Wirkung der Hochzeitssuppe, einer Hühnerbrühe mit Einlage, Eierstich und Fleischbällchen, von Pia zusätzlich mit einer ordentlichen Portion eines aufputschenden Muntermachers gewürzt, ist außerordentlich. Noch während des Rückflugs unterhält Leo die Piloten mit Richard Wagners »Ritt der Walküre«.

In der Wohnung von Lena Grau klingelt das Telefon. Sie nimmt ab, Joy ist am Apparat. Kurz darauf klingelt Joy an Lenas Wohnungstür.

Joy ist in schlechter Verfassung, keine Spur mehr von ihrer heiteren Gelassenheit. Gedrückt gestimmt folgt sie Lena in die Küche. Der Tee steht bereits auf dem Tisch.

Die Schmidts hätten sie auch schon aufgesucht, informiert Lena Joy und schenkt den Tee ein.

»Können Sie denn wirklich gar nichts tun? Irgendjemand muss doch etwas tun!«, drängt Joy, »sie hat die Schmidts rausgeworfen und mir fristlos gekündigt, sie behauptet, ich hätte dem Chef heimlich Schlaftabletten zugesteckt … alles Lüge!«

»Nehmen Sie eine Pistole und erschießen sie ihn«, sagt Lena ungerührt, »am besten, Sie erschießen gleich beide, aus Menschlichkeit; den einen, um ihn von seinem Leiden zu erlösen, und den anderen, um die Menschheit von ihm zu erlösen.«

Lena schlürft mit versteinerter Miene ihren Tee, dann explodiert sie: »Hey, was glotzen Sie so blöd? Haben Sie eine bessere Idee? Sie werden diesen dreimal gewichsten Schleimer Vonby und seine Operation Hinterhalt nicht mehr aufhalten können. Er hat sie alle reingelegt, reingelockt in seinen Hinterhalt, und er wird sie noch tiefer hineinlocken, sie weiter reinlegen, keiner wird mehr rauskommen aus diesem Kessel, er wird sie alle abknallen, einen nach dem anderen … armer Leonhard!«

Lenas Wut ist groß. Leonhard hat sie im Stich gelassen, hat ihr ihren Endspurt auf den letzten hundert Metern vermasselt, hat ihre Träume vernichtet.

»Leonhard K ist nicht zu helfen! Er hat sich für Vonby entschieden. Und jetzt entscheidet Vonby für ihn«, stellt sie fest.

Joy jault auf wie das Hündchen von Pia Hein, jetzt Pia K, wenn sie ihm versehentlich auf die Pfoten getreten ist, sie bedeckt ihr Gesicht mit ihren Händen. »Wir müssen ihm helfen!«, jammert sie.

Lenas Stimmung wechselt. »Es gibt eine Möglichkeit, ihm zu helfen«, sagt sie sanft, »schreiben Sie alles auf, was Sie erlebt haben, oder besser noch, sprechen Sie es auf eine Datei.«

Joy nimmt ihre Hände vom Gesicht, schaut zweifelnd.

»Als Chronistin und Biografin von Leonhard K werde ich, Lena Grau, seine faktische Enteignung, die Enthauptung dieses großen alten Mannes durch Mark Vonby, öffentlich machen«, verkündet Lena, und ein fast überirdisch feines Lächeln breitet sich auf ihrem Gesicht aus.

»Sie werden sein Leben nicht mehr retten, Joy, aber Sie können sein Leben nach seinem Tod retten«, sagt sie und legt mit pathetischer Geste ihr Handy zwischen sich und Joy auf den Tisch.

»Sprechen Sie. Fangen wir doch einfach gleich damit an. Erzählen Sie bitte in allen Einzelheiten, wie Sie die Enteignung von Leonhard K von sich selbst erlebt haben.«

Lena schaltet auf Aufnahme.

Joy überlegt, sie zögert, dann beugt sie sich vor und spricht: »Piranhas und Haie sind harmlose Wesen im Vergleich zu den Ungeheuern, in deren Gesellschaft sich der arme Leonhard K jetzt befindet …«

Mit der Entlassung der Schmidts und der fristlosen Kündigung von Joy durch Vonby auf Wunsch von Pia, verlassen ihn seine Lebensgeister rapide. Umsorgt von sich abwechselnden, robusten Pflegerinnen, die angewiesen sind, jeden Besuch abzuweisen, dämmert Leo, gebettet auf seiner Chaiselongue, vor sich hin. Durchzuckt von Bildern und Halluzinationen, im wirren Gespräch mit nur ihm sichtbaren, nur für ihn anwesenden Personen. Und immer mal wieder hört man durchs Haus sein Rufen nach Fanny.

Auch die Vorleserin musste Vonby entlassen, Pia behauptet, sie habe sich, während sie Leo aus den Zeitungen vorlas, breitbeinig und ohne Unterhose vor ihn hingesetzt.

Den lästigen Fragen und Wünschen seitens des Pflegepersonals entzieht sich Pia, sie hält sich die meiste Zeit in der zweiten Etage auf und will nicht gestört werden. Von dort telefoniert sie mit Vonby.

»Sie müssen sich beeilen, Mark«, beschwört sie ihn, »Simon macht Sperenzchen? Wieso enterben Sie ihn dann nicht einfach … Pflichtteil? Er will nicht auf sein Pflichtteil verzichten? Dann enterben Sie ihn doch! Wie, das können Sie nicht wegen Pflichtteil?«

Während Vonby Pia seine Schwierigkeiten mit dem widerstrebenden Simon beschreibt, lümmelt er auf Leos Schreibtischstuhl im zwölften Stock herum, mit Rundblick über den Hafen und die Stadt.

Mario und Amanda hocken in den schwarzen Ledersesseln und folgen Vonbys Gespräch mit Pia. Zum Schluss brüstet Vonby sich damit, dass Simon dabei sei, einzuknicken. »Sie wollen doch nicht ein Geldstinker sein!«, habe er schließlich Leos Bezeichnung für geldgierige Leute zitiert, das habe wohl gesessen. Vonby beendet das Gespräch und zündet sich eine Zigarette an.

»Mein Vater hat nicht geraucht, niemand hat hier jemals gewagt zu rauchen«, krittelt Amanda spitz.

»Stimmt«, sagt Vonby nur und schaut dem Rauch nach, den er in Ringen aus seiner Lunge entlässt.

Nun zückt auch Mario seine Zigarettenpackung und qualmt mit Vonby um die Wette.

»Ich habe mich klein gemacht, sooo klein«, sagt Mario und bringt seinen Daumen mit dem Zeigefinger in die größtmögliche Nähe, ohne dass sie sich berühren, »ich bin quasi unter Simons Türschwelle hindurchgekrochen und habe ihm den Kilimandscharo versprochen. Wir machen alles zusammen, habe ich gesagt, wir führen den Laden gemeinsam, du kriegst auch die Villa und den Oldtimer ganz allein nur für dich, ansonsten teilen wir alles, was überhaupt zu teilen ist …«

Amanda provoziert einen Hustenanfall, Mario pafft unbeeindruckt weiter mit Vonby um die Wette.

»Wenn du aber nicht unterschreibst, wird nichts mehr zum Teilen da sein, habe ich Simon vorgerechnet, und das schöne Geld fließt in die Staatskasse, der ganze Laden fällt auseinander ... Und was hat er geantwortet?«

Mario schaut in die Runde und lässt Zeit vergehen.

»Na, was? Sag schon«, drängelt Amanda.

»Er hat gesagt, er akzeptiere nur den Willen seines Vaters, und Mark Vonby ist nicht sein Vater.«

»Nicht sehr originell«, meint Vonby nur.

»Ihr genialer Plan, Vonby!« Mario springt plötzlich hoch und baut sich drohend vor Vonby auf, »Amanda und ich haben bereits auf unseren Pflichtteil verzichtet, aber Simon will nicht, folgt Ihnen nicht, will vielleicht lieber Alleinerbe sein, er ist es jetzt ja quasi, er ist jetzt in diesem Augenblick Alleinerbe! Und wir, Amanda und ich, sind draußen ...« Mario versagt die Stimme, dann fängt er sich wieder, »ist das vielleicht der geheime Plan eines gewissen Superstrategen namens Mark Vonby? Ist das Ihr Plan, dass wir draußen sind?!«

»Pflichtteilverzicht ist Voraussetzung für die Schenkung, verlieren Sie jetzt bloß nicht Ihren Verstand!«, warnt Vonby.

Amanda springt auch auf: »Mario ist von Ihrer ganzen verdammten Einmischung in unsere Familienangelegenheiten überfordert, einfach überfordert!« Sie tritt gegen Leos Schreibtisch.

»Stimmt«, sagt Mario.

»Okay, okay«, murmelt Vonby, hebt beide Arme hoch, als hätten Mario und Amanda Pistolen auf ihn gerichtet, »ich werde noch mal mit ihm reden.« Er verlässt den Raum. Amanda folgt ihm kurz darauf, sie habe eine Verabredung, sagt sie zu Mario.

Würde Mario ein paar Minuten später aus dem Fenster im zwölften Stock schauen, könnte er sehen, wie Amanda an der Ampel die Straße überquert und den Weg am Fleet entlang Richtung Slomanhaus nimmt. Im vierten Stock drückt sie den Klingelknopf zum Büro des Notars Dr. Otto Mayer. Er erwartet sie.

Sie müsse sich sowohl gegen ein gemeinsames Komplott von Vonby und Mario wappnen als auch gegen ein Komplott von Vonby gegen Mario rüsten, sie brauche seinen Rat.

»Und was ist mit der neuen Frau K?«

Seitens Pia rechne sie bestenfalls mit einem Scharmützel, meint Amanda, »sie hat nichts in der Hand.«

»Und was ist mit Simon?«, will der Notar wissen.

»Der wird keine Probleme machen«, versichert Amanda, »der hat einen zu guten Charakter«, sagt sie mit leichter Verachtung in ihren Mundwinkeln.

Der Notar schüttelt sich vor Lachen, schließlich rollen ihm Tränen über die müden Wangen: »Was für eine formidable Revanche! Es scheint deiner Mutter zu gelingen, ihren Mario gegen Herzbube Simon, Leos eigen Fleisch und Blut, zu positionieren!«

Der Notar wischt sich seine Tränen aus den Augen. Aber sie laufen einfach weiter.

»Entschuldige mich einen Augenblick«, sagt er und verlässt sein Arbeitszimmer, hastet an den beiden Sekretärinnen vorbei in den kleinen Besprechungsraum, dort gibt es eine silberne Box mit Papiertüchern. Er zieht mehrere heraus, drückt sie gegen seine Augen, umrundet mehrfach den Besprechungstisch mit den sechs Stühlen, mal in die eine, dann abrupt in die andere Richtung, bis er die Kontrolle über sich zurückgewonnen hat. Er wirft die feuchten Tücher in einen Papierkorb und verlässt den Raum wieder.

»Du kennst bestimmt das Narrativ deines Vaters über deine Mutter, es ist damals bis zu meiner Frau gelangt«, bricht es aus ihm heraus, kaum ist er zurück,

»Welches?«, fragt Amanda nicht übermäßig neugierig.

»Dein Vater verglich deine Mutter mit dieser Spinne, der Schwarzen Witwe, und dass ihm die Flucht geglückt sei, bevor sie zubeißen konnte …«

Amanda lacht laut auf.

»Ja, lach nur! Mir ist die Flucht nicht gelungen, meinen Kopf hat sie …«, er spricht es nicht aus, »ich war kopflos … ich habe alles vergessen, meine Familie, meinen Beruf …«

»Du wiederholst dich.«

»Ich war ihr komplett ausgeliefert«, fährt der Notar unbeirrt fort, »ich bin es, wenn auch jetzt auf andere Weise, noch immer. Das Original ist in meinen Händen, aber sie hat eine beglaubigte Kopie mit meiner Unterschrift. Erst, wenn dein Vater nicht mehr lebt, hört meine Leibeigenschaft auf, nur er hätte gewusst, dass seine Unterschrift gefälscht ist.«

»Sei dir da mal nicht so sicher, schließlich bin ich die Tochter meines Vaters!«

»Ich weiß. Und insgeheim erhofft der bessere Teil in mir, dass du es endlich beweist«, sagt der Notar und wieder kommen ihm die Tränen, jetzt allerdings ohne zu lachen. Er räuspert sich: »Machen wir weiter …«

Pia hält auf dem Krankenhausflur Wache. Kein Unbefugter soll Leos Zimmer betreten, sich gar an sein Bett setzen. Sie hat nur engste Familie zugelassen, und das sind Leos Kinder. Jedoch einzig Simon sitzt jeden Tag am Krankenbett seines Vaters und wacht über seine fiebrigen Träume und Halluzinationen.

»Er ist on his way«, sagt Simon zu Pia.

Aber Pia ist nicht bereit, Leo auf seinem Weg zu begleiten, schon gar nicht Händchen haltend an seinem Krankenbett. Schnellstmöglich verlässt sie, kaum ist die Besuchszeit abgelaufen, ihren Wächterinnenplatz auf dem Flur und das Krankenhaus. Zurück in der Villa stellt sie umgehend die Alarmanlage scharf und schließt sich in der zweiten Etage ein. Sie ist jetzt allein im Haus, Vonby hat den nicht mehr benötigten Pflegedienst rund um die Uhr abbestellt.

Hastig verschlingt sie Reste aus dem Kühlschrank, später wählt sie bei Primetime die fünfte Staffel von Downtown Abbey, schläft dabei ein und träumt. Sie sieht sich durch die leeren Zimmerfluchten eines Schlosses wandeln, das an Downtown Abbey erinnert, Schatten folgen ihr, verfolgen sie, wohin sie sich auch wendet, dann steht plötzlich Leo im Krankenhaushemd vor ihr …

Pia schreckt aus dem Sofa hoch, es ist drei Uhr nachts, sie hastet ins Badezimmer und schluckt mehrere Schlaftabletten, legt sich im Bett ein Kopfkissen aufs Ohr. Erst am späten Vormittag wacht sie langsam aus ihrer Betäubung auf. Sie findet eine Nachricht von Simon auf ihrem Handy, Leo ist in der Nacht gegen drei Uhr gestorben, er war bei ihm.

Sie schickt die Nachricht weiter an Vonby.

Vonby liest sie und wirft vor der Fensterfront seines Eckzimmers andeutungsweise beide Arme in die Luft. »And the winner is!«, sagt er leise, ein breites Lächeln auf seinem Gesicht.

Umgehend drückt er eine Nummer in sein Handy, die Stimme von Lena Grau meldet sich: »Bitte hinterlassen Sie Name und Rufnummer«. Er räuspert sich: »Hier Vonby, ich möchte Ihnen die traurige Mitteilung machen, dass Leonhard K heute Nacht von uns gegangen ist, ich finde, diese Nachricht sollte Sie als Erste außerhalb der Familie erreichen.«

Er steckt sein Handy zurück in seine Gesäßtasche und lässt sich einen Piccolo bringen.

»Nichts für ungut, Chef«, sagt er leise und schaut nach oben und hebt sein Glas dem Unsichtbaren entgegen: »Ich bedanke mich für das großzügige Erbe! Auch im Namen meiner Frau und meiner Kinder!«

An Lena Graus Wohnungstür klingelt es Sturm. Amanda steht davor, den Finger auf dem Klingelknopf. Endlich öffnet Lenas Bruder Georg. Noch nie hat er Amanda in solch einem Zustand gesehen, ihr Haar ist zerzaust, ihr Gesicht ist blass und ihre Augen sind gerötet.

»Ich bin sehr froh … wir sind sehr froh … kommen Sie … oh … oh … herzliches Beileid!«, stottert er.

»Danke,« sagt Amanda.

Lena ruft aus der Küche. Sie sitzt an einem halb leergeräumten Frühstückstisch. Sie ist in einem miserablen Zustand. Etliche Scherben auf dem Fußboden weisen auf Porzellan hin, das bereits zu Bruch gegangen ist.

»Es trifft meine Schwester härter als mich«, erklärt Georg leise, »obwohl …«

»Alles deine Schuld«, unterbricht Lena aufgebracht, »du hast geschlafen, du hast dich auf dem Kissen, das ich dir unter deinen dicken Hintern geschoben habe, ausgeruht, anstatt auf der Hut zu sein, hellwach zu sein und zu kämpfen!«

»Georg hatte keine Chance«, sagt Amanda, »Vonby hat auf die amtierende Witwe gesetzt, sie verdankt ihm ihr Amt.«

»Sie hatten leichtes Spiel, sie haben ihm mit Psychopharmaka den Garaus gemacht!«, empört sich Lena.

»Es hat keinen Sinn, zurückzuschauen und Vermutungen anzustellen, wir müssen nach vorn blicken und handeln«, fleht Amanda.

»Oh, nein, liebe Amanda, *ich* schaue zurück, darauf kannst du dich verlassen! Ich habe alles aufgeschrieben!«

Lena läuft aus der Küche und kehrt mit ihrem MacBook zurück und knallt es auf den Tisch, wieder geht Porzellan zu Bruch, sie stößt die Scherben mit dem Fuß beiseite.

»Ich habe Tag und Nacht recherchiert, ich habe meine Leute, und ich werde alles veröffentlichen, auch wie der edle Herr Vonby das Testament von Leonhard K neu entwickelt und sich selbst als Testamentsvollstrecker des von ihm entwickelten Testaments eingesetzt hat. Er hat es mit deinem Bruder Mario zugunsten deines Bruders Mario entwickelt, und nun ist Mark Vonby der Königsmacher von Mario ... oder weiß Amanda noch nicht, dass ihr Bruder Haupterbe ist?«, wendet sich Lena an Georg.

»Ich weiß es, deshalb bin ich hier,« sagt Amanda und presst ihre blassen Lippen zusammen, sie hat Mühe, ihre Fassung zu wahren.

»Wenn meine Schwester sagt, dies alles sei meine Schuld ... bitte, lass mich ausreden, Lena ... so will ich meine Schuld gewiss nicht an meine Schwester zurückgeben. Ich möchte aber doch Ihnen gegenüber, liebe Amanda, anmerken, dass erst die ungewöhnlich vertrauensvolle Hinwendung seitens Ihres Vaters an meine Schwester diesen Herrn Vonby aufmerken ließ. Es ist Vonbys Neid, seine Eifersucht, seine Gier ... unterbrich mich nicht, Lena! Ich habe bereits damals, als Ihr Vater mich als Testamentsvollstrecker bestellte, bei meiner Schwester Bedenken in diese Richtung angemeldet und ihr absolute Verschwiegenheit empfohlen. Erst recht, als meine Schwester eine Leonard K-Stiftung ins Spiel brachte!«

»Ich war naiv, unverzeihlich naiv, ich habe Vonby vertraut«, unterbricht Lena gequält.

»Meinst du? Ich glaube, du hast dich einfach zu sicher gefühlt und hast Vonbys neidische Blicke genossen und nicht ge-
ahnt, dass sein von dir entfachter Neid ihn zu deinem Rivalen
macht, der nicht eher aufgibt, bis er dich vom Thron gestoßen
hat und selber auf ihm sitzt …«

»Du Knallkopf, hör auf damit!« Lena schleudert den nächst-
besten Gegenstand gegen Georg und verfehlt ihn, es ist plötzlich ganz still in der Küche.

»Wie gesagt, es hat im Augenblick keinen Sinn zurückzuschauen«, wiederholt Amanda schließlich, »wir müssen handeln. Ich muss von Ihnen beiden wissen, von Ihnen Lena, als
die engste Vertraute und persönliche Assistentin meines Vaters, und von Ihnen, Georg, als dem von Leo bestellten Testamentsvollstrecker …«

»Mark Vonby ist jetzt Testamentsvollstrecker!«, unterbricht
Lena.

»Aber nicht von Leo bestellt, darüber sind wir uns doch
wohl einig, also, was ich wissen muss: Sind Ihnen Aussagen zu
meinem Bruder Mario seitens meines Vaters bekannt, hat er,
nun sagen wir etwa in seinem Testament oder sonst wo, Mario
einen, nun sagen wir: Sonderplatz gegeben, ihn als jemand besonderen, nun sagen wir: als jemand anderen, als einen anderen gesehen?«

»Den Sonderplatz hat Mario eindeutig nur durch seine
Vonby-Connection bekommen, Leonhard K hat seine drei
Kinder immer gleichbehandelt, es …«

»Danke, mehr muss ich nicht wissen«, unterbricht Amanda
Georgs Ausführung und wendet sich zum Gehen, Lena hält
sie am Arm zurück. »Sie sitzen mit Mark und Mario in einem
Speedboot, und die beiden lassen Sie, liebe Amanda, demnächst über Bord gehen, der kluge Simon weiß Bescheid, er ist
gar nicht erst mit an Bord gegangen …«

»Kommen Sie zur Trauerfeier, ich werde für eine Überraschung sorgen«, unterbricht Amanda, befreit ihren Arm und verlässt eilig die Küche.

»Bleiben Sie noch, nur einen Augenblick!«, fleht Lena, ihre Stimme zittert. »Was Sie unbedingt noch wissen müssen …«

Georg hastet Amanda hinterher.

»Meine Schwester vermutet Mord durch eine Überdosis von Psychodrogen«, flüstert er erregt, »sie ist im Moment sehr durcheinander, es trifft sie alles härter als mich, vor allem sein Tod, sie hat mit Leonhard K den Mann verloren, den sie am meisten liebte, sie fühlt sich gewissermaßen als seine Witwe … deshalb werden wir hier bei uns zu Hause eine sehr private Trauerfeier haben.«

Die Kirche ist bis auf den letzten Platz gefüllt, Neugierige stehen in den Seitengängen, auf der Kanzel spricht der Pfarrer, die Trauernden lauschen: Mario mit seiner sichtbar schwangeren Freundin in der Reihe hinter der Witwe; Vonby mit Frau und Kindern neben der Witwe; Amanda mit Philipp einige Reihen dahinter am Gang; Simon und Fanny haben sich auf der Empore unsichtbar gemacht.

Der Pfarrer endet und der erste Trauerredner macht sich auf den Weg zum Rednerpult, da springt Amanda aus ihrer Sitzreihe und in den Gang und schneidet dem Verdutzten den Weg ab. Mit schnellem Schritt eilt sie die Stufen hinauf zur Kanzel und stellt sich hinter das Pult und greift nach dem Mikrofon. Sie wolle einige wenige persönliche Worte zu ihrem Vater sagen, beginnt sie und spürt die erhöhte Aufmerksamkeit.

Ihr Vater sei ein Mann mit Geheimnissen gewesen, fährt sie fort, sein größtes Geheimnis für seine Zeitgenossen sei gewiss sein außergewöhnlicher Mut. Und seine moralische Kraft, mit der er Werte wie eine allumfassende Transparenz vertreten habe.

Dann spricht sie vom Geheimnis, das ein so bedeutender und erfolgreicher Mann seinen Kindern lebenslang gewesen sei, mutmaßt über Geheimnisse, die er hinterlässt, und über solche, die Leonhard K wohl für immer mit ins Grab nimmt, denn sie seien ihm selbst nicht bekannt gewesen.

Kurz blickt sie zu Mario, der die Kirchensäule anstarrt, während Vonby immer tiefer in seinen Stuhl rutscht.

Auf der anschließenden Trauerfeier sucht Amanda demonstrativ Simons Nähe und geht Mario demonstrativ aus dem Weg. Als Vonby mit falschem Lächeln und ausgebreiteten Armen auf sie zukommt und sich schon von Weitem für ihre sehr persönliche, sehr familiäre Ansprache bedankt, zischt Amanda: »Hände weg!«

Als sie aufbricht und sich Mario ihr in den Weg stellt, grollt sie: »Geh mir aus den Augen, du Hochstapler, *ich* bin die legitime Erbin!«

Vonby steuert das Motorboot über den Wannsee, er hat es im Jachtclub geliehen. Er legt nach kurzer Fahrt am Steg eines großzügigen Anwesens mit Jugendstilvilla an, wo er von Mario und Freundin mit Baby auf dem Arm erwartet wird.

»Prächtig geht die Welt zugrunde!«, spottet er angesichts des herrschaftlichen Anwesens, unlängst bezogen vom jungen Herrn K und seiner jungen Familie, dann zückt er sein Smartphone und zeigt Mario Fotos von seinem Landgut, er hat es auch erst unlängst erworben.

»Wie du siehst, lebe ich im Gegensatz zu dir bescheiden und ernähre die Welt redlich!«

»Leo hat es gut mit uns gemeint«, sagt Mario und zeigt sein bubenhaftes Lachen, das ihm noch immer gelingt, doch schnell kippt es ins Dunkel und seine Augen werden schwarz.

»Ich muss mit dir reden«, unterrichtet er Vonby in seiner neuen Barschheit.

Mit Betreten der lichtdurchfluteten, über zwei Stockwerke bis zur Glaskuppel offenen Halle des Jungendstiljuwels vergeht Vonby für einen Moment die Lust auf Spott, er staunt. Als Mario sich dann von Freundin und Kind trennt und ihm die Tür zu einem ehemaligen Ballsaal öffnet, jetzt Marios Kreativzentrum, wie er sagt, kippt Vonbys Laune in Aggression, er packt sein ehemaliges Mündel und tanzt mit ihm, weit ausholend, den Tanz auf dem Vulkan, wie er singt, schwenkt ihn ruppig durch den Saal.

Überrumpelt lacht Mario erst noch, schubst aber dann Vonby grob von sich.

»Diesen Tanz werde ich nicht mehr tanzen, nie mehr«, versichert er scharf, »ich lebe nicht mehr auf einem Vulkan, ich mache meinen Vater bekannt. Meinen richtigen Vater. Und zwar ganz nebenbei mit einem einzigen Satz. Bevor mir Amanda zuvorkommt!«

Vonby verliert augenblicklich seine Fassung, nennt Mario einen Verräter ohne jeden Respekt vor dem, dem er alles zu verdanken habe, denn ohne ihn, Vonby, hätte er nicht die Position, die er jetzt missbrauche.

»Amanda erpresst mich, sie will meinen Platz, sie will die Nachfolge ihres Vaters.«

»Weil du sie, anstatt mir ihr zu teilen, an den Rand gedrängt, ach was, aus dem Weg geräumt hast, du bist im Unternehmen der unangefochtene Nachfolger ihres Vaters. Und jetzt willst du mich, der viel riskiert und dir den Weg gebahnt hat, ans Messer liefern!«

»Du bist und bleibst komplett safe«, versichert Mario.

»Alles, was ich für dich getan habe, wird mir mit deinem Outing auf die Füße fallen«, schreit Vonby, »gegen Recht und Gesetz hätte ich dich zum Haupterben befördert, das wird Amanda in die Welt posaunen. Und Recht hat sie!«

»Sie wird es nicht wagen. Sie hat durch mein Narrativ einen Klotz am Bein, der sie zum Hinkefuß macht. Als Jurist ist dir doch die deliktische Haftung des Hehlers bekannt, oder?«

Vonby zückt seine Zigaretten und zündet sich eine an, seine Hand zittert heftig, er wirft sich, sichtbar aufgewühlt, in eins der überdimensional großen Sofas.

»Erzähl mir ein bisschen mehr vom Hinkefuß«, fordert er grimmig zwischen zwei hektischen Zügen.

Mario stolziert geschmeidig vor ihm hin und her.

»Mein Narrativ hat drei Eckpunkte, erstens: Leo war von meiner Mutter eingeweiht, er wusste, dass er nicht mein Vater war und wer mein leiblicher Vater ist, und hat mich adoptiert, die Urkunde liegt beim Notar Dr. Otto Mayer; zweitens: Später weihte meine Mutter Amanda ein, aber nicht mich; drittens: Erst nach dem Tod von Leo bin ich eingeweiht worden. Erinnerst du dich an Amandas Rede auf der Trauerfeier? Und ihre Andeutung eines Geheimnisses, das Leo mit ins Grab genommen hat?«

»Ahnungslos hat er es mit ins Grab genommen, hat sie gesagt«, korrigiert Vonby, zunehmend grimmiger.

»Wenn sie jetzt meiner Formel widerspricht, mit der ich mich outen werde, und sagt, Leo habe nicht gewusst, dass er nicht mein Vater ist und die Adoptionsurkunde sei gefälscht, klagt sie sich selbst an, denn sie hat mich jahrzehntelang gedeckt, okay? Das nennt man in deiner Juristensprache die deliktische Haftung des Hehlers, okay? Juristisch ein Vergehen, okay? Du musst dir jetzt also nur noch erstens, zweitens, drittens merken … Kannst du also bitte erstens, zweitens, drittens wiederholen?«

Vonby wälzt sich schwerfällig aus dem Sofa heraus. Nur zögernd nimmt Mario wahr, wie er sich mit jedem Schritt auf ihn zu aufpumpt, wie sich mit jedem seiner Schritte Vonbys Größe zu verdoppeln scheint. Reflexhaft weicht Mario schließlich ein wenig zurück, da springt Vonby ihn auch schon an.

»Du wirst dein Maul halten, du Hochstapler, du! Glaubst du etwa, du kannst mich mit deinem Geschwafel von deliktischer Haftung erpressen?«

»Heh, Mark, du bist doch nicht gemeint!«

Vonby holt aus, Mario duckt sich weg, auch dem zweiten Angriff kann er ausweichen, dann entscheidet er sich für die Flucht aus dem Ballsaal und durch die Halle und die Treppe hinauf in den ersten Stock.

»Merk dir erstens, zweitens, drittens, Vonby, dann passiert dir nichts!«, verspricht Mario aus sicherer Höhe.

Vonby verharrt schwer atmend unten an der Treppe und schaut unschlüssig zu Mario hinauf.

In Amandas morgendlichem Newscheck mischt sich eine Nachricht von Mario. Sie öffnet sie umgehend, es ist ein Ausriss aus einer Boulevardzeitung, auf dem Leonhard K und Marios richtiger Vater, ein bekannter Schauspieler, abgebildet sind, zwischen beiden ist ein amüsierter Mario montiert, darunter die Textzeile *Doppeltes Vaterglück.*

Amanda schreit auf, springt aus dem Bett und läuft ins Bad, sie muss sich spontan übergeben.

Im Bad sieht sie sich im Spiegel und weint bittere Tränen. Ihr Tränenfluss wird durch einen Anruf von Simon gestoppt. Sie nimmt ihn nach einigem Zögern an. Ja, sie habe es gelesen, nein, sie habe noch nicht mit Mario gesprochen. Ein April-scherz? Sie schaut aufs Datum, tatsächlich, es ist der erste April.

»Du hast bestimmt Recht, Simon, bestimmt ist es ein April-scherz«, stimmt sie Simon zu, »trotzdem muss ich leider kot-zen, bis später.«

»Soll das ein Aprilscherz sein, oder was???«, schreibt sie schließlich an Mario.

»Keinesfalls«, antwortet Mario. Er steht vor Leos Schreib-tisch in Leos einstigem Büro und hält ein großes gerahmtes Foto von Leo in Händen.

»Links oder rechts?«, fragt er seine Mitarbeiterin, sie lächelt scheu.

»Von Rechts wegen gehört mein gesetzlicher Vater an die rechte Seite«, entscheidet Mario schließlich und übergibt das gerahmte Foto an seine Mitarbeiterin, die es am vorgesehenen Platz an der Wand aufhängt.

Derweil nimmt Mario ein zweites gerahmtes Foto in die Hand und betrachtet es eingehend.

»Sehe ich ihm nun ähnlich oder nicht?«, will er von seiner Mitarbeiterin wissen, sie lächelt wieder scheu, nimmt das ge-rahmte Foto entgegen und hängt es links von Leos Schreib-tisch an den vorgesehenen Platz. Es ist das fotografische Por-trait des bekannten Schauspielers.

Mario übergibt seiner Mitarbeiterin nun sein Smartphone, setzt sich in den Schreibtischstuhl, und nimmt Haltung an.

»Und jetzt bitte ein Foto mit den beiden!«, sagt er und schaut bedeutend.

Wenig später erscheint auf Amandas Handy das Foto des be-deutend blickenden Mario, im Vordergrund Leos Schreibtisch, im Hintergrund links und rechts an der Wand die Porträts der freundlich blickenden »Väter«.

Ohne eine Sekunde zu zögern, wirft sie ihr Handy ins Klo und zieht die Spülung. Aber es verschwindet nicht, so oft sie auch die Spülung bedient, immer wieder schaut ihr Mario zwischen seinen beiden »Vätern« entgegen. Beim letzten Versuch verkantet sich ihr Handy und sie begegnet dem Blick ihres Vaters.

Nach kurzem Zögern greift sie ins Klo und nach ihrem Handy, trocknet es und leitet das Foto von Mario zwischen seinen beiden »Vätern« weiter an den Notar, kurz darauf ruft Dr. Mayer zurück.

»Ich wette um eine Flasche Dom Pérignon«, sagt er.

»Gewonnen«, sagt Amanda.

»Und die beglaubigte Kopie?«

»Werde ich dabeihaben.«

Wenig später fährt Amanda mit dem Aufzug in den vierten Stock des Slomanhauses.

Der Notar hat Vorbereitungen getroffen. Die gefälschte Urkunde, die mit seiner Unterschrift die Adoption von Mario durch Leonhard K bestätigt, liegt griffbereit auf seinem Schreibtisch. Mit Unterstützung von Amanda überlässt er sie über einem großen Aschenbecher der Flamme seines Feuerzeugs. Wortlos reicht ihm Amanda die von ihm beglaubigte Kopie der Fälschung, auch sie wird Opfer der Flamme. Beide Schriftstücke zusammen hinterlassen ein schwarzes Häuflein Asche.

Amanda und der Notar schauen sich in die Augen, beide sind bewegt. Dr. Mayer wendet sich ab, sein Blick fällt auf das Häuflein schwarzer Asche. Und unwillkürlich ruft dieses schwarze Häuflein das Bild der Schwarzen Witwe in ihm auf. Nicht das der Frau, sondern das der Spinne, die damals in der Einbildung seines Sohns als schwarzer Punkt an der Zimmerdecke lauerte, um sich nachts langsam, und größer und immer größer werdend, an ihrem Spinnenfaden auf ihm niederzulassen und ihm als riesiges, blutsaugendes Monster sein Blut auszusaugen.

»Ende gut, alles gut?«, murmelt der Notar und wendet sich wieder Amanda zu. »Gut gemacht,« sagt er.

15.

Aus der Küche kommen Geräusche, Larissa deckt den Tisch. Es duftet nach Pizza mit Kürbis und Gorgonzola, sie bereitet das Abschiedsessen für Otto. Es ist Larissas erster Ausflug an den Herd, sie ist aus der Gefahrenzone. Ottos Ausflug in die Freiheit beginnt am nächsten Tag um vier Uhr morgens auf der Autobahn nach Frankfurt in die Zentrale. Er wird dringend gebraucht, durch die Pandemie sind nicht unbedeutende Sicherheitslücken aufgetreten, kriminelle Netzwerke nutzen die weltweite Verunsicherung und greifen vermehrt brutal an.

Otto packt seine Sachen zusammen. Die Tasche mit frischer Wäsche und seinem Business-Outfit hat Mathilde mit den Lebensmitteleinkäufen vor die Tür gestellt. Sie ist immer noch in großer Sorge, sich anzustecken. Sein MacBook wird er nicht mitnehmen, die Story ist fertig. Er hat sie noch einmal gelesen. Das zweite Mal. Dann hat er sie seinem Vater geschickt. Mit einem Brief. Die Schwarze Witwe sei ihrer beider Geheimnis, hat er darin versichert, und sie werde es bleiben. Wie sehr der Vater ihm mit seiner Beichte geholfen hat, nicht nur gegen die Langeweile, wird er ihm bei seinem nächsten Besuch anvertrauen …

Otto hört Larissa rufen und geht in die Küche, die Pizza ist fertig. Er steckt seine Hände in die gesteppten Handschuhe und zieht das Blech mit der leicht gebräunten Pizza und den gerösteten Kürbisstücken, zwischen denen der zerlaufene Gorgonzola kleine Blasen schlägt, aus dem Backofen, lässt sie vom Blech auf das große Holzbrett gleiten und stellt es in die Mitte des Küchentisches.

»Hau rein, Kumpel«, feuert er Larissa an, sie will nach dem zweiten Stück Schluss machen. Er legt ihr ein drittes auf den Teller. Dabei schweift sein Blick wie bereits schon mehrfach zum Küchenschrank in ihrem Rücken.

»Ich kann es nicht länger aufschieben«, denkt er.

Noch immer liegt der Brief mit dem Trauerrand und dem Absender *Familie Escher*, adressiert an Larissa Berger, in seinem Versteck hinter der großen Salatschüssel. Ausgeschlossen, ihn einfach auf den Küchentisch zu legen, bevor er morgen früh aufbricht.

»Da ist noch etwas«, sagt er, als das letzte Stück Pizza gegessen ist, steht auf und geht zum Küchenschrank und holt den Brief hinter der Salatschüssel hervor. Er stutzt. Der Brief ist geöffnet, kaum sichtbar aufgeschlitzt mit einem offenbar sehr scharfen Messer.

»Er war verschlossen«, sagt er unsicher.

»Ich habe ihn geöffnet, ich musste es tun, ich musste einfach wissen, wer gestorben ist, verstehst du? Wenn es Mila gewesen wäre ... mein System wäre augenblicklich komplett zusammengekracht und die Viecher hätten mich auf der Stelle gekillt und glaub mir, ich wäre damit ganz und gar einverstanden gewesen!«

EPILOG

28. Juli 2020

Zum ersten Mal seit ihrem letzten Treffen im März, als sie beide und die Welt noch nicht viel über Covid 19 wussten, und vor allem nicht, wie gefährdet sie und der Rest der Welt waren, drückt Larissa den Klingelknopf an der Eingangstür zu Milas Elternhaus. Gleich darauf hört sie Hundegebell hinter Türen, hört Milas Stimme Befehle und Besänftigungen rufen, dann öffnet sie und steht im vollen Licht der Sonne: Es ist Sommer.

Sie blinzelt und legt eine Hand über ihre Augen.

»Du bist es, endlich«, sagt Mila und fällt Larissa um den Hals.

»Das tut gut«, sagt Larissa, nur langsam lösen sie sich aus ihrer Umarmung und Larissa folgt Mila in die Halle.

»Immerhin ein Vorteil, dass wir beide das Scheißvirus bereits gehabt haben, wenigstens gilt für uns kein Social Distancing«, meint Larissa und überspielt mit ihrem erleichterten Auflachen die Spanne zwischen ihrem letzten Treffen mit Mila und den vielen Schreckmomenten seitdem, auch den ihres schüttelfrösteligen Zitterns beim Öffnen des Briefes mit dem Trauerrand und dem Absender *Familie Escher*. Und dem erneuten Fieberschub danach.

»Ich hole die Hunde«, sagt Mila und kehrt mit einem langhaarigen, hellen Kuscheltier und einer kurzhaarigen, dunklen Schönheit in die Halle zurück, beide sind in ein gemeinsames Leinengespann eingeklickt und bellen. Larissa weicht ihnen aus. Nach einigen Dressurakten mit strengen Zurufen seitens Milas wird sie dann aber doch von den Hündinnen neugierig beschnüffelt.

»Darf ich vorstellen: Luzi aus einer Mülltonne in Sarajewo und Nina aus einem Käfig in Salerno. Sie haben sich sofort verstanden. Beste Freunde. Und meine Retter. Ich bin so froh, dich wiederzusehen!«

Luzi und Nina ziehen ungestüm an ihren Leinen, ziehen Mila vorwärts und aus dem Haus und Richtung Hundekehlesee. Larissa folgt ihnen.

Eine Unterhaltung der beiden ist jetzt gar nicht möglich, die Hündinnen fordern Milas volle Aufmerksamkeit, erst recht beim leinenlosen Eintritt in den Grunewald-Forst mit seinen Verführungen durch die Vielzahl von Artgenossen in allen Größen und Stimmungen. Larissa muss sich mit abgebrochenen Sätzen begnügen.

Sie denkt an ihre letzte Begegnung mit Mila Mitte März. Beim Rundgang durch den Garten in Begleitung des nicht anwesenden Max Wollin. Aber in Anwesenheit des unsichtbaren Virus. So hatte Larissa bei ihrem ersten Gespräch mit Mila ihre Ansteckung rekonstruiert.

Sie zögerte lange, sich mit Mila zu verabreden, sie litt unter der anhaltenden Hitzeglocke über der Stadt, schlief tagsüber und schrieb nachts für ihren Brotjob. Sie sei eine Schnecke geworden und müsse sich erst einmal trainieren, zudem sehe sie fürchterlich aus, gestand sie Mila. Sie telefonierten dann öfter. Mila erzählte von den beiden Hündinnen und schickte Fotos, auf denen Luzi und Nina entweder vor oder auf oder auch in ihrem Bett schliefen. Ihre Familie oder Max und ihre Reise nach Los Angelos erwähnte sie mit keinem Wort. Larissa wagte nicht, danach zu fragen.

»Schreibst du an einem Drehbuch, oder was machst du?«, sagt Mila zwischen zwei Zurufen an die herumtollenden Hündinnen.

»Ich habe ein paar Jobs von zu Hause«, sagt Larissa, »darüber kann ich froh sein, im Vergleich zu vielen meiner Kollegen und Kolleginnen geht es mir gut«.

Sie ist bald erschöpft von der Hitze und der vielen Aufmerksamkeit für die Hündinnen, und sie kehren zurück. Auf der Terrasse hat Olga einen Imbiss vorbereitet, mit der Verbreitung des Virus und der Infektion von Mila hat sie ihre Kündigungsabsichten aufgegeben, sie umsorgt Mila und kümmert sich um Helene und die Kinder.

Vor drei Monaten habe sie es mit den Hündinnen auch nur bis zum Hundekehlesee geschafft, sagt Mila und schenkt kühlendes Wasser mit Zitronenschale und frischer Minze in die Gläser, setzt sich auf die Bank, Luzi und Nina springen hinauf und lassen sich links und rechts neben ihr nieder.

»Sie sind meine Trainer, die besten, die ich haben kann, nimm dir«, fordert sie Larissa auf und zeigt auf eine Platte mit Olgas gefüllten Piroggen.

Sie trinken und essen schweigend, schauen auf die in der Abendsonne in Rotgold glühenden Stämme der hohen Kiefern mit dem Baumhaus in der Mitte, tauchen in ihre Erinnerungen ein und versinken in ihre Gedanken wie die Sonne hinter dem Horizont. Milas Stimme scheint durch die Dämmerung zu schwirren, die sie nun umhüllt, als sie sagt: »Es war Alex. Alex hat Helene und mich angesteckt und über mich auch dich … Er hat das Virus aus Singapur mitgebracht.«

Larissa spürt den Schauer, der Mila durchfährt.

»Helene leidet noch immer unter den Folgen der Infektion, es hat sie schwerer getroffen als mich und dich. Am schwersten ist für sie aber der Tod von Alex …« Mila versagt die Stimme.

»Die Geschichte geht noch weiter, willst du sie hören?«, fragt sie nach einer Weile, ihre Stimme ist wieder fest.

»Nur, wenn du sie wirklich erzählen willst.«

»Will ich!« Mila steht auf und gleich sind die Hündinnen an ihrer Seite. Sie nimmt einen Ball vom Boden auf und wirft ihn Richtung Baumhaus, Luzi und Nina sind wie zwei Blitze hinter ihm her. Mila setzt sich wieder, sie will nicht nur, sie muss die Geschichte von Alex zu Ende erzählen, das ist Teil ihres Plans.

»Alex hat die geheime Nummer seines Geheimkontos auf einer österreichischen Bank in Salzburg so geheim gehalten, dass sie nirgends aufzufinden ist, das Geld ist weg, auch das von Benjamin, der ganze große Batzen!«

»Das ist nicht wahr!«, entfährt es Larissa unwillkürlich.

»Er konnte nicht mehr, wie er geplant hatte, nach Salzburg fliegen und das Konto auflösen und den Betrag dem Kurier übergeben, mit dem er verabredet war, er ist eine Woche nach seiner Rückkehr aus Singapur ins Krankenhaus gekommen und ins Koma gefallen und nicht mehr aufgewacht …« Mila hält inne, lauscht dem Echo hinterher, das ihr Bericht in ihr auslöst, es ist schwächer geworden.

»Einzig einer triumphiert insgeheim am Ende dieser Erbentragödie und der heißt Heiner Lehmann. Seine Skizze vom ausgeklügelten Kanalsystem, durch das im Laufe der Zeit große Geldmengen von Elfriede zu Alex geflossen sind und kleinere zu Benjamin, deckt sich mit der Realität, wie er ziemlich genau beweisen konnte. Und Benjamin bestätigt hat. Jetzt, wo das Geld futsch ist. Wie es und durch wen es in die Schweiz gekommen ist, das ist wohl nicht mehr zu klären. Zumindest vorerst …«

Mila greift zur Karaffe und füllt ihr Glas nach, schüttet das Wasser in sich hinein, auch Larissa fühlt sich plötzlich wie ausgetrocknet und folgt ihr.

»Dora droht mit Scheidung, falls Heiner Benjamin in die Mangel nehmen sollte, falls er weder Bennys verkrüppeltes Bein noch den Tod von Alex als grausame Bestrafung respektieren sollte …« Mila versagt erneut die Stimme, Larissa wagt nicht, ihre Hand auszustrecken, aus Furcht vor dem kräftigen Gebiss der Hündinnen, das sie mit Respekt registriert hat.

»Kann ich dir irgendwie helfen, ich meine …«

»Danke«, sagt Mila leise.

Larissa kommt es wieder vor, als würde ihre Stimme durch die Luft zu ihr hinüberschwirren, als Mila nach einer langen Pause sagt: »Ich wollte mich nicht in Max verlieben, aber als er hier plötzlich auftauchte, war es genau wie damals und ich wollte nicht, dass er mich wieder verlässt, nicht noch einmal!«

Larissa hält den Atem an.

»Die Geschichte geht noch weiter, willst du sie hören?«

»Ich weiß nicht«, sagt Larissa unsicher.

»Du kennst sie eigentlich. Meinen Flug nach Los Angeles hatte ich für Ende März gebucht, aber dann kam Covid 19 und ich bekam Corona und die ganze Welt bekam Corona, und jetzt ist Max wieder wie damals unerreichbar weit weg.«

Mila beugt sich hinunter zu Luzi aus Sarajewo und zu Nina aus Salerno und liebkost beide ausgiebig.

»Die einzigen, die mir jetzt wirklich geholfen haben, sind die Tiere. Ich rette sie und sie retten mich«, sagt sie, und nach einer Weile: »Max und ich werden heiraten.«

Larissa glaubt das Zirpen von Grillen zu hören. Wie im Süden. Sie fächelt sich Luft zu, so warm erscheint ihr diese Sommernacht. Oder ist es Milas Ankündigung, Max zu heiraten, die diese glühende Hitze in ihr aufsteigen lässt?

Die Gartenbeleuchtung flammt plötzlich auf und Larissa und Mila sitzen sich in blendend weißem Licht gegenüber, erschrocken starrt Larissa Mila an.

»Das war bestimmt Alex«, sagt Mila leise, »er geistert hier herum, ständig geht das Licht an, obwohl niemand die Lichtschranke passiert, Luzi und Nina würden auch sofort losbellen … Was ist eigentlich aus deiner Idee geworden, eine Serie übers Erben zu schreiben?«, fragt sie übergangslos. Bevor Larissa antworten kann, schaltet sich die Gartenbeleuchtung wieder aus.

»Max wollte, dass ich Alex nach dem Grund für seinen bösen Blick frage, das habe ich immer wieder vor mir hergeschoben«, hört Larissa Milas Stimme aus dem Dunkel, »jetzt kann ich ihn nicht mehr fragen. Deshalb habe ich Benny gefragt. Und Dora. Und Heiner. Sogar Helene und Katrin. Ich habe sie alle ausgequetscht und alles aufgeschrieben. Auch die Sache mit den gefälschten Bildern. Für Max … und für dich.«

»Für mich? Wie meinst du das?«

Larissa spürt, wie sich Mila aufrichtet, wie sich ihr Körper strafft, und dann hört sie ihr Räuspern, hört wieder den entschiedenen Ton in ihrer Stimme.

»Erben ist keine Privatsache, hast du gesagt. Ich biete dir mein Material für eine Erbenstory an. Ähnlichkeiten mit lebenden Personen sind rein zufällig. Mein Material handelt vom Aufstieg und Fall eines Unersättlichen, der kurz vor seinem Ziel von nicht minder unersättlichen Wesen zerstört wurde, nämlich von den Viren von Tieren. Eine Art Gleichnis …«

Noch in derselben Nacht beginnt Larissa, Milas Aufzeichnungen zu lesen. Und liest weiter in der Nacht darauf.

Die lähmende Erschöpfung der letzten Monate fällt Stück um Stück wie Teile einer bleischweren Rüstung von ihr ab. Eine neue Leichtigkeit durchströmt sie und verleiht ihren Gedanken Flügel. Bald können ihre Finger ihnen kaum noch folgen. Seite um Seite füllt sie mit Notizen für ihr großes, neues, altes Projekt: Es sind die Notizen für ein Drehbuch zu einer Erbenserie von Larissa Berger …

In den frühen Morgenstunden hebt sie ihren Kopf und blinzelt in die aufgehende Sonne.

Ende

STAMMBAUM DER FAMILIE ESCHER

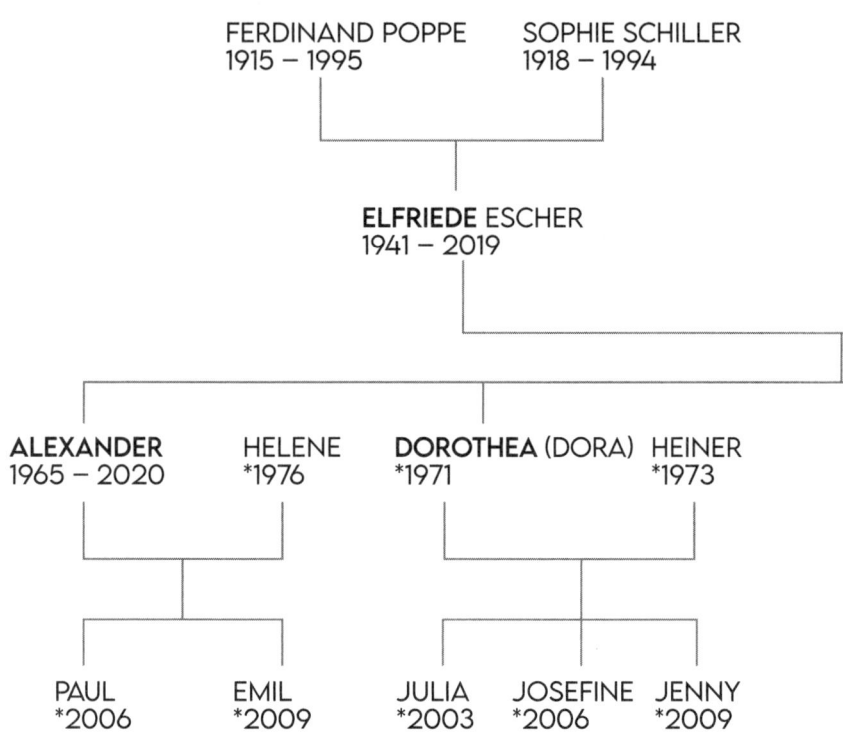

FERDINAND POPPE
1915 – 1995

SOPHIE SCHILLER
1918 – 1994

ELFRIEDE ESCHER
1941 – 2019

ALEXANDER
1965 – 2020

HELENE
*1976

DOROTHEA (DORA)
*1971

HEINER
*1973

PAUL
*2006

EMIL
*2009

JULIA
*2003

JOSEFINE
*2006

JENNY
*2009

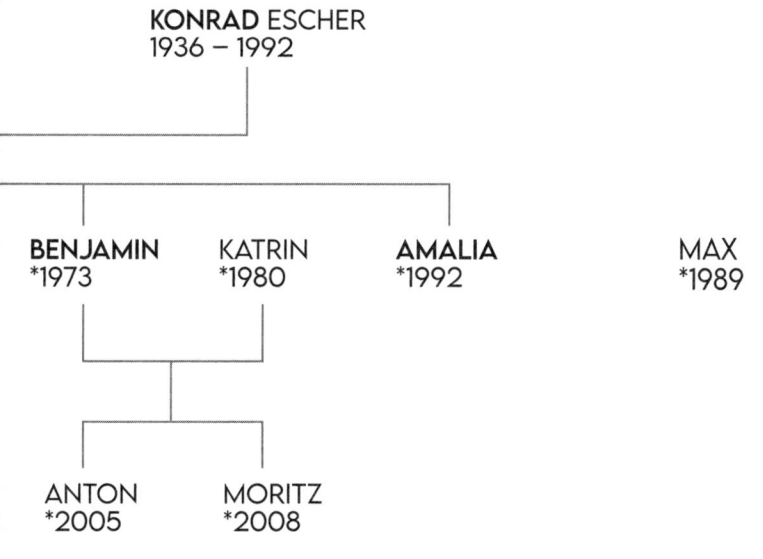

KONRAD ESCHER
1936 – 1992

BENJAMIN
*1973

KATRIN
*1980

AMALIA
*1992

MAX
*1989

ANTON
*2005

MORITZ
*2008

© André Rival

Gisela Stelly Augstein ist Romanautorin
(u.a. *Keitumer Gespräche*, *Goldmacher*), Journalistin und
Filmemacherin. Sie lebt in Hamburg und Berlin.

giselastellyaugstein.de
instagram.com/gisela.stellyaugstein